ROMAN EHRLICH
URWALDGÄSTE

ROMAN EHRLICH

URWALDGÄSTE

Erzählungen

DUMONT

Erste Auflage 2014
© 2014 DuMont Buchverlag, Köln
Alle Rechte vorbehalten
Umschlag: Nurten Zeren, zerendesign.com
Satz: Angelika Kudella, Köln
Gesetzt aus der Stempel Garamond und der DIN
Druck und Verarbeitung: CPI books GmbH, Leck
Gedruckt auf säurefreiem und chlorfrei gebleichtem Papier
Printed in Germany
ISBN 978-3-8321-9753-7

www.dumont-buchverlag.de

INHALT

DINGE, DIE SICH IM RAHMEN
MEINER TEMPORÄREN
ANSTELLUNG BEI DER GRINELLO CLEAN
SOLUTIONS EREIGNETEN

Ich fühlte mich ohnehin in diesen Tagen als soziales Wesen, als Mensch unter Menschen, unanbietbar.

Ich hatte auf eine Stellenanzeige aus dem Internetportal des Studentenwerks, auf das ich durch ein Scheinstudium der Physik Zugriff hatte, mit einer schriftlichen Bewerbung reagiert und wurde prompt zum persönlichen Gespräch eingeladen. Tagelang hatte ich mit niemandem gesprochen. Es hatte mir überhaupt nichts ausgemacht, nichts zu sagen. Das Gefühl, überhaupt nichts zu sagen zu haben, hatte überwogen. Es hatte mir eine klare Handlungsanweisung übermittelt: Sprich nicht. Sag nichts.

Konkurrenz um die Stelle gab es offensichtlich nicht. Beim Bewerbungsgespräch wurde ich schon in die Details meiner Arbeitsabläufe eingewiesen, ich wurde gar nicht mehr gefragt, ob ich den Job überhaupt wollte. Es gab lediglich einmal eine sehr lange Pause, in die hinein ich hätte sagen können: Nein, ich möchte lieber nicht. Das ist mir aber auch erst im Nachhinein aufgefallen.

Man hatte mir schon am Telefon gesagt: »Sie werden hier die meiste Zeit alleine sein.« Die Person, die ich vertreten sollte, trat einen langen Schwangerschafts- oder Mutterschaftsurlaub an, ich bin mir nicht mehr ganz sicher. Ich dachte: Prima.

Es ist unmöglich, genau zu sagen, wann das geschehen war – wann dieser Zustand begonnen hatte, in dem ich maulfaul, abwesend und auch taub für die Äußerungen meiner Umwelt wurde. Es war ein Vorgang wie die Ankunft des Winters.

Man wies mich ein in die Bedienung der vollautomatischen Kaffeemaschine und zeigte mir die Schublade mit den verschiedenfarbigen Espressopatronen. Man deutete auf frisch gekaufte Möbel aus furniertem Pressspan und auf Geräte, die mit ordentlich verlegten Kabeln verbunden waren und alles in allem ein vollständig wirkendes Büroumfeld ergaben. Die Person, die ich später vertrat, machte ein paar Probedrucke mit dem WLAN-fähigen Laserdrucker und zeigte mir dann, indem sie die Probedrucke herzhaft und lustvoll zusammenknüllte, wo sich der Papiermüll befand. Ich wurde in Serienbrieferstellung und Tabellenkalkulation eingewiesen, man zeigte mir, wo im Computer an meinem Arbeitsplatz noch ein freier Steckplatz für den kleinen USB-Weihnachtsbaum zu finden wäre, falls ich mir den grauen Tag durch sein buntes Aufleuchten etwas farbiger würde gestalten wollen, was allerdings, wie ich erfuhr, nicht jedermanns Sache ist und keinesfalls Vorschrift. Es roch neu und nach Anfang in den Räumen des Unternehmens. Die Recyclingtonnen waren vollgestopft mit Verpackungsmaterial, mit Einschweißfolie und Styroporteilen zum schadfreien Transport von Flachbildmonitoren. Aus dem kunstledernen Bürostuhl verdampften noch die Chemikalien zur Imprägnierung, in ihm zu sitzen fühlte sich an wie die Probefahrt in einem werksfrischen Kleinwagen.

Auf dem Weg von meinem Haus zu diesem Büro fuhr ich zunächst einige Stationen mit einer die Stadt ringförmig umkreisenden Bahn, die immer nur links um die Kurven bog und dabei viele Werktätige in sich aufnahm. Sie standen dichtgedrängt beisammen, abwesend, müde, grimmig oder schläfrig, hielten sich an den Haltestangen fest, hörten Musik und starrten vor sich auf eine Jackennaht oder direkt ins Nichts. Zwei größere Umsteigebahnhöfe befanden sich auf meiner Strecke, das Wetter war meistens regnerisch und das Fahrgastaufkommen war groß. Aus den Fenstern heraus sah man die Stadt schemenhaft in einer gräulichen Suppe dastehen, versunken und irreal wie in einem Aquarium.

Am südlichen Rand der ringförmigen Zugstrecke stieg ich aus und lief durch ein Gewerbegebiet mit einem großen Ikeamarkt, Tankstellen und Zufahrtsstraßen zur vielspurigen Stadtautobahn, die ich auf einer Fußgängerbrücke überquerte. Auf der anderen Seite befand sich rechts ein Supermarkt mit weitflächigem Parkplatz, auf dem ich an meinem ersten Arbeitstag eine junge Mutter sah, die mit gesenktem Kopf übervolle Plastiktüten in beiden Händen über den Parkplatz trug und neben der ein dicker Junge aufgekratzt herumhopste und ihr die immergleiche Zeile aus einem Nonsenslied vorsang: JuLaLiLaLaLa. JuLaLiLaLaLa. JuLaLiLaLaLa. JuLaLiLaLaLa. Mein Hirn schwang sich sofort auf diese kurze Schleife ein und begann auf ihr zu rotieren, wie ein endlos in seine Umlaufbahn gezwungener Mond.

Ich hatte keine anderen Gedanken als diese Handvoll Silben, von der Stimme des Jungen in immergleicher Melodie vorgetragen, während ich in die Einfahrt des Gewerbehofes einbog, die gläserne Eingangstür öffnete und mit dem Fahrstuhl ins fünfte Stockwerk fuhr. Nach erfolgter Einweisung hatte ich meinen eigenen Schlüssel für die Büroräume erhalten. Man hatte mir gleich vollstes Vertrauen entgegengebracht und nochmals auf die Häufigkeit der hier von mir in Zukunft allein verbrachten Zeit in entschuldigendem Tonfall hingewiesen.

Ich erkannte die Tür zum Büro der *Grinello Clean Solutions* an dem kleinen Schildchen unterhalb der Klingel. Sie unterschied sich durch nichts sonst von den anderen Türen, die von dem langen, frisch mit blauem Teppichboden belegten Flur abgingen. Später wusste ich, nach dem Fahrstuhl ist es die achte Tür auf der rechten Seite, und wiederum etwas später wusste ich aus Gefühl und Gewohnheit, ohne zu zählen oder auf die kleinen Schildchen zu schauen, in welcher Tür sich das passende Schloss zu meinem

Schlüssel befand. Sie hatte sich äußerlich nicht verändert, es war eher eine Art Verwandtschaft, die zwischen uns entstanden war und die sie für mich von allen anderen Bürotüren unterschied.

Die erste große Enttäuschung, am ersten Tag meiner Arbeit als Urlaubsvertretung, war festzustellen, dass ich meinen Schlüssel gar nicht erst benutzen musste, da die Tür bereits aufgeschlossen war und sich schon eine andere Person im Büro befand. In meinem Kopf rannte noch immer die Zeile aus dem Nonsenslied im Kreis, ich fühlte mich nicht imstande, ein Gespräch zu führen, ich wollte niemanden kennenlernen müssen, keine Auskunft geben über meine Vergangenheit oder meine Vorstellungen des weiteren Verlaufs. Der kleine Junge in meinem Kopf hopste und sang und ich sah noch den gesenkten Kopf seiner Mutter vor mir, als ich in das Büro eintrat.

Eine hochkonzentrierte Person schaute in den Bildschirm eines aufgeklappten Laptops, Energiestau im ganzen Körper, die linke Hand auf der Tastatur und die rechte schon an der oberen Bildschirmkante, jeden Augenblick zum raschen Zuklappen bereit. Ich wurde gesehen, erkannt und durch ein wortloses Werfen der rechten Hand in die Luft begrüßt. Die Person ließ mir Zeit genug, um meine Winterkleidung zur Hälfte abzulegen, und kam absichtlich genau dann um den eigenen Schreibtisch herum auf mich zu, um mir ihre Hand zur Begrüßung hinzustrecken, als ich, mit halb ausgezogener, in den Armbeugen hängender Jacke wie ein Festgebundener gegriffen werden konnte.

Die Person stellte sich vor als Doktor Henning Hollach, geschäftsführender Direktor der Grinello, hierarchisch gleichgestellt mit dem Herrn Filby in Düsseldorf. Von Herrn Filby hatte ich während meiner Einführung nur gehört, dass er in Düsseldorf sitzt, und mich damit begnügt. Der Herr Filby sitzt in Düsseldorf, meldete mein Kopf, der sich langsam von der Kindermelodie abzulösen begann, und der Herr Dr. Hollach sitzt hier. Sitzt aber tatsächlich eher selten hier, wie man mir im Vorfeld versichert hatte.

Dr. Hollach führte ein kurzes Gespräch mit mir, an dem ich selbst kaum teilnehmen musste, was mir sehr behaglich war. Er hatte scheinbar schon in den ersten Sekunden unseres Aufeinandertreffens entschieden, dass ihm mein Nachdenken und meine Antworten zu langsam und langweilig ausfallen würden, und stellte daher ausschließlich rhetorische Fragen, die er sich mit einem umwerfenden Arsenal von lebensklugen Aphorismen umgehend selbst beantwortete.

Offensichtlich hatte es ihn sehr befriedigt, ein wenig überschüssige Spannung durch meine Person in den Büroteppichboden abgeleitet zu haben. Er seufzte laut auf und bat mich, ihm ein Taxi zu rufen. Während ich telefonierte, klappte er seinen Laptop zu, verstaute ihn in einer gefütterten Transporthülle und danach in einer ledernen Aktenmappe, nahm seinen Mantel von der Stuhllehne und nutzte die verbliebene Zeit zwischen meinem Telefonat und der Ankunft des Taxis für die zweite große Enttäuschung meines ersten Arbeitstages.

Dr. Hollach sagte, da ja nicht so viel los gewesen sei hier in den letzten Tagen, könnte ich mir einmal diese Liste vornehmen, die er in einem Ordner auf meinem Desktop hinterlegt habe. Es handle sich um alte Kontaktdatenbanken, die uns aus der Zweigstelle in Düsseldorf zugespielt worden seien. Ich bekam die Aufgabe, jeden einzelnen Kontakt auf akuten Bedarf nach dem neuesten Produkt der Grinello, dem *Aquionic Transformer*, telefonisch durchzutesten.

Für den Anfang sollte ich die Funktionsweise des Geräts den Broschüren entnehmen, die neben der Tür in einem schlanken Aluminiumaufsteller steckten. In den kommenden Tagen werde mich dann entweder Dr. Hollach selbst oder einer der Außendienstmitarbeiter ordentlich briefen. Einfach einen Rückruf vereinbaren, sagte er noch, mehr brauchen Sie gar nicht zu machen. Den Rest macht der *Aquionic Transformer*, als unbestreitbar revolutionäres Produkt, dann schon fast allein.

Dr. Hollach verließ das Büro und ich hängte meine Sachen an die Garderobe, wie man es mir während meiner Einweisung gezeigt hatte, nahm den Kaffeevollautomaten in Betrieb und öffnete die Liste auf dem Computer an meinem Arbeitsplatz, eine Exceltabelle mit neunhundertvierundachtzig Einträgen. Neben den Namen, den Adressen und Telefonnummern der in dieser Liste aufgeführten Menschen fanden sich in der Datei noch zwei randständige Spalten für Kommentare. In der linken Kommentarspalte waren technische Details zu den Haustypen und den sanitären Anlagen aufgelistet und in der rechten Aussagen zu den einzelnen Personen selbst. Die Außendienstmitarbeiter oder die Telefonisten der Grinello hatten ihre Erfahrungen mit den Kontakten möglichst knapp zusammengefasst in Sätzen wie:»Übellauniger Typ, braucht aber dringend neue Installation« oder:»Die Alte sitzt auf einem Riesenhaus und hat von nichts Ahnung, unbedingt dranbleiben« oder:»Hat schon tausendmal Informationen bekommen, kann sich einfach nicht entscheiden«. Oft standen in der Kommentarspalte auch einfach nur das Wort»Rückruf« und ein Datum, an dem ich dann ablesen konnte, wann man sich wohl zuletzt um den Absatz eines Grinello-Produktes bei diesen Menschen gekümmert hatte. Ich überflog die Liste ein Mal komplett, um mir ein Bild zu machen, und fand den ältesten Kontakt auf den 4. April 1992 datiert. Dann schaute ich eine Weile mit unscharfem Blick in den Bildschirm und versuchte herauszufinden, was ich selbst am 4. April 1992 gemacht haben könnte. Ich rechnete aus, dass ich noch bei meinen Eltern gewohnt hatte und in die Grundschule gegangen war, und dann musste ich mich noch fragen, ob dieselben Außendienstmitarbeiter oder Telefonisten der Grinello, die mir diese Kommentare hinterlassen hatten, noch immer hier angestellt waren und warum sie nicht unbedingt drangeblieben waren an zum Beispiel der Alten mit dem Riesenhaus, wie sie es sich doch vorgenommen hatten. Nirgendwo in der Liste fand sich ein Kommentar über ein erfolgreich abgesetztes Produkt oder definitives Interesse, weshalb ich davon ausging, dass die Leute aus dieser Liste herausgelöscht wurden, sobald man ihnen etwas verkauft hatte.

Eine Weile noch saß ich vor der geöffneten Liste, dann prüfte ich den Posteingang nach neuen Nachrichten, das Telefon nach entgangenen Anrufen. Niemand hatte sich gemeldet. In den Heizkörpern gluckste das Wasser. Ich versuchte, mein Gefühl für die Zeit zu verlieren, in der Hoffnung, dass sie zügig vergehen würde. Aber ich musste immer wieder auf die kleine Uhr am rechten unteren Bildrand des Flachbildmonitors schauen. Es war erst ein sehr kleines Stück des Arbeitstages, den ich mir in Tortenform vorstellte, aufgegessen. Ein Probierstück. Kein Viertel. Noch nicht mal ein Achtel.

Schließlich ging ich zu dem schlanken Aluminiumaufsteller neben der Bürotür und holte mir einige der Broschüren an meinen Arbeitsplatz. Die Person, die sich nun im Schwangerschafts- oder Mutterschaftsurlaub befand, hatte sich bei der Einführung auf die Bürogeräte und die grundlegenden Arbeitsabläufe beschränkt. Ich glaube nicht, dass sie selbst genug von den Produkten der Grinello verstand, um ihre Funktionsweise verständlich darzulegen.

Ich hatte nur Informationsmaterial zum *Aquionic Transformer* mit an meinen Arbeitsplatz genommen – später stellte sich auch heraus, dass hier, in dieser neuen Zweigstelle der Grinello, ohnehin noch kein anderes Produkt betreut und verkauft wurde. In den Broschüren war sehr viel Wert auf Anschaulichkeit gelegt worden, auf ein ausgewogenes Bild-Text-Verhältnis, gut lesbare Schriftarten, ein insgesamt ruhiges Design. Ich erkannte schnell, dass es sich bei dem *Aquionic Transformer* um ein Produkt handeln musste, dass auf molekularer Ebene gegen ganz alltägliche Probleme vorging. Beim Überfliegen des Informationsmaterials wechselten sich Detailzeichnungen von Molekülverbindungen mit Fotografien von traurig aussehenden Hausbesitzern ab, die vor schadhaften Wasserleitungen oder Waschmaschinen standen. Immer wieder stand die Sauberkeit der schematischen Grafik einem feuchten Keller gegenüber und vermittelte auch mir bald den Eindruck, das eine könnte sich das andere irgendwie magisch anverwandeln. Ich sah die Bilder der rostigen Rohre und ich wollte an ihre zauberhafte Heilung durch die knödeligen Molekülverbindungen glauben, auch wenn im Text selbst von Magie niemals die Rede war. Ich sah verkalkte Rohrleitungen im Querschnitt, wie Arterien, und las dazu irgendwo im Text das Wort »Rohrinfarkt«. Ich dachte sofort und ohne eigenen Willen den Satz: »Der Hirnschlag für Ihr Haus.«

In den folgenden Wochen lernte ich nach und nach das gesamte Personal der Grinello Clean Solutions kennen. Ein bis zwei Mal pro Arbeitstag kam irgendwer kurz ins Büro, setzte sich an einen der Schreibtische und wählte sich per drahtloser Verbindung ins Internet ein oder stellte sich für eine Zigarette ans geöffnete Fenster. Ich erhielt mein Briefinggespräch für den *Aquionic Transformer* durch einen schwer gebauten Mann mit Halbglatze namens von Oelfeld, den alle anderen Grinellomitarbeiter hinter seinem Rücken nur den »Tanker« nannten.

Das Telefon klingelte so gut wie nie. Wenn ich es benutzte, dann eigentlich nur, um die Nummern aus der langen Liste abzutelefonieren. Wenn ich morgens eine E-Mail im Postfach fand, war sie fast jedes Mal von Dr. Hollach, der mir hin und wieder kürzere Onlinerecherchen auftrug oder einfach nur einen guten Morgen wünschte.

Von Oelfeld hatte während seiner Ausführungen über die Funktionsweise des *Aquionic Transformer* stets ein aufgeklapptes Exemplar der Infobroschüre vor seine Brust gehalten und mit einem Finger auf die schematischen Darstellungen gezeigt, während er sprach. Als das Erstrebenswerte, das Ziel und den Zweck der Anschaffung und des Einbaus eines *Aquionic Transformer* für den potenziellen Kunden nannte er immer wieder den »gewünschten Behandlungseffekt«, der sich aus der Wirkungsweise des Gerätes und seiner wissenschaftlich anmutenden Präsentation in der Broschüre ergab. Auf meine Frage, worin der gewünschte Behandlungseffekt konkret bestehe, antwortete von Oelfeld mit einem sehr charmanten Lächeln im Gesicht: »Dass es eben besser ist.«

In den ersten Tagen musste ich vor jedem Telefonat eine sehr große Hemmschwelle überwinden. Ich öffnete morgens als Erstes die Liste auf dem Computer, dann machte ich Kaffee, trank Kaffee, schaute mich im Büro um, ob irgendwo eine Unordnung herrschte, die durch mich hätte behoben werden können, kontrollierte den Posteingang der Grinello-Mailadresse, füllte ein Glas Leitungswasser ab, das ich neben die Tastatur auf den Schreibtisch stellte, und sah für einige Minuten aus dem Fenster. Es war diese Zeit des Jahres, in der es ununterbrochen regnet.

Grundsätzlich fühlte ich mich in diesem Büro, allein im Trockenen, sehr gut aufgehoben. Es gab elektrisches Licht und eine funktionierende Heizung, Internet und tatsächlich, wie es mir im Vorfeld angekündigt worden war, recht selten Gesellschaft von anderen Mitarbeitern. Wenn ich aber das Büro am Morgen betrat, fiel mein Blick unweigerlich als Erstes auf das schwarze Telefon am Schreibtisch, das sich, wie auch die Bürotür, nach einiger Zeit anders anfühlte beim Hinsehen, obwohl es sich äußerlich nicht verändert hatte. Sobald ich mich dazu entschließen konnte, mit dem Telefonieren zu beginnen, hob ich den Hörer aus der Halterung und hielt ihn so lange an mein Ohr, bis der durchgehende Ton des Freizeichens nicht mehr auszuhalten war. Meistens hielt ich sehr lange durch. Es musste der Ton ja noch unangenehmer werden als das unangekündigte Anrufen fremder Menschen. Ich stellte mir zum Beispiel vor, der Ton sei aus einem Chor verschiedenster Töne zusammengesetzt, zu dem jeder Gegenstand in meinem Blickfeld seinen Beitrag leistete. Die Büroschränke, der WLAN-fähige Laserdrucker, der Garderobenständer, die Fichten vor dem Fenster, alle stimmten sich mit ihrem je eigenen Ton auf das Freizeichen ein, die dicken Gegenstände, dachte ich mir, mit einem tiefen Ton und die schlanken mit einem hohen, auch wenn das natürlich genauso gut ganz anders hätte verteilt werden können.

Bevor mir auffiel – also bevor es mir wirklich bewusst wurde –, dass ich in den Räumen der Grinello Clean Solutions nichts als meine Zeit gegen einen entsprechenden Geldwert anbot, also wirklich nur meine dort am Schreibtisch verbrachte Lebenszeit für Geld abhockte, hatte ich das übermächtige Bedürfnis, meine Arbeit erfolgreich zu verrichten. Ich wollte es richtig machen, mich mit meinen persönlichen Fähigkeiten in den Prozess des Absatzes möglichst vieler *Aquionic Transformer* einbringen und mich so meiner Aufgabe entsprechend beteiligen. Ich hatte mir das nicht explizit vorgenommen. Als ich aber bemerkte, dass ich lediglich meine Lebenszeit für Geld eintauschte, wurde mir klar, dass es wohl die ganze Zeit lang so gewesen war.

Wenn außer mir noch eine andere Person im Büro war, telefonierte ich grundsätzlich nicht. Ich ließ mir viel Zeit für wenig aufwendige Arbeiten, druckte den Prozessstatus irgendeines unwichtigen Vorgangs aus und wartete am Drucker auf jedes einzelne Blatt Papier. Ich druckte auch die wenigen E-Mails aus dem Posteingangsordner der Grinello aus und heftete sie in einen Ordner, den ich erst chronologisch, dann thematisch und schließlich noch thematisch mit chronologischer Reihung anlegte. Bei jedem dieser Arbeitsschritte nahm ich sämtliche Blätter aus dem Ordner heraus und heftete sie danach einzeln wieder ein.

Die meisten Außendienstmitarbeiter beachteten mich kaum, wenn sie im Büro waren. Sie schauten in die Bildschirme ihrer Laptops oder konzentrierten sich auf ihren frisch gebrühten Espresso aus dem Kaffeevollautomaten. Es ist lediglich ein Mal vorgekommen, dass von Oelfeld kurz vor seinem Weggang noch etwas länger auf eine erwartungsvoll auffordernde Art vor der Tür stehen geblieben ist. Wahrscheinlich um zu überprüfen, ob ich sein Briefing in ein angemessenes Kundengespräch am Telefon übersetzen konnte. Es ist mir an diesem Tag allerdings gelungen, seinem Blick so lange standzuhalten, bis er mir nur noch viel Erfolg wünschte und sich schließlich verabschiedete.

Indem ich die Anwesenheit anderer Menschen im Büro mit ausgedehnten Pausenzeiten von der telefonischen Kaltakquise verband, wurden mir die Kaffee trinkenden und im Internet surfenden Außendienstmitarbeiter auf eine Weise sehr vertraut, sie bekamen eine beinah familiäre Anmutung, veränderten sich im Lauf der Zeit auf eine nochmals andere Art als die Bürotür oder das schwarze Telefon auf dem Schreibtisch. Ich spürte schon, dass dieses familiär Vertraute eine zarte und nicht besonders widerstandsfähige Angelegenheit war. Ich spürte, dass es in eine große Enttäuschung umschlagen konnte, wenn deutlich würde, dass ich nicht alles in meiner Macht Stehende getan hatte, um ein persönliches Kundengespräch über den *Aquionic Transformer* durch einen dieser Außendienstmitarbeiter am Telefon zu vermitteln. Oder dass das, was in meiner Macht stand, ganz grundsätzlich nicht ausreichte, um einen potenziellen Kunden am Telefon von der Notwendigkeit eines solchen Gesprächs zu überzeugen. Ich hatte wahrscheinlich, wie gesagt, anfangs noch das starke Bedürfnis, meine Sache richtig zu machen. Und ebenso wenig bewusst, wie mir diese Tatsache zu Beginn noch war, war wohl auch meine Angst davor, ein geschulter Mitarbeiter der Grinello, von Oelfeld oder einer der anderen, würde sofort an meinen einleitenden Sätzen erkennen, dass man auf von mir vermittelte Kundengespräche gar nicht erst zu hoffen brauchte.

Ein wenig anders war die Situation immer dann, wenn Dr. Henning Hollach persönlich im Büro anwesend war. Abgesehen von

Herrn von Oelfeld, der mir ein enger Vertrauter von Dr. Hollach oder ein ihm direkt unterstellter Funktionär zu sein schien, verrichteten alle ins Büro eintretenden Außendienstmitarbeiter ihre Arbeiten dann sehr rasch, ohne einen Kaffee zu trinken oder eine Zigarette zu rauchen. Manchmal wurde ich von Herrn Dr. Hollach explizit angewiesen, während seiner Bürozeiten nicht mit Kunden zu telefonieren, da ihn das Hintergrundgespräch entweder stören würde oder er selbst Gespräche führte, die zu vertraulich waren, als dass sie durch eine Telefonleitung von einer der Grinello Clean Solutions völlig fremden Person hätten mitgehört werden dürfen. Ich hatte auch nicht das Gefühl, Maßnahmen zur Simulation einer ausreichenden Beschäftigung ergreifen zu müssen. Ich war angewiesen, die Telefonarbeit für die Dauer der Anwesenheit Dr. Hollachs zu unterbrechen, und es schien Dr. Hollach durchaus nicht unangenehm, wenn ich nichts weiter tat, als am Schreibtisch zu sitzen und ihn bei seiner Arbeit zu beobachten.

Ich wurde Zeuge einer Videokonferenz zwischen Herrn Dr. Hollach, Herrn Filby aus Düsseldorf, einem Aktionär der Grinello-Mutterfirma Ökotech AG und einem Geschäftspartner, der aus einer Businesslounge in einem deutschen Flughafen zugeschaltet war. Ich sah Herrn Dr. Hollach nachdenklich vor seinem Laptopbildschirm sitzen und hörte Herrn Filby sagen: »Der Herr Hollach und ich, wir sind Tiere. Wir geben zweihundert Prozent, wenns drauf ankommt.«

Ich sah, wie Dr. Hollach und von Oelfeld zusammen mit einer jungen Frau auf hohen Schuhen ins Büro kamen und am hinteren Ende des Raumes Werbesegel mit dem Firmenlogo der Grinello aufbauten. Die junge Frau bekam ein physisches Exemplar des *Aquionic Transformer* in die Hand, einen offensichtlich sehr schweren, silbrig glänzenden Zylinder, der ebenfalls mit dem Grinello-Logo versehen war. Dr. Hollach und Herr von Oelfeld wollten von der jungen Frau auf den hohen Schuhen, dass sie den Zylinder auf eine repräsentative Weise vor ihren Körper halte. Von Oelfeld machte daraufhin einige Fotos mit einer digitalen Spiegelreflexkamera und sagte zu der jungen Frau:»Sehr gut. Und jetzt gib mir noch dein schönstes Lächeln.«

Der jungen Frau zitterten die Oberarme vom Gewicht des *Aquionic Transformer*, der immer wieder im Blitzlicht der Kamera aufglänzte.

Nach dem Fotoshooting verließ Dr. Hollach das Büro gemeinsam mit der Frau auf den hohen Schuhen, von Oelfeld blieb zurück und nahm ein Privatgespräch auf seinem Mobiltelefon entgegen. Er lehnte sich mit einer Hand gegen das große Fenster, hielt sich das flache Telefon gegen den Kopf und schaute nach draußen. Unterhalb der Hand, die sich gegen das Fensterglas stützte, rutschte die blau-weiß gestreifte Manschette mit dem smaragdgrünen Knopf so weit herunter, dass eine vergoldete Armbanduhr sichtbar wurde.

Ich erkannte die Uhr, die etwas preisgünstig auf mich wirkte, sofort wieder. Erst aber nachdem ich lange auf von Oelfelds Handgelenk geschaut und nachgedacht hatte, konnte ich mich erinnern, wo genau mir diese Uhr zuletzt begegnet war. Ich erinnerte mich daran, gemeinsam mit Karsten Schütt, meinem besten Freund aus der Grundschule, allein im Haus seiner Eltern einen Pornofilm angesehen zu haben, den wir im Schreibtisch von Karstens Vater gefunden hatten. In diesem Pornofilm sah man das Bild einer Handkamera, die von einem Mann durch eine Fußgängerzone getragen wurde, wo er mit niederländischem Akzent junge Frauen ansprach und ihnen Geld dafür bot, sich in einem Hotelzimmer für ihn auszuziehen. Wenn die jungen Frauen schließlich ausgezogen auf dem Hotelbett lagen, kam aus dem Bildrand ein dicker Arm hervor, mit dieser goldenen Uhr von Herrn von Oelfeld ums Handgelenk, der überprüfte, ob sich die jungen Frauen für das versprochene Geld auch zwischen die Beine fassen ließen. Mir wurde von diesem Arm sehr übel, und als ich die Uhr an Herrn von Oelfelds Handgelenk wiedererkannte, wurde mir gleich wieder sehr übel, auch wenn ich ausschließen konnte, dass es sich bei ihm um den Niederländer mit der Handkamera handelte. Von Oelfeld zog die Augenbrauen hoch, schaute mit weit offenen Augen und nickte heftig mit dem Kopf. Er sagte:»Ja, sehr.« Und:»Der Job, den ich mir immer gewünscht habe.«

Sobald die innere Hürde genommen war, ich das durchgehende Freizeichen nicht mehr ertragen konnte und also die Telefonnummer, die der am Vortag zuletzt angewählten folgte, auf dem Tastenfeld eingetippt hatte, nahm das Gespräch meistens denselben Verlauf:

»Schönen guten Tag, die Grinello Clean Solutions hier.«
»Wer?«

Es vergingen auf diese Art mehrere Wochen, ehe ich erkannte, dass ich in den Räumen der Grinello Clean Solutions nichts als meine Zeit gegen einen entsprechenden Geldwert anbot und ich infolge dieser Erkenntnis schließlich den Wunsch, es richtig zu machen und mich aktiv am Absatz des *Aquionic Transformer* zu beteiligen so gut es ging, langsam aufgeben konnte.

Ich begann von den Leuten am anderen Ende der Leitung nichts weiter mehr zu wollen, als dass sie mich nicht abweisen würden.

Ich wählte eine Nummer aus der Liste und versuchte wie jedes Mal, nicht auf die Spalte zu sehen, in der sich die fortlaufenden Zahlen befanden. Ich ließ es sieben Mal klingeln und las währenddessen in der Kommentarspalte den Satz »Hobbybastler – gute Argumente!«, bevor sich eine alte Frauenstimme meldete, der man wunderlicherweise anhören konnte, dass die Person, aus der diese Stimme sprach, fast blind war.

Ich fragte nach dem Herrn, dessen Namen ich vom Bildschirm

vor mir ablas, und die alte Frauenstimme entschuldigte sich bei mir und sagte, es tue ihr leid, aber ihr Mann sei leider schon vor einigen Jahren verstorben und könne keine Telefongespräche mehr entgegennehmen.

Durch das Fenster sah ich unten auf der Straße eine schwarze Limousine, die an der Kreuzung stand, nach links blinkte und nicht losfuhr, obwohl kein anderes Fahrzeug zu sehen war.

Ich entschuldigte mich meinerseits, legte den Hörer auf und starrte einige Minuten auf den unbeleuchteten USB-Weihnachtsbaum. Ich spürte einen Druck in den Augenwinkeln, genau neben der Nase, als würde mir jemand zwei Finger dort hineinbohren.

Ab diesem Gespräch ging ich dazu über, mich zuerst mit meinem Namen zu melden, bevor ich die Grinello Clean Solutions erwähnte. Wenig später ließ ich den Firmenzusatz komplett weg. Ich fragte die von mir aufgestörten Menschen zuerst nach ihrem Befinden, »Wie geht es Ihnen?«, fragte ich, und ich glaube, ich hatte mich nie zuvor so ernsthaft für eine entsprechende Antwort interessiert. Ich erhielt unterschiedliche Reaktionen und dachte: Dies sind meine Ergebnisse. Ihre Verschiedenheit ist mein Erreichtes. Das Produkt meiner Arbeit.

Ich habe, erzählte mir eine der Personen am Telefon, sehr schlecht geschlafen. Aus dem Hinterhof, zu dem mein Schlafzimmerfenster zeigt, tönte die ganze Zeit ein lautes Würgen, als würde jemand vergeblich versuchen, sich mit leerem Magen zu übergeben. Ich habe nicht in den Schlaf gefunden und bin nur ab und an kurz weggetaucht in abstruse Szenarien. Mitten in der Nacht hörte ich es dann plötzlich an meiner Heizung klappern, als würde jemand da im Dunkeln vorbeigehen und mit einem Schraubenzieher über die einzelnen Metallrippen streichen. Auch an meinem CD-Regal hörte ich dann ein solches Geräusch. Es drehte sich rings um mich im Zimmer und wurde plötzlich sehr schnell. Ehe ich den Gedanken richtig fassen konnte, dass da etwas Abscheuliches in meinem Zimmer war, kam es von hinten in mein Bett gekrochen und biss sich mit langen Zähnen in meinem Rückgrat fest. Davon bin ich dann hochgeschreckt und aufgewacht. Der Raum sah noch genauso aus wie vorher, lag im Dunkeln, nur aus dem Innenhof fiel etwas Licht durchs Fenster und an die Zimmerdecke. Mein Herz schlug wild, das Würgen war nicht mehr zu hören, das Klappern natürlich auch nicht mehr – aber ich fand danach einfach nicht mehr in den Schlaf. Nach einer Weile zog ich mir eine Trainingshose an, meinen Mantel und die Stiefel und ging raus vor die Tür, wo sich die Nacht langsam schon hellblau verfärbte.

Ich dachte an das Klappern an den Heizkörpern und dass ich die Person jetzt sehr gut hätte fragen können, ob mit ihren Wasserleitungen alles in Ordnung sei, weil ich ja schließlich im Auftrag der Grinello Clean Solutions angerufen hatte, aber ich sprach es nicht aus. Die Person machte kaum Pausen zwischen ihren Sätzen, sodass ich ihr einfach zuhören konnte. Sie schien auch nicht zu erwarten, dass ich regelmäßig bestätigende oder sonstwie anteilnehmende Laute von mir gab.

Wissen Sie, sagte die Person, ich habe letzte Woche meine Tochter besucht, die bei ihrer Mutter im Norden wohnt. Ich habe das Auto genommen und bin nach einem eher traurigen, weil irgendwie steifen und gar nicht herzlichen oder lustigen Tag mit meiner Tochter am frühen Abend auf der Autobahn nach Hause gefahren. Es war sehr viel Verkehr, vor allem vor dem Autobahnkreuz in Richtung Hauptstadt. Auf halber Strecke überholte ich zwei Lastwagen, die nebeneinander fuhren, obwohl keiner der beiden schneller war als der andere. Ich fuhr auf die linke Spur und hinter mir kam sofort ein sehr teures Auto angeprescht, mit Lichthupe und links gesetztem Blinker. Ich war traurig über den Verlauf des Tages mit meiner Tochter und gereizt und wütend auf mich selbst. Jedenfalls hat mich der Drängler sofort schrecklich aufgeregt und da bin ich dann absichtlich langsamer gefahren, damit der hinter mir sich wenigstens auch aufregen musste. Er hat sich auch aufgeregt. Sehr. Hat werfende und schiebende Bewegungen mit der Hand gemacht und laut geflucht. Und als sich eine kleine Lücke ergeben hat zwischen mir und einem der Lkw, da wollte er sofort durch diese Lücke an mir vorbei. Aber ich glaube, sie war noch nicht breit genug. Jedenfalls habe ich nur noch im Rückspiegel gesehen, wie sich das teure Auto auf der Fahrbahn quer gestellt hat. Ich hörte die lauten Hupen der Lastwagen und sah links zwei Fahrzeuge in die Leitplanke einschlagen.

Ich sagte: »Oh je«, weil ich dann doch wieder einmal meine eigene Stimme hören wollte. Ja, antwortete die Person umgehend, und das Verrückte war: Ich konnte ja nur geradeaus weiterfahren. Schließlich war ich auf der Autobahn.

Es kam dann ganz lange keine Ausfahrt mehr, und auch wenn es unwahrscheinlich klingt: Ich hatte kein Telefon bei mir, um die Polizei zu rufen.

Ich fuhr ein paar Kilometer bis zum nächsten Parkplatz. Es war ein sehr kleiner Parkplatz, eigentlich nur eine Art Bucht, die von der Autobahn durch ein paar Bäume abgetrennt war. Es gab noch nicht mal ein Toilettenhäuschen, geschweige denn eine Telefonzelle, eine Tankstelle oder ein Restaurant. Bis auf eine schwarze Limousine, die nah an der Auffahrt auf die Autobahn geparkt war, stand auch kein Auto auf den markierten Flächen. Eine Sitzgruppe aus Holz war neben den Parkplätzen auf einem Betonfundament in die Wiese gestellt worden. Daneben sah ich einen überfüllten Mülleimer und weiter hinten, in den Büschen, große Mengen zerknüllter Taschentücher, die wohl als Klopapier benutzt worden waren.

Ich blieb eine Weile hinter dem Steuer in meinem Auto sitzen. Mein Herz schlug ganz gleichmäßig, mir war nicht heiß oder kalt, in den Fingerspitzen hatte ich ein leichtes Kribbeln, nicht zu viel, gerade angenehm, so, dass man mit ihnen Dinge anfassen will und sich jede Berührung sehr gut anfühlt. Ich glaube, das war so ein Moment von absoluter Augenblicklichkeit. Ich kann mich auch nicht daran erinnern, irgendetwas gedacht zu haben.

Der erste Gedanke, der mir nach einer unbestimmten Zeit durch den Kopf ging, war: »Wenn ich nur für immer in diesem Zustand bleiben könnte, würde ich mir nie wieder Sorgen machen.« Dann erinnerte ich mich wieder an den Drängler und die Lastwagen, an meine Tochter und daran, dass ich am Abend noch ins Fitnessstudio gehen wollte.

Die Person erzählte mir, sie habe sich noch ein paar Sekunden vergeblich gegen den Ansturm der Gedanken zu wehren versucht, sei dann aus dem Auto ausgestiegen und über den Parkplatz bis zu der schwarzen Limousine gelaufen, wo sie gegen das Fahrerfenster klopfte, weil dahinter ein Mann in weißem Hemd mit gelockerter Krawatte saß und schlief oder zumindest die Augen geschlossen hatte.

Der Mann, sagte die Person, ließ augenblicklich die Fensterscheibe heruntergleiten, drehte seinen Kopf in meine Richtung und öffnete dann erst seine Augen. Mit fragendem Blick, etwas müde vielleicht, aber voll auf der Höhe, sah er mich an. Ich hätte ihn gleich um sein Telefon bitten können, schließlich war die Sache ja doch auch dringend, aber es wäre mir unhöflich vorgekommen und deshalb fragte ich den Mann zuerst, wie es ihm gehe. Und als dieses »Wie geht es Ihnen?« von mir ausgesprochen war, klang es irgendwie so, als hätte ich nur deshalb an seine Scheibe geklopft, weil ich mich für sein Befinden interessierte.

Ich bin gerade sehr lange Zeit sehr schnell gefahren, erzählte mir der Mann, bis ich von der andauernden Konzentration Kopfschmerzen bekommen habe. Ich glaube, ich habe die letzten 400 Kilometer kein einziges Mal geblinzelt. Als ich hier auf dem Parkplatz angekommen bin, waren meine Augen ganz rot und wie ausgetrocknet. Ich wollte schnell nach Hause kommen. Diesen Fehler mache ich immer wieder. Ich denke mir, je schneller ich zu Hause ankomme, desto mehr Zeit habe ich, um mich dort zu entspannen. Dabei setzt die Entspannung ja erst ein, wenn man den Stress der Fahrt verdaut hat, und das dauert meistens so lange, wie man zusätzlich unterwegs gewesen wäre in einer gemäßigten Geschwindigkeit. Und obwohl ich das weiß, kann ich einfach nicht stundenlang auf der Autobahn 140 fahren. Ich habe mir einen Podcast über tiefe Hirnstimulation angehört und das Pedal nach unten gedrückt, bin auf die linke Spur gefahren und habe sie mindestens zwei Stunden lang nicht mehr verlassen.

Ich nickte dem Mann durch sein geöffnetes Fenster zu, sagte die Person. Und es beruhigte mich sehr, ihm beim Sprechen zuzuhören.

Es entstand ein kurzer Moment der Stille. Vor dem Bürofenster hatte ein leichter Regen eingesetzt. Längliche Wasserspritzer waren auf der Scheibe zu sehen. Ich stand, sagte die Person nach einiger Zeit, vor der Fensteröffnung der Fahrertür und hoffte, dass der Mann am Steuer einfach weitersprechen würde. Ich fühlte, dass meine Füße gern mehr Platz gehabt hätten, als ihnen in meinen Schuhen zur Verfügung stand. Auch mein Bauch hinter dem Gürtel, die Brust im Hemd, alles war auf einmal wie ein zu eng geschnürter Verband, alles begann zu pulsieren, wie eine Wunde, aber ich glaube, es war nur mein Herz in der Erwartung, dass etwas passieren würde.

Und dabei, sagte der Mann hinter dem Steuer, erzählte die Person, ist es durchaus möglich, dass ich heute diese Strecke hier zum letzten Mal fahre. Es ist nicht unwahrscheinlich, dass ich diesen Weg in Zukunft nicht mehr zu machen brauche. Ich hatte heute einen wirklich sehr schlechten Tag.

Ich fragte: »Was ist passiert?« Und die Person sagte, der Mann im weißen Hemd habe sich geräuspert. Ich habe die letzten Monate, sagte er dann, in einem Expertenausschuss gearbeitet, zur Optimierung der Betriebsabläufe einer staatlichen Lotterie. Wir waren zu sechst. Allesamt Männer. Es gab eine Praktikantin, die für die ganzen Zettel zuständig war, und irgendwo im Hintergrund, an den Computern, für die Auswertung all der Daten, die wir in unsere Gespräche einbezogen haben, eine nicht zu überschauende Zahl an Beschäftigten, Arbeiterinnen und Arbeitern. Aber um den Tisch, an den wir uns jeden Morgen setzten, im vierten Stock eines Tagungshotels nahe der Autobahn, vor jedem von uns ein umgedrehtes Wasserglas auf einem Papieruntersetzer mit dem Emblem des Hotels, gekühlte Wasserflaschen, Öffner und kleine Schälchen für die Kronkorken, saßen sechs Männer in anthrazitfarbenen Anzügen, die Sie, sagte der Mann zu mir, wahrscheinlich allesamt nicht auseinanderhalten könnten, wenn sie Ihnen vorgestellt würden. Er sah auf seine Brust und sagte: An den unterschiedlichen Pastell- und Cremefarbtönen unserer Krawatten hätte man sich vielleicht orientieren können.

Ich weiß nicht, sagte der Mann, ob Sie ein Spieler sind, ob Sie sich ein bisschen auskennen mit dem Geschäft. Die Person erzählte mir, sie habe den Kopf geschüttelt. Dann sei ein extrem flacher Sportwagen von der Autobahn auf den Parkplatz abgebogen, mit Schrittgeschwindigkeit an ihnen vorbeigerollt und habe kurz vor der Auffahrt den Motor aufheulen lassen, sei auf den Beschleunigungsstreifen und unter knallenden Schaltgeräuschen wieder auf die Autobahn aufgefahren.

Im Nachhinein, sagte mir die Person, denke ich mir, wie seltsam es gewesen ist, dass wir beide dem Sportwagen hinterhergeschaut haben und ich da schon keinen Gedanken mehr an den Unfall verschwendet habe – oder an das Telefon, um das ich den Mann ja hatte bitten wollen. Der Mann legte seinen Unterarm so in der Fensteröffnung ab, dass er mit dem Zeigefinger an der Einfassung des Seitenspiegels herumfahren konnte, er strich auch manchmal über den Spiegel selbst, was aus meiner sicherlich etwas verklärten Sicht so aussah wie zwei Hände aus verschiedenen Welten, die sich vorsichtig tastend berührten.

In meinem Kopf ging noch die Frage »Sind Sie ein Spieler?« um, als die Person mir erzählte, der Mann habe daraufhin versucht, ihr das Lotteriesystem und seine Arbeit daran möglichst knapp und verständlich darzulegen. Es ist im Grunde, sagte der Mann, ein etwa vierhundert Jahre altes Vehikel, um Finanzmittel für gemeinnützige Zwecke zu generieren. Der Ursprungsgedanke war, die Armut in der Bevölkerung zu bekämpfen, indem man der wohlhabenden Bevölkerung einen Anreiz bot, ihr Geld in großen Töpfen zu horten und vielleicht sehr viel mehr Geld aus diesen Töpfen ausbezahlt zu bekommen, als sie investiert hatten, wobei man den Großteil jedoch unter den Bedürftigen verteilen wollte, die an der Lotterie selbst gar nicht teilnehmen konnten. Auf gewisse Weise, sagte der Mann, erzählte mir die Person, ist das heute auch noch immer so. Auch wenn sich inzwischen ein unüberschaubares Gespinst gebildet hat, ein dicker Paragrafenapparat, der die Verteilung der immensen Geldbeträge auf irgendwie der Gesellschaft als Gesamtheit dienliche Investitionen regelt. Und dieser Expertenausschuss, dem ich angehöre – oder vielleicht angehört habe bis heute –, wurde einberufen, um die Abläufe innerhalb der Lotterie, die Verteilung und Ausschüttung der Einnahmen ein wenig zu vereinfachen und zu entzerren. Wir haben viel diskutiert und ich hatte eigentlich von Beginn an eine sehr klare Position.

Während ich der Person beim Erzählen zuhörte, sah ich, wie auf dem Computerbildschirm ein kleines Briefsymbol aufleuchtete. Eine neue E-Mail war im Postfach der Grinello eingegangen.

Ich hatte, erzählte der Mann, kurz vor unserer ersten Sitzung einen Imagefilm der Lotterie im Internet gesehen. Einmal im Jahr werden die Millionäre aus vergangenen Ziehungen zu sogenannten Millionärstreffen in eine Stadt geladen, wo sie vor laufender

Kamera Parfümproben machen oder ein Opernhaus besichtigen, Wein trinken und in teuren Restaurants essen. All diese Lotteriemillionäre waren sehr dick und trugen teuren Schmuck, goldene Armbanduhren und Designerbrillen. Der Imagefilm hat in mir die Überzeugung geweckt, dass es überhaupt keine Millionäre mehr geben sollte. Und das habe ich meinen Kollegen dann auch dargelegt.

Heute, sagte ich den Kollegen, sagte der Mann, erzählte mir die Person am Telefon, spielen doch eh nur noch die finanziell schlecht Gestellten unter sich um den Aufstieg in eine höhere Gesellschaftsschicht. Und ich behaupte: Niemand möchte tatsächlich aus dem eigenen Leben mit einem Katapult herausgeschossen werden.

Stattdessen wollte ich vorschlagen, dass sich das gesamte Ausschüttungssystem künftig viel stärker an den Bedürfnissen der Bevölkerung orientiert. Dass man weniger hohe Gewinnsummen ausschüttet, sondern eher Sachpreise, und die viel häufiger, dass man die Quoten senkt, sodass alle mal zum Zug kommen. Sodass man sich im Endeffekt gegenseitig beschenkt und dabei noch Kapital generiert, das von staatlicher Seite für gemeinnützige Zwecke eingesetzt werden kann. Irgendwer hat dann in den Raum geworfen, ich würde mich wohl um die Volksgesundheit sorgen. Und von da an haben alle so getan, als hätte ich dieses Naziwort als Argument benutzt. Dabei habe ich nie von der Volksgesundheit gesprochen.

Die Person blies kurz Luft aus in den Hörer, es rauschte, ich schaute zur Tür und hatte plötzlich große Sorge, sie könnte von außen geöffnet werden.

Ich bin nach dieser unguten Situation im Tagungsraum erst mal aufgestanden, um aufs Klo zu gehen. Bin raus auf den Flur und in Richtung der Toiletten. Ich wusch mir das Gesicht mit kaltem Wasser und trocknete es danach mit übelriechenden Papierhandtüchern ab. Ich fühlte mich alt. Auf dem Weg zurück zum Tagungsraum fuhr ich mit dem Aufzug runter in die Lobby des Hotels, um noch etwas Zeit zu gewinnen. Am Rezeptionstresen war niemand zu sehen. Für einen Augenblick stellte ich mich hinter die breite Theke und malte mir aus, wie ich den ganzen Tag die Informationen der Gäste aufnehmen würde. Dann schaute ich auf einen kleinen Monitor, der das Bild einer Überwachungskamera zeigte, und auch wenn Sie mir das jetzt vielleicht nicht glauben, sagte der Mann zur Person durch sein geöffnetes Autofenster: Ich sah mich selbst auf dem Bildschirm der Überwachungskamera, wie ich im Flur oben im vierten Stock von den Toiletten Richtung Tagungsraum lief. Ich sah, wie ich mir die feuchten Hände an den Hosen abwischte, sah, dass ich zielstrebig ging, aber auch große Angst hatte. Ich fuhr sofort mit dem Fahrstuhl zurück in den vierten Stock und trat hinaus auf den Gang. Niemand war zu sehen.

Ich ging zurück zur Tür des Tagungsraumes. Aber als ich davor stand, wusste ich plötzlich nicht mehr, ob ich noch hineingehen durfte. Der andere, den ich unten in der Lobby auf dem Bildschirm gesehen hatte, saß vielleicht jetzt dort auf meinem Platz und diskutierte mit den Kollegen. Natürlich wollte ich Klarheit, sagte der Mann, aber ich fürchtete mich vor den Blicken der Runde, wenn ich eintrat und einmal zu viel vorhanden war. Ich ging also noch ein Stück den Flur hinunter, bis ich auf eine kleine, fensterlose Teeküche stieß, in der ein junger Mensch am Spülbecken stand, sich mit beiden Händen auf dem Rand abstützte und auf einen Wasserkocher starrte, der aber nicht in Betrieb zu sein schien. Ich sagte zu dem jungen Menschen: »Mann, was machen Sie denn hier allein in dieser Besenkammer?«

Dann erst fiel mir auf, sagte der Mann, dass dieser junge Mensch stark schwitzte. Unter den Armen hatten sich große Flecken gebildet und auf seiner Stirn war ein nasser Film. Ich fragte den jungen Menschen, ob es ihm gut gehe. »Geht es Ihnen gut?«, fragte ich, und als er nicht gleich antwortete, erzählte ich ihm von der merkwürdigen Situation, die ich gerade erlebt hatte.

Ich hörte Schritte auf dem Flur vor der Bürotür, während mir die Person erzählte, der Mann habe ihr durchs Autofenster berichtet, dass der junge Mensch seinen Kopf gehoben und gesagt habe: Ich bin froh, dass Sie mir das erzählt haben.

Der Mann erzählte mir, sagte die Person am Telefon, der junge Mensch habe sich etwas entspannt, den Griff um den Rand des Spülbeckens gelockert, habe sich ihm zugewandt und seinerseits zu erzählen begonnen.

Es ist jetzt zwei Wochen her, sagte der junge Mensch, dass ich in einer aus Bast und Bambusrohr gebauten Hütte auf meinem Schlaflager gesessen habe und mich plötzlich hinten etwas Kleines, ein Insekt wahrscheinlich, kurz, aber sehr schmerzhaft in den Nacken gepiekt hat. Ich habe sofort mit meiner flachen Hand auf die Stelle geschlagen. Es gab ein lautes Klatschen in meiner Hütte. Ich schaute auf die Hand, aber da war nichts. Im Nachhinein habe ich mich gefragt, ob ich mir das Pieken nur eingebildet habe. Ob ich noch im Halbschlaf gewesen war und vielleicht sogar noch in einem Traum. Aber ich kann mir einfach alles andere nur damit erklären, dass ich an diesem Morgen von einem Insekt gestochen und mit dem Erreger einer seltenen Tropenkrankheit infiziert wurde. Ich fühlte mich sofort unbehaglich. Ich trat vor meine Hütte und hörte die bunten Vögel in den Urwaldbäumen krächzen. Im Unterholz zappelte etwas. Das war normal, an jedem Morgen hatte es dort im Unterholz gezappelt. Aber plötzlich fand ich alles sehr bedrohlich. Ich wollte nicht zurück in meine Hütte, wollte nicht in den Wald, nicht mal die verhältnismäßig sterile Atmosphäre unserer Laborcontainer, wo wir die Messdaten einer geophysischen Versuchsreihe auswerteten, war mir noch geheuer.

An diesem Tag war es mir noch möglich, meiner Arbeit nachzugehen. Wenngleich auch nicht besonders konzentriert. Wahrscheinlich sind die Messreihen, die ich an diesem Tag bearbeitet habe, nicht wirklich zu gebrauchen. Man wird einiges davon noch mal überprüfen müssen. Richtig los ging alles aber erst in der darauffolgenden Nacht. Und ich hoffe, Sie nehmen es mir nicht übel, sagte der junge Mensch zu dem Mann, der auf dem Flur vor der Teeküche stand, wie er mir aus seinem geöffneten Autofenster erzählte, sagte die Person am anderen Ende der Telefonleitung, wenn ich Ihnen jetzt sage, dass alles von dieser Nacht an so komisch und beunruhigend verlaufen ist, dass ich nicht mal Sie, und wie Sie da in der Tür stehen, zweifelsfrei als realen Menschen in der Welt wahrnehmen kann. Ich weiß nicht, sagte der junge Mensch, was ich noch glauben soll.

In dieser Nacht, die auf den vermeintlichen Insektenbiss folgte, bin ich irgendwann noch vor Sonnenaufgang von einem gleißenden Licht geweckt worden. Ich wachte unter meiner dünnen Decke vollkommen verschwitzt auf und sah, wie durch die Türöffnung meiner Hütte von draußen ein bläulicher Lichtschwall hereingeflutet kam. Ich konnte gar nicht direkt in dieses Licht schauen, so hell war es. Als ich mich mit abgewandtem Kopf und vorgehaltenen Händen in Richtung der Tür vortastete, langsam, in kleinen Schritten, wurde mir langsam weniger heiß. Ich spürte kühle Luft auf meinem verschwitzten Körper. Und als ich dann durch die Türöffnung meiner Hütte trat, nahm das gleißende Licht mit einem Mal ab, es verschwand sozusagen wie ausgeknipst und hinterließ nur noch Tausende bunter Flecken, die durch mein Gesichtsfeld tanzten. Es dauerte einige Sekunden, bis ich in der frühmorgendlichen Dunkelheit vor meiner Hütte überhaupt etwas erkennen konnte. Als ich wieder Konturen und Dinge wahrnehmen konnte, erblickte ich dann direkt vor meiner Hütte, mit nackten Füßen auf der platt getretenen Erde stehend, drei Männer mit pechschwarzer Haut, die wie Voodoopriester aussahen. Sie hatten Kalkfarbe im Gesicht und auf ihren Bäuchen, hatten die Knochen von Vogelskeletten durch ihre Ohrlöcher und Nasenscheidewände gebohrt und schwer aussehende Messingringe an ihren Unterarmen und Schienbeinen, die so eng anliegend waren, dass die Männer scheinbar von ihrer Kindheit an in sie hineingewachsen waren. Vielleicht waren sie ihnen auch heiß um die Glieder geschmiedet worden, sagte der junge Mensch, erzählte der Mann, und wischte sich dabei mit der flachen Hand den Schweißfilm von der Stirn.

Einer der drei Männer holte dann langsam etwas hinter seinem Rücken hervor. Er starrte mich mit weit offenen Augen an. In seinen Händen, die unendlich langsam hinter dem Rücken hervorkamen, erkannte ich ein Comicheft und ein goldenes Sturmfeuerzeug. Ich glaube, es handelte sich um einen *Asterix*-Band.

Ich schaute zur Bürotür, weil ich meinte, dort ein Kratzen gehört zu haben. Aber nichts passierte. Im Aufsteller neben der Tür lagerten die *Aquionic-Transformer*-Broschüren. Die Klinke bewegte sich nicht.

Der Mann hielt das Comicheft vor sein Gesicht und das Feuerzeug darunter, öffnete den Verschluss, drehte am Feuerstein und mit dem ersten Funken, der den Docht berührte, schossen aus den Dächern der umstehenden Hütten blaue Flammen in den Himmel. Alles wurde plötzlich, erzählte der junge Mensch, in ein krankes Licht getaucht. Der gesamte Urwald strahlte auf, blau, fluoreszierend wie eine Unterwasserwelt, ich schaute in den Himmel, wo plötzlich schwarze Wolken vor einem hellblauen Himmel standen. Als ich meinen Blick wieder senkte, waren die drei Männer verschwunden und das blaue Licht hatte sich irgendwie normalisiert, war dem gewöhnlichen Blau einer Morgendämmerung gewichen.

Ich habe seit diesem Tag immer wieder versucht, in den Schlaf zu finden, aber etwas in meinem Bewusstsein ist seither irgendwie verkeilt. Wenn ich im Bett liege, dann fühlt es sich so an, als hätte ich schon geschlafen, als schliefe ich, dabei bin ich so müde und mein Herz schlägt so wild. Der Mann erzählte der Person am Telefon durch sein geöffnetes Autofenster, dass er in diesem Moment den jungen Menschen gern in den Arm genommen hätte, weil er so elend auf ihn gewirkt hatte.

Ich meldete mich krank bei meinem Vorgesetzten, ich wurde zum nächsten Flughafen gebracht und in eine Maschine gesetzt, vor deren Fenstern ich bizarre Wolkenformationen sah. Früher war ich beim Fliegen immer fasziniert von der Unberührtheit der Wolkenlandschaft, von ihrer Zeitlosigkeit, ihrem unendlichen Gleichmut gegen die Entwicklungen darunter. Aber diesmal sah ich sie gar nicht wirklich als Wolken, also als das Wasser, das sie sind, sondern sah den Rauch all der Kriege der Menschheitsgeschichte, der sich über der Welt und über ihren Städten auftürmte, und tatsächlich, als die Maschine dann die Wolkendecke durchbrach und zum Landeanflug ansetzte, regnete es Pech auf die Tragflächen und das Land, die Scheiben wurden schwarz verkleistert, eine Dunkelheit umfing die Kabine, so lang, bis das Anschnallzeichen erlosch und alle Passagiere aufstanden, um ihre Handgepäckstücke aus den Fächern zu holen. Der Pilot meldete sonniges Wetter und die lokale Uhrzeit, die ich auf meiner Armbanduhr einzustellen versuchte, aber keiner der Knöpfe an den Seiten des Displays erfüllte seine gewohnte Funktion.

In der Gepäckausgabe, an dem umlaufenden Förderband, wo ich stand und auf meinen Koffer wartete, rutschten nacheinander die seltsamsten Gebilde von der Gepäckabfertigung durch die Öffnung mit den schwarzen Gummilappen. Die Menschen um mich herum griffen ganz selbstverständlich nach Haifischkiefern und Bananenstauden, Marmorbüsten, Fernsehgeräten, Aquarien, einem Camauro aus Hermelinfell, einem Elefantenfuß und einem Leierkasten. Als das Band schon fast leer gefischt war, fuhr eine krakenartige Kreatur an mir vorüber, der ich etwas zu lange in die Augen schaute. Sie griff mit einem schleimigen roten Rüssel nach meiner Hand und sog den halben Unterarm in sich ein. Die Kreatur war nicht besonders schwer, ich konnte sie leicht vom Förderband herunterheben, sagte der junge Mensch in der Teeküche, aber sie hatte sich so festgesaugt, dass ich sie nicht mehr von meinem Arm losbekam. An einem ihrer Tentakel hing ein Kofferschild, auf dem mein Name stand. Wenn ich die Hand im Schlund der Kreatur bewegte, stieß ich auf eine pelzige Zunge, die versuchte, mein Handgelenk zu umwickeln. Die Augen der Kreatur schauten die ganze Zeit über zu mir hoch, als ich aus der Gepäckabfertigung herausging und mir mit der freien Hand vor dem Flughafengebäude ein Taxi heranwinkte.

Die Person am Telefon erzählte mir, als wäre sie selbst dabei gewesen, von der Beschreibung des Mannes auf dem Parkplatz, der in der Tür der Teeküche dem jungen Menschen dabei zugehört habe, wie der weitererzählte, er habe auf der Rückbank des Taxis gesessen und die Kreatur irgendwann auf seinen Schoß genommen, weil er sich sonst unangenehm hätte verrenken müssen mit seinem Arm. An einer Ampel sei das Auto von Scheibenputzern umringt worden, die alle Fenster mit einem fettigen Lappen abrieben, bis sie gleichmäßig überall milchige Schlieren verteilt hatten und man kaum mehr nach draußen schauen konnte. Der Taxifahrer gab unbeirrt Gas und telefonierte unablässig in einer fremden Sprache, die sich anhörte, als würde ein Tonband rückwärts abgespielt.

Nachdem mich das Taxi vor meinem Haus abgesetzt hatte, ging ich die paar Meter durch den Garten, da sah eigentlich alles ganz normal aus. Ich fischte mit der freien Hand meinen Hausschlüssel aus der Hosentasche und öffnete die Tür. Im kühlen Flur blieb ich eine Weile stehen, ich schwitzte sehr stark und hoffte, dass sich dort, zu Hause, alles beruhigen und normalisieren würde. Ich sah an meinem rechten Arm hinunter, die Kreatur war während der Fahrt eingeschlafen, sie schlief noch immer. Ich spürte, wie sich ihr Rüssel immer mehr entspannte, bis sie schließlich von meinem

Arm abglitt und mit einem feuchten Klatschen auf den Fliesen des Flurbodens aufschlug. Dort, wo sie die ganze Zeit über festgesaugt gehangen hatte, war mein Arm tiefrot verfärbt, wie von einem starken Sonnenbrand, und fühlte sich an, als hätte ihn jemand mit Nesseln eingerieben.

Ich hatte Angst davor, nach meiner Frau zu rufen. Ich glaube, dass ich sogar gehofft hatte, sie wäre nicht zu Hause, weil mir das etwas Zeit verschaffen würde, mich wieder zurechtzufinden. Ich ging langsam durch alle Räume, schaute in ein leeres Wohnzimmer, vor dessen Fenster ein ruhiger Garten lag. Ich schaute in die Küche, die ordentlich aufgeräumt und ebenfalls menschenleer war. Auf dem Weg nach oben schaute ich auf meine Füße, die auf jeder Treppenstufe ganz normal auftraten. Vor der Schlafzimmertür wartete ich eine Weile, es war mir noch immer sehr unwohl, ich bekam Sodbrennen und war schrecklich durstig. Als ich die Klinke herunterdrückte, sagte der junge Mensch in der Teeküche, sagte der Mann im Auto, erzählte mir die Person am Telefon, wurde mein Herzschlag noch fester, er rumpelte mir in den Ohren, ich schob die Tür in den Raum und sah ihn erfüllt von tropischen Büschen und Bäumen. Kein Möbelstück, kein Fenster mehr, wo ich sie erwartet hatte. Ein undurchdringliches grünes Dickicht. Und darunter dann wieder, wie vor meiner Hütte zwei Tage zuvor: ein Zappeln im Unterholz.

Der junge Mensch rang den Impuls, in Tränen auszubrechen, gerade so nieder, sagte der Mann im Auto, als er erzählte, ihm sei in diesem Augenblick völlig klar gewesen, dass das, was da im Unterholz zappelte, seine in etwas Schreckliches verwandelte Frau gewesen sei, deren Person sich schon völlig aufgelöst hatte in eine tierische Existenz ohne Bewusstsein von der Welt, von Gegenwart oder Vergangenheit und ohne ein hörendes Ohr für die Sprache, in der er gern versucht hätte, Worte zu finden für die schreckliche Angst, die von ihm Besitz ergriffen hatte.

Der junge Mensch ist daraufhin, seiner Erzählung nach, die Treppe hinuntergerannt, an der Kreatur auf dem Flurboden vorbei, die nochmals aufgrunzte und seine Beine nur knapp verfehlte beim Versuch, sie mit einem langen Tentakel einzuwickeln. Ich dachte die ganze Fahrt lang, sagte der Mann im Auto, vom Tagungshotel bis zu diesem Parkplatz hier, während ich das Gaspedal durchdrückte und den Podcast über tiefe Hirnstimulation hörte, daran, wie der junge Mensch erzählte, er habe seine Haustür aufgestoßen und sei hinaus auf seine Straße gerannt, wo aus den Dächern der Häuser wieder blaue Flammen schlugen und wo die Kinder, ebenfalls in dieser seltsamen Farbe brennend, auf Schaukeln in den Vorgärten hin und her schwangen. Ich habe keinen Gedanken mehr an das Telefon verschwendet, sagte die Person am Telefon, um das ich den Mann ja eigentlich hatte bitten wollen, während ich selbst wieder im Auto saß und nach Hause fuhr, sondern sah die ganze Zeit den jungen Menschen vor mir, wie er aus dem Wohngebiet herausrennt und zwischen die angrenzenden Felder, auf denen Wiesenblumen und fremde Tropenpflanzen wild durcheinander aufwucherten, in rasender Geschwindigkeit, Blüten, sagte er, platzten auf, ein tausendfaches Poppen und Rascheln. Noch im selben Augenblick vertrockneten um ihn herum alle Blüten und Blätter, die Pflanzen fielen knisternd in sich zusammen zu braunen Haufen, über die sich gleich darauf dicke Käfer hermachten. Ich habe in der vergangenen Woche, erzählte die Person am Telefon, mehrfach in den Tageszeitungen nach dem Verbleib des jungen Menschen geforscht, nach einem Hinweis darauf, was mit ihm passiert sein mochte, nachdem er die Landstraßen und die Autobahn so lange entlanggerannt war, bis er sich schließlich in ein irgendwie neutral aussehendes Tagungshotel einschleichen konnte, wo er, verschanzt in der Teeküche, von dem Mann aus der schwarzen Limousine angesprochen wurde. Ich habe aber nichts gefunden. Noch nicht mal der schwere Unfall, den ich in meinem Rückspiegel gesehen hatte, wurde irgendwo erwähnt. Kein Wort davon war zu finden. Ich habe jetzt auch schon angefangen, meine eigene Erinnerung zu bezweifeln.

Die Stimme der Person am Telefon klang mir noch in den Ohren, während ich das Telefon selbst, den Schreibtisch, den Kaffeevollautomaten und den WLAN-fähigen Laserdrucker hinter der Bürotür der Grinello einschloss, wie sie sagte: »Der junge Mensch hat das Angebot, sich im Auto des Mannes mitnehmen zu lassen, abgelehnt, ohne eine Sekunde darüber nachzudenken.«

Schon als ich im Fahrstuhl stand, der mich aus dem fünften Stock nach unten beförderte, konnte ich mich nicht mehr an die Floskeln erinnern, mit denen wir, die Person am Telefon und ich, uns verabschiedet hatten. Ich begann mich zu wundern, ob wir überhaupt solche Abschiedsworte ausgetauscht hatten, als die Türen des Aufzugs auseinanderglitten und ich das Gebäude durch den Haupteingang verließ. Auf dem weiten Parkplatz des Gewerbehofes standen keine Fahrzeuge mehr. Lediglich eine schwarze Limousine war nahe der Toreinfahrt geparkt worden. Als ich an ihr vorbeilief, erkannte ich durch die Windschutzscheibe Herrn Dr. Hollach und neben ihm, auf dem Beifahrersitz, von Oelfeld. Hollach war von Oelfeld seitlich zugeneigt und sehr nahe gekommen. Zuerst dachte ich, er küsse ihn auf die Wange, bis ich erkannte, dass er von Oelfeld etwas ins Ohr flüsterte, obwohl man sich doch in der Kabine eines Fahrzeugs problemlos auch laut hätte unterhalten können.

DIE MELANCHOLISCHE MACHT

Sie biegt um die Ecke auf dem Fahrrad und vor ihr steht das Gebäude groß da. Es nimmt den ganzen Straßenzug ein, über der Eingangstür das Erbauungsjahr in römischen Zahlen. Ein Aufsteller zwischen den Steinstufen und den Metallständern für die Fahrräder weist das Gebäude als Hochschule der Bildenden Künste aus, Gründungsjahr, männliche Malergröße, nach der sie benannt ist, EINGANG. Später denkt sich die junge Malerin, die hier studiert, beim Hochschauen an den Fenstern und Blenden und Simsen und Giebeln: Hier habe ich mir so viel erspielt, erkämpft, erarbeitet. Aber eben auch: erbeten.

Jemand kommt auf uns zu, wie wir da stehen, extrem angespannt, und sagt:
»So. Ja. Gut. Also wenn ihr jetzt brennt, dann bekommt ihr gleich noch Gesellschaft von zwei anderen, die noch nicht brennen.«

Die junge Malerin tritt aus dem Fahrstuhl heraus und zieht den Magnetstreifen einer Plastikkarte durch ein Lesegerät. Der Schließer der Stahltür zu den Atelierräumen summt, sie drückt die schwere Tür auf, der Flur riecht nach Lösungsmitteln, PU-Schaum, Silikon, Lötfett, Dispersions- und Acrylfarbe. In den Türöffnungen der einzelnen Atelierräume hängen beigefarbene Leintücher als Blickschutz, die Trennwände der Räume reichen nicht bis ganz an die Decke, an der dicke Aluminiumrohre für die Belüftung entlanglaufen. Aus manchen Räumen ist leise Musik zu hören oder Radionachrichten oder ein Hörbuch oder Sägen oder lautes Fluchen oder Lachen oder ein auf eine sehr gespreizte und gewollte Art gelangweiltes Gespräch über Leistungsnachweise und die Anrechenbarkeit von Seminaren.

Die junge Malerin schiebt einen der beigefarbenen Vorhänge zur Seite und betritt ihren eigenen, ordentlich aufgeräumten Atelierraum. Die Wände sind leer bis auf den vollgeschriebenen Wandkalender einer gesetzlichen Krankenkasse, ein paar hingenagelte Fundsachen von der Straße, eine Polaroidfotografie von einer Katze, die auf einer Fensterbank hockt und mit beiden Pfoten die verdorrten Äste und Blätter einer Zierpflanze attackiert. An eine Wand gelehnt stehen voreinander aufgeschichtete Malereien, die die junge Malerin in Luftpolsterfolie eingewickelt hat, um sie zu schützen.

Auf der Arbeitsplatte, einem weiß gestrichenen Tapeziertisch, liegt das nur halb Zuendegebrachte vom Vorabend: einige Holzlatten, schon zurechtgesägt auf die richtige Länge und angeschrägt an den Enden, die mit Schraubzwingen zusammengeleimt werden müssen zu Rahmen. Leinwandstoff in einer fortlaufenden Bahn, ein Tacker. Die junge Malerin baut Rahmen in verschiedenen Formaten, das ist das Vorhaben für diesen Tag.

Dabei entsprechen die Rahmengrößen noch gar nicht Vorstellungen von Motiven, die im Kopf der jungen Malerin schon vorhanden sind. Sie will sich mit dem Bau von verschieden großen Grundflächen eher selbst zur Vielfalt anhalten. Sie erinnert sich, in einem Seminar einmal gesagt zu haben, dass sie am Anfang, wenn sie zu malen beginne, oft noch gar nicht so genau wisse, was am Ende herauskommen werde, und dass es nicht zuletzt das Format sei, ganz am Anfang weiß und erwartungsvoll vor ihr aufgestellt, das dann einen Inhalt für sich einfordere. Und obwohl sich die junge Malerin immer ein wenig schämt, wenn sie daran denkt, wie sie das im Seminar gesagt hat und wie man dort über ihre Aussage auf eine Art hinweggegangen war, dass sie nicht sagen konnte, ob es die anderen nicht interessierte oder ob sie es peinlich fanden oder naiv oder selbstverständlich, baut sie weiterhin ihre unterschiedlich großen Leinwände für verschieden große Bilder, die in ihrem Stil und dem, was sie zeigen, oft so wenig miteinander verwandt sind, dass man sie gar nicht als die Arbeit einer einzelnen Person erkennt. Das hat sie oft schon gehört, dass es bei ihr einfach keinen Wiedererkennungswert gibt für einen Außenstehenden, bei diesem vom Format eingeflüstert Aufgemalten, und sie merkte es ja auch selbst, als sie bei einer Sammelausstellung der Hochschule für Malerei ihre eigenen Arbeiten nicht hatte nebeneinanderhängen wollen, weil sie das Gefühl hatte, sie verstünden sich schlecht.

Wir sammeln uns, stellen uns auf kleinstem Raum zusammen. Jeder geht seinen Text durch, Murmeln und Schwitzen, der Geruch der anderen. Der Bühnentechniker trägt eine kurze Hose und hat sich die Beine rasiert, den Kopf auch. Einer von uns braucht für seinen Text Armfreiheit, er fuchtelt, wir rücken noch enger zusammen, keiner kann jetzt einem anderen etwas vorwerfen, so kurz vorher. Nachsicht, Liebe, Einklang.

Der Fuchtelnde probt seine letzten Zeilen:

»Aber das Gefühl, das wir noch nicht haben, könnte ja, wenn wir es hätten, etwas anderes sein als die Täuschung, der wir jetzt noch unterliegen. Diese Möglichkeit müssen wir zumindest in Betracht ziehen.«

Die junge Malerin beginnt ihre Arbeit an den Holzrahmen auf eine sehr routinierte Art. Es ist ihr möglich, die Hände dabei zu beobachten, wie sie sich bewegen. Ihre Hände sind nicht fahrig, wenn sie die Leinwände zusammenbauen, ihre Bewegungen, das spürt sie, warm, vertraut, sind, wenn sie die Dinge herstellt, die für ihre Arbeit notwendig sind, zielstrebig und konsequent, sie bewegt sich nicht zu viel, geht nicht halb irgendwohin, um dann in Zweifel zu geraten, sie baut, mit dem Leim und den Schraubzwingen, die Rahmen, greift, dreht sich, läuft dabei nur genau so oft wie nötig und pfeift nicht und hört auch keine Musik.

Oft genug kommt es ihr beim Bauen der Rahmen so vor, als sei das ihre eigentliche Arbeit, als sei es die Beschäftigung mit diesem Material, auf die es ihr in Wirklichkeit nur ankommt, weil ja später, beim Bemalen der fertig gebauten Leinwände, die ganze Fahrigkeit und Unsicherheit, das Verzweifelte wieder voll auf sie einstürzen, die Bewegungen unsinnig werden, ein Körper voller Knochen ist sie dann, und kaum genug Muskeln daran, um ihn anständig zu bewegen.

Auf dem Schwarzen Brett der Hochschule hatte sie einmal (ohne Angabe ihres Namens) eine Annonce eingestellt, dass sie für wenig Geld den Studierenden ihre Rahmen und Leinwände zusammenbauen würde, und an schlechten Tagen hatte sie gedacht, sie könnte das auch ausschließlich machen, ohne überhaupt selbst noch weiter zu malen oder die Malerei hier an der Kunsthochschule zu studieren. Von allem, was sie immer schon interessiert hat, denkt sie dann, hat sie eigentlich immer nur die Vorarbeit interessiert, die Hinführung, wo man mit ganz simplen Dingen eine simple Arbeit verrichtet, während im Kopf noch alles Folgende von den realen Verhältnissen unverletzt sich vorgestellt und weitergedacht werden kann.

Die junge Malerin hat angefangen, an der Hochschule ihre Geschichte zu erzählen. Zuerst nur einem, dann immer häufiger, als sie merkte, dass es eine gute Geschichte war, die gut ankam bei den anderen Studenten. Sie reagierten anders auf diese Geschichte als auf ihre Selbstauskünfte in den Seminaren.

Sie bemerkt jetzt, oder glaubt es jetzt zu bemerken beim Leimen der Rahmen, dass dieses Erzählen ihrer Geschichte an der Kunsthochschule auch so eine Arbeit der Vorbereitung war.

Als die junge Malerin noch ein Kind war, das erzählte sie den anderen (allerdings nie mehreren zugleich, sondern immer nur Einzelnen, die mit ihr spazieren gingen oder im Innenhof rauchten oder zu Mittag aßen im Café der Hochschule), unternahm ihre Mutter einige Anstrengungen, um zu verhindern, dass aus ihr eine Künstlerin werde. Ich glaube, sagte sie, dass es ihr nicht nur darum ging, dass ich einmal in der Lage dazu sein müsste, mein eigenes Geld zu verdienen.

Die Maßnahmen der Mutter reichten so weit, dass der jungen Malerin, als sie noch ein Kind war, zu Hause niemals Papierbögen oder Zeichenblöcke erlaubt wurden für die Skizzen und Bilder, die sie sehr früh schon hatte anfertigen wollen.

Sie erzählte, dass ihre Mutter zu Hause lediglich das Zeichnen auf einer eigens angeschafften schwarzen Schiefertafel erlaubt habe, wofür sie auch eine begrenzte Anzahl Kreiden erhalten hatte. Das Prinzip, das hinter dieser Maßnahme steckte, erzählte die junge Malerin ihren Mitstudenten, war, mir immer nur ein einziges Bild zu erlauben. Wahrscheinlich in der Hoffnung, ich würde irgendwann an dem Punkt ankommen, an dem ich das Ungewisse, das möglicherweise noch von mir in der Zukunft gemalte Bild, zugunsten des Erreichten drangab und mich mit anderen Dingen beschäftigte. Dass irgendwann die Sorge oder die Angst, das Kommende könnte die Auslöschung des Vorhandenen nicht mehr rechtfertigen, ein Weiterarbeiten unmöglich machte. Oder der Wunsch, einmal etwas Beständiges zu schaffen und nicht nur zu zeichnen für die unausweichlich wiederkehrende Auslöschung durch den feuchten Schwamm.

Sie habe damals natürlich heimlich Papierbögen gekauft oder aus der Schule mitgenommen und an geheimen Plätzen in ihrem

Zimmer versteckt. Solange sie aber am Leben gewesen sei, habe die Mutter von der Existenz der gegen ihre Anordnung geschaffenen Werke nichts gewusst. Sogar, als ich schon ausgezogen war, berichtet die junge Malerin, und die Bilder zu Hause zurückgelassen hatte, weil sie mir ja längst schon nicht mehr gefielen, erzählte ich meiner Mutter nichts. Es verschaffte mir eine gewisse Genugtuung zu wissen, dass sie mit dem, was sie mit aller Macht verhindern wollte, nun unter einem Dach leben musste in meiner Abwesenheit. Auch wenn sie das nie gewusst hat, vielleicht hat sie es ja doch irgendwie gespürt, dass da etwas störend vorhanden war, ein unbestimmtes Scheitern oder Versagen, und ich fand, fügte die junge Malerin an ihre Erzählung jedes Mal an, als sie noch lebte, lebte sie damit zu Recht.

Ich stehe im Licht. Ich bin dran. An der Reihe – Aber halt! Halthalthalt. Hat denn so jemals jemand gesprochen? Hat denn, im Leben, jemals einer so geredet, sich so gegeben? Hat denn, hahaha, hihi, hat denn so jemals jemand gelacht, hat sich denn je einer so aufgeregt, verdammt, Scheiße, Fuck, so wütend, war je einer so in Rage, so verzweifelt, so außer sich und ohne Hoffnung, war jemals jemand so weit entfernt, so abwesend, versunken, verschlossen, verloren, hat sich jemals einer so gesehnt, so herrlich gesehnt, weil er so, so schrecklich verliebt war? Hat jemand, jemals, so direkt das Wort an Sie gerichtet und Sie gefragt, wollte jemals jemand auf diese Art von Ihnen wissen, was eigentlich mit Ihnen los ist? Was ist eigentlich hier los, was stimmt denn hier nicht, was ist hier falsch? War jemals einer hier, wo ich jetzt bin, und hat es gewusst, verstanden, durchschaut, hat sich hier jemals auch nur einer nicht zum Idioten gemacht? Ich mache mich auch zum Idioten, kein Problem, ich will's nur wissen. Spricht denn überhaupt noch irgendwer diesen Dialekt – oder diesen hier oder den, redet denn wirklich jemand so? Und reden die Leute, wenn sie so reden, nicht so, weil sie signalisieren wollen, dass sie es nicht ERNST meinen, dass man sie also bitte nicht ERNST nehmen soll?

Es fiel etwa in die gleiche Zeit der Anschaffung ihrer Schiefertafel, dass dem Vater der jungen Malerin, der Lehrer gewesen ist an der Hauptschule in ihrem Heimatort, während des Unterrichts unvermittelt das Herz stehen geblieben ist. Vor der großformatigen Tafel, die im Klassenraum an die Wand geschraubt war und auf der er gerade ein nicht allzu kompliziertes mathematisches Problem hatte erörtern wollen, sackte er nach einem scharfen Stich in der Brust in sich zusammen und blieb ohne Regung auf dem Linoleum liegen.

Wenn sie von ihrer Herkunft erzählt, erzählt die junge Malerin, ihr Vater sei zwischen seinem Infarkt und der Fahrt ins Krankenhaus für einige Minuten praktisch tot gewesen. Die Rettungssanitäter hätten versucht, sein Herz durch Stromstöße wieder zum Schlagen zu bringen und die Hoffnung auch eigentlich schon aufgegeben, als nach der vorgeschriebenen Anzahl der Wiederbelebungsversuche noch kein Leben habe zurückkehren wollen in den daliegenden Vater. Einer der Sanitäter habe jedoch, ohne dass er später sagen konnte, weshalb, darauf bestanden, es über diese festgeschriebene Zahl hinaus zu probieren, und schließlich habe sich das träge Vaterherz doch noch zum Weiterschlagen animieren lassen.

Im Krankenhaus habe der Vater dann einige Tage im Koma gelegen, bevor er wieder zu sich gekommen sei und zur Verblüffung der behandelnden Ärzte und Pfleger keine bleibenden Schäden durch den kurzen Tod an seinem Gehirn festgestellt werden konnten.

Nur wenige Wochen nachdem der Vater der jungen Malerin wieder nach Hause und schließlich auch wieder an seinen Arbeitsplatz zurückgekehrt war, nahm die Produktionsfirma der Fernsehserie *110: Notretter im Einsatz* Kontakt mit der erleichterten Familie auf und signalisierte ihr starkes Interesse daran, die Ereignisse und alle Beteiligten zum Gegenstand der nächsten Episode zu machen.

Ihre Familie, die beteiligten Sanitäter und die Kollegen ihres Vaters willigten ein, für die Serie interviewt zu werden. Um die Geschehnisse für das Fernsehpublikum möglichst anschaulich zu machen, wurden die wichtigsten Ereignisse noch einmal an den Originalschauplätzen nachgespielt. Die Rettungssanitäter spielten sich selbst, die Lehrerkollegen und sogar einige der Schüler spielten sich selbst, die Mutter der jungen Künstlerin, die dem im Koma liegenden Vater im Krankenhaus so lange die Hand gehalten hatte, bis der schließlich wieder zu sich gekommen war, spielte sich selbst, nur der Vater, das stand irgendwie von Anfang an fest, erzählte die junge Künstlerin ihren Mitstudenten, sollte seinen erneuten, für die Fernsehkameras gestellten Herzinfarkt nicht selbst erleiden, sondern wurde durch einen Schauspieler ersetzt.

Aber gerade die Szene im Krankenhaus, die ich schon im nächsten Monat im Fernsehen sah, sagte sie dann, in der meine Mutter dem ein Koma simulierenden Schauspieler mit hoffnungsvoller Miene die Hand drückt, ist mir von allem, was ich damals gesehen habe, am stärksten im Gedächtnis haften geblieben, und immer wenn jetzt das Gespräch zwischen uns Geschwistern auf den Herzinfarkt meines Vaters kommt, der heute übrigens sehr gesund lebt und sich gut ernährt, kommt unweigerlich dieses eine, alle anderen Eindrücke überlagernde Bild in mir auf und drängt sich in den Vordergrund. Den Schauspieler habe ich nach den Dreharbeiten, die er zeitweise ja auch in unserem Haus absolvierte, zum Beispiel im Auto meines Vaters aus unserer Garage herausfahrend, nie wieder gesehen.

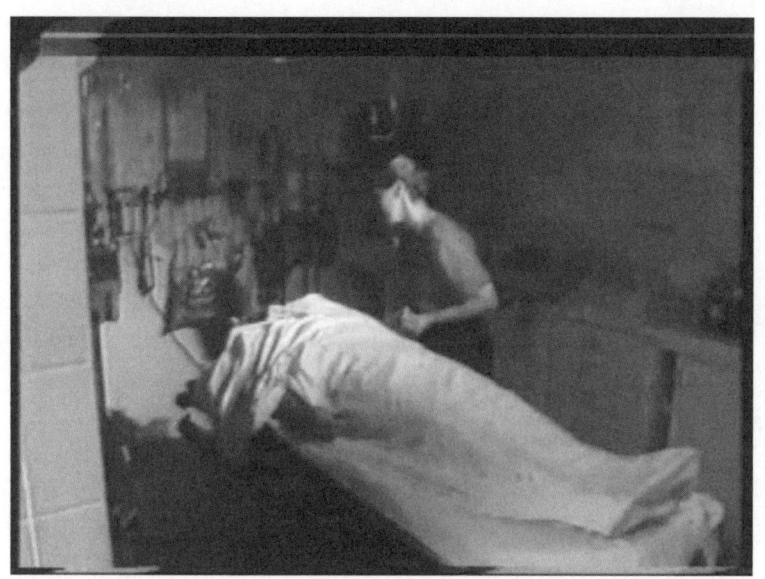

Der kleine Bruder der jungen Malerin, der mitsamt der restlichen Familie und dem Schauspieler am Ende der Episode von *110: Notretter im Einsatz*, erleichtert über die Heimkehr seines falschen Vaters, lächelnd gegen die Sonne über der Stadt die Straße hinunterradelt, bis schließlich alle aus dem Blickfeld der Kamera verschwunden sind, springt zwei Jahre später, in einem Bauernhaus in der irischen Grafschaft Longford, während eines gemeinsamen Urlaubs mit allen realen Familienangehörigen, eine schmale und sehr steile Treppe kopfüber hinab, in der Vorstellung, er könnte auf halbem Weg das dünne Wasserrohr greifen, das dort an der Decke verläuft, sich daran festhalten, mit den Beinen nach vorn schwingen und in einer eleganten und doch sehr männlichen Bewegung am Treppenabsatz auf seinen Füßen aufkommen. Von den wütenden Eltern, weil sich der Bruder beim Aufschlagen auf die Steinstufen den rechten Arm, das Schlüsselbein und zwei Rippen bricht, angebrüllt, was sie sich dabei gedacht hätten, erwiderte die junge

Malerin, die am oberen Ende der Treppe stehen geblieben war und zugeschaut hatte, der kleine Bruder habe beim Lesen eines Comicbuches herausgefunden, dass es sich bei dem Superhelden Batman lediglich um einen maskierten, jedoch absolut sterblichen und einfach nur sehr mutigen Menschen handle, und sei dadurch zu der Überzeugung gelangt, jeder Sterbliche könnte durch das richtige Training zu einem vergleichbar leichtfüßigen Superhelden werden. »Ich bin mir sicher, dass er es geglaubt hat«, sagt die junge Malerin damals den ungläubigen Eltern. Und für sie selbst war das auch Grund genug gewesen, ihm zu vertrauen.

Ich habe eine große Sehnsucht. Ich gehe jeden Tag zur Arbeit. Und diese Arbeit, das ist es halt, was mir stinkt, ist dieser Ort der offenen Fragen, wo wie nirgends sonst ein Raubbau an meiner Sehnsucht getrieben wird. Eine Ausbeutung meiner Träume und Illusionen. Das findet hier statt. Aber sagen Sie mir mal, hat man Ihnen das nicht schon mal gesagt? Hat man Ihnen das nicht schon mal auf genau diese Art hier vorgetragen, hat man sich vor Ihnen nicht jahre- und jahrzehntelang auf genau diese Art einen abgehampelt? Haben Sie das nicht vor Jahren schon begriffen, was hier passiert? Haben Sie sich denn nicht schon vor Jahren auf Ihren Arsch gesetzt und später mit Ihrem Arsch wieder erhoben und hatten Sie es da, und später auch, nicht wieder und wieder verstanden, sind Sie nicht auf die Straße getreten und haben Sie denn nicht die Luft Ihrer Stadt in sich aufgesogen und sich umgeschaut, wussten Sie denn damals nicht längst schon BESCHEID?

Die junge Malerin ist eingeladen, am Abend, nach dem Arbeitstag im Atelier, den die Kunststudenten aus ihrem Semester allesamt alleine hinter ihren beigefarbenen Vorhängen verbringen, gemeinsam einen Film anzuschauen in einem der Arbeitsräume, der über einen Projektor und eine große Leinwand verfügt. Tagsüber wird dieser Raum von Dzenten für Filmvorführungen genutzt, die sich dann meistens beschweren über die herumstehenden leeren Weinflaschen und die Gurkengläser voller Zigarettenkippen und Asche. Es ist ein ständig von der Zurücknahme bedrohtes Zugeständnis der Hochschule, dass dieser Raum erst spätnachts vom Pförtner zugeschlossen wird, der dann alle noch darin befindlichen Studenten väterlich auffordert, endlich nach Hause zu gehen.

Die junge Malerin weiß, als sie ihr Atelier verlässt, um leicht verspätet zum Vorführraum im unteren Stockwerk zu gehen, noch nicht, um welchen Film es sich handeln wird. Sie hat die Arbeit an den verschiedenformatigen Leinwänden beendet. Sie lehnen, nach Größe sortiert, an der Wand neben den bereits gemalten Bildern.

Als sie den Vorführraum betritt, sitzen die anderen bereits auf den Stühlen und Sesseln, einige rauchen oder trinken Wein aus der Flasche. Ein Student, der das ganze Semester über dieselbe abgegriffene rote Schirmmütze eines amerikanischen Baseballvereins, eine breitrandige Hornbrille und ärmellose T-Shirts von Disneyfilmen wie *In einem Land vor unserer Zeit* getragen hat, schließt gerade seinen Laptop an den Projektor an und legt eine DVD ins Laufwerk. Die junge Malerin bekommt das Gefühl, als suche er absichtlich umständlich auf seinem Computer nach dem Abspielprogramm, damit sich die anderen noch möglichst lange das auf die Leinwand projizierte Hintergrundbild seiner Benutzeroberfläche ansehen können. Ein nackter Junge ist darauf zu sehen, der bis zu den Knien nachts in einem Badesee steht. Das Foto wurde vom Ufer aus mit einer Einwegkamera aufgenommen. Die Haut des Jungen und das Gestrüpp am Ufer sind im Blitzlicht ganz weiß. Der See verliert sich nach einigen Metern in tiefschwarzer Dunkelheit.

Der Student, der den Film ausgesucht und alle anderen eingeladen hat, studiert an der Kunsthochschule Malerei mit einem sehr hoch dotierten Stipendium. Er muss daher nichts anderes tun als studieren und malen und nicht arbeiten gehen und sich auch nicht dafür rechtfertigen, dass er das nur deshalb tun kann, weil seine Eltern viel Geld verdienen, denn seine Eltern verdienen gar nicht viel Geld und können ihn auch nicht unterstützen.

Als das Hauptmenü der DVD schließlich auf der Leinwand erscheint, als die junge Malerin erkennt, dass sie sich hier mit den anderen Studenten im Vorführraum eingefunden hat, um den autobiografischen Spielfilm *Get Rich or Die Tryin'* des amerikanischen Gangsta-Rappers Curtis Jackson anzuschauen, wird ihr bewusst, dass es sich bei diesem Filmschauen nicht um ein ganz gewöhnliches Dasitzen und Hinsehen handeln wird. Es wird permanent ein Gespräch am Laufen gehalten werden während der vollen Spielzeit, ein Metagespräch, denkt die junge Malerin, eine überhebliche Analyse ohne Ernst, in der es auf den schlauen, witzigen Kommentar ankommt, das schnelle Erfassen und Vergleichen.

Der Student mit der roten Mütze hat in den folgenden anderthalb Stunden den größten Redeanteil. Fast kommt es der jungen Malerin so vor, als hätte er sich schon den ganzen Tag lang vorbereitet. Sie selbst hat mehr als einmal vor Augen, wie sie die Tür des Vorführraums hinter sich schließt, mit dem Rücken ins Schloss drückt, wie ihr Hinterkopf auf das kühle Metall fällt und sie so, nur noch dumpf, hört, wie weitergesprochen wird, aber tatsächlich sitzt sie noch mitten unter den Redenden.

In einer der vielen Szenen, in der man den Hauptdarsteller Curtis Jackson, der sich als Einziger in seiner verfilmten Lebensgeschichte selbst spielt und nicht von einem Schauspieler ersetzt wurde, halbnackt dargestellt sieht, mit seinen vielen Muskeln, sagt der Student mit der roten Mütze, er finde es eine der aufregendsten Entwicklungen in diesen Jahren, dass sexuelle Anziehung in einer bestimmten Bildungsschicht ausschließlich über eine Art doppelter Codierung funktioniere und nicht mehr über primäre oder auch nur sekundäre Geschlechtsmerkmale. Der gängigste Code sei zwar nach wie vor das Geld und damit die erwachsene, fortpflanzungsbereite Potenz, sich gemeinsam einzurichten in einer dieses Geld bedingungslos voraussetzenden Welt, aber genauso oft, hier zum Beispiel, in dieser Runde, zu der er sich ja auch selbst zähle, sei es vielmehr eine Darstellung der Fähigkeit, diese ganzen Prozesse und dieses Sichanbiedern so weit zu durchschauen, dass man selbst dagegen arbeite, dass man sich einen Schnurrbart wachsen lasse und eben nicht auf seinen Arsch achte, was dann letztendlich vom anderen Schnurrbartträger und Arschverachter erkannt werde und man sich so also einen Sexualpartner aussuche. Das fände er famos, sagte er, und darauf sollten sie auch alle mal einen trinken, denn obwohl sie ja infolge dieser Entwicklung schleichend degenerierten zu etwas, das man sich irgendwann wirklich nicht mehr ausgezogen anschauen will, sei es ja doch noch eine große Befreiung, eine mächtige Verweigerung des Zwangs.

Die junge Malerin, die nichts zu sagen hat zu den anderen Studenten an diesem Abend, versucht, sich auf die Handlung des Films zu konzentrieren, in dem die Kindheit und Jugend des Gangsta-Rappers dargestellt wird bis zu einem schicksalhaften Abend, an dem ein maskierter Mann zwischen zwei geparkten Autos hervorspringt und mehrere Schüsse aus kurzer Distanz auf den überrumpelten Curtis Jackson abgibt. Die Schüsse treffen ihn in der Brust, dem Bauch, der Hand und im Gesicht. Im Film sind die in Zeitlupe in den Körper einschlagenden Kugeln, die den seine eigene Biografie nachspielenden Jackson einige Jahre zuvor ja tatsächlich einmal getroffen hatten, liebevoll animiert. Man sieht kleine, dickflüssige Blutfontänen aus Hand und Wange herausspritzen und die Kamera fährt nahe heran an die nachblutenden Einschusswunden. Es folgt eine Fahrt im Krankenwagen durch die Stadt New York, in der klar wird, es ist ein Ringen mit dem Tod. Diese Szenen sind parallelmontiert mit der Darstellung einer jungen Schauspielerin, die zuvor schon als Curtis Jacksons Mutter eingeführt wurde. Die junge Malerin sieht, immer im Wechsel, wie man den Angeschossenen auf holprigen Straßen in Richtung Krankenhaus fährt und hektisch verarztet und wie er – in einer Art Rückschau – von seiner jungen Mutter in einem Fastfoodrestaurant, vor dessen Fenstern ein Feuerwerk explodiert, zur Welt gebracht wird. Es folgt eine Szene, in der der angeschossene Curtis Jackson auf einem Krankenbett liegt und langsam seinen Oberkörper aufrichtet wie ein Auferstehender von den bereits Gestorbenen. Der junge Gangsta-Rapper ist allerdings, in diesem Moment seiner Rückkehr ins Leben im Krankenzimmer, ganz allein.

Die junge Malerin fühlt sich beim Schauen dieser Szene auf eine sehr unangenehme Art berührt, sie denkt an ihre eigene, allen Studenten im Raum bereits erzählte Geschichte, sie glaubt, als sie die Szene sieht, alle Augen im Raum richteten sich plötzlich auf sie. Sie traut sich aber nicht, von der Leinwand wegzuschauen. Solange, bis das heiße Gefühl auf ihren Wangen langsam abkühlt und sie jemanden einen Kommentar zu etwas ganz anderem abgeben hört.

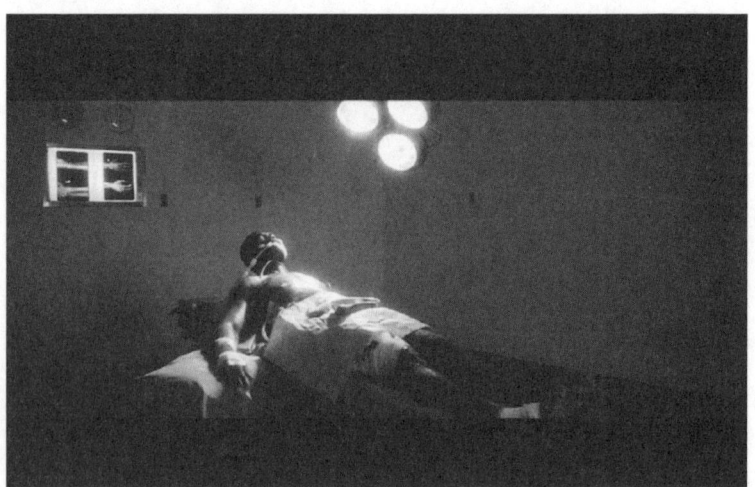

Dann verebbt der Applaus und wir richten uns auf aus unserer Verbeugung. Und wir schauen ins Publikum und wir winken und lächeln, wir sehen schlecht gegen die Bühnenbeleuchtung, die uns anstrahlt, aber wir erkennen doch ein paar bekannte Gesichter, liebe Menschen, wir sehen ihren Stolz auf uns, ihre Rührung, ihre Anerkennung, wir sehen, dass wir uns ein Mal in ihren Augen völlig verwandelt haben und dass sie jetzt glücklich und dankbar sind dafür, dass wir diese Verwandlung – nicht zuletzt für sie – wieder rückgängig gemacht haben. Wieder zu den Personen geworden sind, die sie kennen. Die sich höflich verneigen, lächeln, winken.

DIE SEEKUH TIFFANY

Von allen anderen Ereignissen der Zeitgeschichte unberührt, spie die Seekuh Tiffany, an einem späten Abend im September 2011, in der Süßwassersäugetierabteilung des Sealife Aquaparks, ein Kinderkassettenradio der Marke Fisher-Price auf den Beckenrand ihres Bassins, in dem sie bis dahin, seit ihrer Geburt acht Jahre zuvor, ohne größere Zwischenfälle geschwommen war.

Obwohl dieser Vorfall das Pflegepersonal in einige Aufregung versetzte und man die Meldung im hauseigenen Zoomagazin unter der Rubrik *Tierisch kurios* abdruckte, blieb ein weiterreichendes Interesse vonseiten der Medien aus. Die Meldung wurde nicht zur Nachricht.

Ein Redakteur des lokalen Radiosenders wurde jedoch, einige Wochen später, beim Durchblättern des Zoomagazins auf den Artikel aufmerksam und vereinbarte einen Termin mit dem für die Pflege der Seekuh Tiffany verantwortlichen Zoologen. Es fand ein Treffen der beiden statt, in einem fensterlosen Lagerraum der Süßwassersäugetierabteilung, unter leise sirrenden Neonröhren.

Zwischen den beidseitig aufgestellten Stahlregalen pegelte der Journalist sein Aufnahmegerät auf die Verhältnisse ein. Obwohl es ja später im Radiobeitrag keine Bilder zu sehen gebe, sei es ihm sehr wichtig, sagte der Journalist, optische Eindrücke zu sammeln, da er seine Beiträge gern mit einer stimmungsvollen Beschreibung der Szenerie beginne. Der Zoologe nahm das Kinderkassettenradio zur Anschauung aus dem Regal und wendete es in den Händen.

Auch die Kassette, die im Fach des Radios gefunden worden war, bewahrte man hier auf. Auf ihr befand sich, auf der Seite A wie auf der Seite B gleichermaßen, im vollen Umfang ihrer 90-minütigen Spielzeit, ein leises Scharren.

Das Fernsehgerät, an einer schwarzen Haltevorrichtung im Warteraum der Notaufnahme des örtlichen Krankenhauses angebracht, zeigt den Innenminister vor einem Standbild des Regierungsgebäudes bei Nacht. Man stellt ihm Fragen, die er ohne langes Zögern beantwortet. Man fragt den Politiker, wie nun zu verfahren sei mit den vielen bedürftigen Menschen, die täglich zu Tausenden anlanden an den Grenzen der Staatengemeinschaft.

»Wissen Sie«, spricht die Nahaufnahme des Ministers, »seit ich denken kann, bin ich fasziniert von der Schönheit geschlossener Systeme. Ich wuchs in einem kleinen Ort auf, wo es nicht viel Ablenkung gab. Wir hatten keine Computer, es war anders, als es heute ist. Man lebte zusammen mit mehreren Generationen und befasste sich mit ihren Belangen. In meiner Familie wurde immer viel gehäkelt. Ich kann mich an ganze Nachmittage erinnern, die ich zu Hause verbracht habe und an denen mich nichts mehr fasziniert hat, als meinen Tanten und meiner Großmutter beim Häkeln zuzuschauen. Ich dachte damals schon: Diese Frauen arbeiten mit ihren zielstrebigen Bewegungen an der Unendlichkeit. Und später, als ich in der Oberstufe unseres Gymnasiums war – ich interessierte mich sehr für Mathematik und hatte den entsprechenden Leistungskurs gewählt –, schlug ich zu Beginn eines neuen Schuljahres mein Lehrbuch auf und fand die Abbildung verschiedener Fraktale zur Darstellung mathematischer Gleichungen. Julia- und Mandelbrot-Mengen. Da gleicht das kleinste Teil immer auch dem größten und andersherum. Es erinnerte mich sofort wieder an die Häkeldecken der alten Frauen, die in der Zwischenzeit leider verstorben waren. Einerseits rührte es mich stark an, andererseits habe ich damals, glaube ich, schon begriffen, dass ich es einmal zu meinem Beruf machen würde, mich um die Bewahrung der Schönheit dieser geschlossenen Systeme zu bemühen, mit meiner ganzen Kraft und Energie.«

Aus dem Off die fragende Stimme der Nachrichtensprecherin: »Was sagen Sie zu dem Vorwurf, es handle sich dabei lediglich um Angsthandlungen Ihrerseits? Man behauptet, Sie sähen die Angst in den Augen der Menschen und Ihnen fiele nichts weiter ein, als selbst mit Angst zu reagieren.«

»Das halte ich für großen Unsinn.«

»Anders gefragt: Wenn sich jemand vor Ihren Augen in den eigenen Arm beißt, beißen Sie dann zurück in *Ihren* eigenen Arm oder empfehlen Sie der Person, den Biss zeitnah zu lockern, um größere Gewebeschäden zu vermeiden?«

Der Politiker erwidert:

»Ich habe als Minister sehr viele Termine und wenig Zeit für solcherlei Hypothesen. Es liegt mir jedenfalls an der Gesunderhaltung unseres, wie ich finde, sehr schönen Systems. Wenn Sie im Mathematikunterricht besser aufgepasst hätten oder sich als Kind um die Belange Ihrer Familie geschert, dann wüssten Sie schon, wovon ich spreche, und müssten mir hier nicht diese langweiligen Fragen stellen.«

Unterhalb des Fernsehgerätes, im Warteraum der Notaufnahme des örtlichen Krankenhauses, sitzt der Innenarchitekt Lappert auf einem Plastikstuhl und wartet auf Nachricht von seiner Frau Monika.

Als man ihn aus dem Krankenhaus anrief, befand sich Lappert gerade an seinem Arbeitsplatz und brütete über dem Problem, das ihn seit einiger Zeit begleitet. Er ist bei einem großen deutschen Fliesenhersteller angestellt, im Ressort *Produktpräsentation*. Seine Aufgabe ist die Erarbeitung und Anfertigung künstlicher Wohnräume für die Produktfotografen.

Es werde bestimmt keine leichte Aufgabe werden, hieß es auf der Konferenz der PR-Abteilung, diesen kalten und harten Gegenstand, den man hier produziere, in einen gemütlichen Wohnraum zu integrieren. Aber genau da, hieß es, wollen wir einhaken. Wir wollen uns neu platzieren als die Umdenker der Branche. Der größte Konkurrent im Gewerbe hat sich im vergangenen Jahr die Nachhaltigkeit gesichert. Wir können jetzt nicht einfach mit Nachhaltigkeit nachziehen. Das sähe vom Standpunkt der Innovationsfähigkeit ganz übel aus. Unsere Revolution muss eine andere sein für das laufende Geschäftsjahr. Wir expandieren, räumlich gesprochen, unseren Anwendungsbereich in das Wohnzimmer hinein. Unsere Fliesen sind fortan *Interieur*. Die Konkurrenz macht uns glauben, ihr Stein sei ein Baum. Unser Stein ist ab jetzt ein Sofa. Ein Schlafzimmer. Das Kissen, auf das Sie abends Ihren Kopf betten möchten. Die Wohlfühlumgebung, in der Ihre Kinder künftig aufwachsen. Dahin, hieß es, stoße man nun vor.

Das Problem aber, das den Innenarchitekten Lappert beschäftigt, nicht erst seit dieser Sitzung, ist nicht, die harten Steinplatten in gemütliche Wohnzimmer zu integrieren. Hierfür steht seiner Fantasie ein Animationsprogramm als Hilfswerk zur Verfügung. Lapperts Problem ist seit einiger Zeit der Wohnraum selbst. Es muss eine Zeit gegeben haben, in der es ihm noch möglich war, auszumachen, worin genau sich die Behaustheit eines Zimmers äußert. Seit einiger Zeit aber scheint es ihm unmöglich, allein die Illusion von Leben künstlich herzustellen. Er unternahm einige Versuche mit Zeitungsstapeln, Topfpflanzen, einer irgendwie hingelegten Fernbedienung auf einem Glastisch. Je mehr Gegenstände aber von Lappert ausprobiert wurden, desto größer wurden seine Zweifel, ob er überhaupt noch wusste, was das Leben ausmacht in einem Raum.

Im Jahr 411 vor Christus (zum Beispiel) kam ein Vertrag zwischen zwei Parteien durch gegenseitiges Einverständnis zustande. Rituell wurde dieser Vertrag besiegelt durch das Entzweibrechen eines Gegenstandes mit Zeichenwert. Jede der beiden Parteien erhielt eine Hälfte als Statthalter der Einigung. Das Zusammenfügen der beiden Teile bestätigte die Rechtskräftigkeit des Vertrages und die Identität der beiden Verhandlungspartner. Man nannte diese Gegenstände *Symbola*.

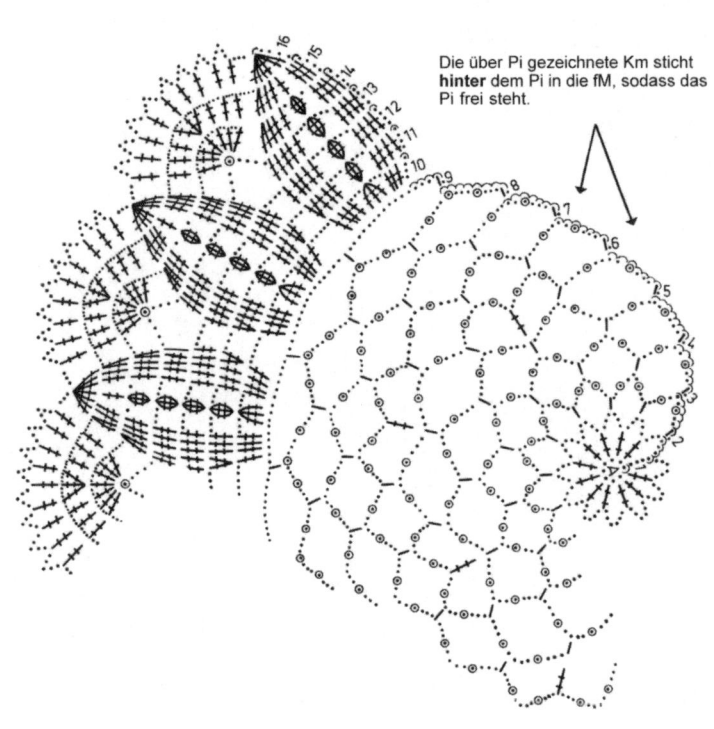

Die über Pi gezeichnete Km sticht **hinter** dem Pi in die fM, sodass das Pi frei steht.

Lévy-C-Kurve (Fraktal)

»Sie verzeihen den Vergleich aus der Tierwelt«, sagt der junge Stationsarzt, der schließlich auf den Innenarchitekten Lappert zugetreten ist, um über den Stand der Dinge zu berichten, »aber er dient der besseren Anschaulichkeit.« Dass die Lebensgefahr gebannt ist, dass das Herz weiterhin schlägt, hat er bereits vorweggenommen. Der junge Arzt ist bemüht, sein Wissen in eine dem besorgten Ehemann verständliche Sprache zu übersetzen. Es liegt ihm sehr viel daran und er weiß, seine Worte treffen auf die größtmögliche Aufmerksamkeit.

»In den Steppen und im Regenwald, also dort, wo die Tiere noch größtenteils unter sich sind, in den Reservaten vielleicht auch, jedenfalls dort, wo sie einander noch jagen und fressen und wo der Mensch sie noch nicht ernährt durch die Erzeugnisse einer die Landschaft flächendeckend vernichtenden Agrarwirtschaft, tritt ein natürlicher Reflex der Lebewesen deutlich zutage:

Sobald ein Tier sich bedroht fühlt, von einem Fressfeind zum Beispiel, sobald es die Flucht ergreifen muss oder bereits flieht vor, sagen wir, einer anpreschenden Raubkatze, setzt ein körpereigener Prozess ein, in dessen Folge sich das Blut in den Arterien und Venen dieses Tieres schlagartig verdickt. Dieser Reflex hat den Zweck, im Fall einer Verletzung durch den angreifenden Jäger eine schnelle Wundheilung zu gewährleisten. Beziehungsweise an erster Stelle den Blutverlust möglichst gering zu halten. Das verdickte Blut fließt eben langsamer und verkrustet auch wesentlich schneller an der Oberfläche der Wunde.«

Der junge Arzt macht an dieser Stelle eine Pause, um sich zu vergewissern, dass ihm sein Zuhörer bis hierhin folgen konnte. Einen kurzen Lidschlag des Innenarchitekten Lappert nimmt er zum Anlass, mit seiner Erklärung fortzufahren.

»Diesen Reflex aus den frühesten Stadien unserer Entwicklung haben wir Menschen bis heute behalten. Auch wenn die Bedrohung, die den Fluchtimpuls auslöst, oder die Verletzung, die uns beigebracht wird, häufig gar nicht mehr so klar ausgemacht werden können. Man müsste schon viel über einen Menschen wissen, um herzuleiten, vor welcher Art der Verletzung sich sein Körper nun genau zu schützen versucht.

Ganz selten ist das in unserer heutigen Gesellschaft noch ein gefährliches Tier oder die konkrete Bedrohung durch ein Messer, eine Pistole, Granatenbeschuss. Je häufiger aber jemand diese Flucht im übertragenen Sinn nun antritt, desto gefährlicher wird es für das Gehirn, das ja ständig vom Blut durchspült werden muss, um funktionsfähig zu bleiben. Man könnte fast zusammenfassen, ein Leben in ständiger Angst verträgt sich nicht mit einem funktionierenden Gehirn. Aber das wäre etwas unseriös und nicht wissenschaftlich belegt.«

Der Innenarchitekt Lappert war den Worten des jungen Stationsarztes mit größter Aufmerksamkeit gefolgt. Dennoch hat er nun das Gefühl, ihm sei etwas vorenthalten worden.

»Ich verstehe überhaupt nicht, wovon Sie hier sprechen«, sagt er. »Niemand hat meine Frau bedroht.«

An der Stelle, an der die beiden Bauabschnitte eines Eisenbahntunnels zusammentreffen werden, hält der diensthabende Bauleiter eine Pressekonferenz ab.

»Wochen und Monate strebten wir aufeinander zu, durch die Gesteinsmassen und den Jahrtausende alten Granit. Hier, auf dieser Seite des Tunnels, halten wir jetzt ein und haben auch die Bohrköpfe bereits abgestellt. Unser Bauabschnitt ist am Ziel angelangt. In wenigen Tagen erfolgt der Durchbruch von der anderen Seite. Unsere Berechnungen sind über jeden Zweifel erhaben: Wir werden hier unten, 2143 Meter unter der Oberfläche, schließlich zusammenfinden. Die schiere Masse an Gestein, die wir dafür durchdringen und hinter uns lassen mussten, übersteigt jede Vorstellungskraft.«

»Mich hat die Meldung sofort angesprochen. Es kann schon sein, dass es mit meiner persönlichen Neigung zusammenhängt. Ich begeistere mich eh nur immer für eine Handvoll Themen. Und die finde ich dann überall wieder, in den Geschichten, die sich täglich ereignen und die ich zu Nachrichten verarbeite. Das ist heute eben die Arbeitsweise, besonders seriös ist das sicherlich nicht.«

Obwohl er nicht alles sofort versteht, empfindet der Zoologe die Stimme des Radiojournalisten als angenehm. Sie ist nicht zu laut und doch kräftig. Sie vertraut sich selbst, denkt der Zoologe. Und der Journalist kann ihr vertrauen. In den Höhen ist sie sehr klar. Der Journalist versucht nicht, besonders männlich zu klingen durch eine tiefe Stimmlage. Für den Zoologen, ohne dass er das näher begründen könnte, vermittelt diese auf ihre Höhen vertrauende Stimme eine gewisse Kompetenz.

»Als ich gelesen habe, was Ihnen hier widerfahren ist, da sind bei mir gleich die Geschichten losgegangen. Vor ein paar Jahren gab es einmal einen sehr berühmten Kraken, der konnte die Ergebnisse von Fußballweltmeisterschaftsspielen vorhersagen. Das war schon etwas. Aber das hier ist anders. Ich sehe viele große Geschichten in diesem Ereignis.«

Der Zoologe stimmt zu: »Ja, so was hat es hier noch nicht gegeben.«

»Was mir jetzt alles durch den Kopf schießt, Ihnen geht es ja sicher nicht anders. Je länger man darüber nachdenkt … Wir müssen uns bemühen, hier eine klare Linie zu behalten und uns nicht zu versteigen in Mythologie und Spekulation. Das Radiopublikum ist ein scheues Reh, da wird man schnell weggedreht, wenn man nicht bei der Sache bleibt.«

»Wir haben uns alle sehr gewundert«, erwidert der Zoologe. »So was hat es, wie gesagt, noch nie gegeben.«

Es entsteht ein kurzes Schweigen, bevor der Redakteur weiterspricht:

»Also ich musste ja sofort an Christoph Kolumbus denken. An seine erste Amerikaexpedition. Da gab es Sichtungen von Seekühen, die die Matrosen aber, wahrscheinlich aufgrund ihrer wochenlangen Abstinenz, vielleicht auch aufgrund ihrer seelischen Auszehrung durch die Ödnis des Ozeans, für wunderschöne Meerjungfrauen hielten. Die Seekuh ist ja das der mythologischen Figur der Meerjungfrau am nächsten verwandte Lebewesen. Das wissen Sie bestimmt noch besser als ich: die beiden Zitzen auf Brusthöhe, wie beim Menschen, und die waagerechte Schwanzflosse.«

»Fluke«, unterbricht ihn der Zoologe.

»Wie bitte?«

»Fluke. Säugetiere haben eine Fluke. Wale und Delfine und Seekühe haben keine Schwanzflosse, sondern eine Fluke.«

»Ja, genau. Danke. Sie sind eben vom Fach. Auf jeden Fall dachte ich mir, hier ist etwas Magisches im Gange. Etwas, das sich unserem rational geschulten Geist entzieht. Sie halten es ja in den Händen.« Der Journalist deutet auf das Kassettenradio in den Händen des Zoologen. »Ich dachte an die kleine Meerjungfrau aus dem Märchen, die nur emporkommt ans Land, indem sie ihre Sprache opfert. Die zwei Beine bekommt, um zu laufen, und dafür ein Leben lang das Gefühl hat, als trete sie auf scharfe Messer mit jedem Schritt. Es geht dabei ja um die Erlösung durch die Liebe eines Menschen. Nur durch die Vermählung mit einem Menschenmann kann die stumm gewordene Verdammte aus der Tiefe zu einer unsterblichen Seele kommen. Ich bin mir sicher, Sie kennen sich aus, nicht nur mit den Tieren der See, sondern auch mit den tierverwandten Wesen unserer Märchen, also unserer Sehnsucht. Dahin, dachte ich, könnte es vielleicht gehen. Das erlösungsbedürftige Wesen, dem die Sprache geraubt ist, hinterlässt eine Nachricht für uns Menschen an Land. Es ist ja auch eine Passionsgeschichte, es geht ja schließlich auch um Hingabe und Aufopferung. Aber jetzt halte ich mal den Mund, schließlich sind Sie es ja, der hier zu Wort kommen soll.«

Der junge Ministrant, vom Pfarrer des Ortes in dessen Wohnung geschickt mit klaren Anweisungen, hastet die Stufen des Pfarrhauses hinauf. Den Wohnungsschlüssel, eine altertümliche Variante mit gezacktem Bart, hält er fest in seiner Faust. Auf dem Treppenabsatz angekommen steckt der Ministrant den Schlüssel ins Schloss und öffnet. Er betritt die Pfarrerswohnung mit langsamen Schritten und schnell schlagendem Herzen.

Alle vom Flur abgehenden Türen stehen offen, sodass der Ministrant in die angrenzenden Räume hineinsehen kann. Wie vom Pfarrer angeordnet geht er zuerst in die Küche, schiebt die Pressspantür unter dem Spülbecken zur Seite und entnimmt dem Fach darunter einen Plastikeimer. Danach geht er ins Badezimmer, greift neben die Kloschüssel, hebt die Klobürste aus ihrer Halterung und klemmt sie unter seinen Arm. Die Borsten der Klobürste sind noch leicht feucht. Die Robe des Ministranten ist aber durch den starken Regen draußen schon so nass geworden, dass er die feuchten Borsten nicht mehr spürt. Im Badezimmer schaut er außerdem noch in den Spiegel und kämmt seine nassen Haare zu einem strengen Scheitel. Diese Frisur gefällt ihm für sich am besten, er fühlt sich dann wie der Protagonist eines dramatischen Films.

Bevor er die Wohnung verlässt, betritt der Ministrant noch kurz das Wohnzimmer des Pfarrers, obwohl das den Anweisungen widerspricht.

Ein laufender Fernseher, in einem niedrigen Holzschrank mit geöffneten Flügeltüren, hat die Aufmerksamkeit des Ministranten in den Raum gezogen. Der Ton ist ganz leise gedreht und durch das Rauschen des Regens vor den Fenstern kaum zu hören.

Auf dem Fernsehbildschirm sind zwei Männer zu sehen, die gemeinsam eine Videoaufnahme betrachten. Die Aufnahme zeigt das stark vergrößerte Gesicht des amerikanischen Präsidenten. Immer wieder wird die Aufnahme abgespielt und angehalten, wenn einer der beiden Männer eine spezielle Regung näher analysieren möchte.

Wie zwei Fußballtrainer, die nach dem Abpfiff Spielzüge und Bewegungen auf dem Platz ausdeuten und den Zuschauern sichtbar machen, deuten die beiden Männer Kleinstbewegungen im Gesicht des Präsidenten. Auch hier geht es um Strategie und Taktik. Das Präsidentengesicht spricht von der erfolgreichen Tötung eines seit langer Zeit gejagten Terroristen. Die Muskeln im Gesicht des Präsidenten, das haben die Männer durch tagelanges Betrachten der Videoaufnahme herausgefunden, bewegten sich auf unterschiedliche Weise, um all den widersprüchlichen Botschaften der Nachricht gerecht zu werden. Gerade hat der rechte der beiden Männer die Videoaufnahme in Superzeitlupe gestartet und mit einem kleinen Laserpointer auf die rechte Augenbraue aufmerksam gemacht, die sich nun langsam in die Stirn hebt und den Ministranten an die eleganten Schwimmbewegungen großer Meeressäuger erinnert.

»Das separate Heben der rechten Augenbraue als Zeichen der Skepsis. Weiter unten, im Bereich der Mundwinkel, eine feierliche Zustimmung.« Die weiten Nasenflügel dagegen, das könne man auf den ersten Blick sehen, sprächen die Sprache der Bestürzung.

»Der Terror«, sagt das Präsidentengesicht, als die Aufnahme in Normalgeschwindigkeit weiterläuft, »kam an unser Ufer.«

Es stehe außer Frage, ergänzt der Mann mit dem Laserpointer, dass Staatsoberhäupter ihre Gesichter in diesen Zeiten einem strengen Training unterziehen müssten. Ein untrainiertes Gesicht drücke bei so umfassender Anforderung wahrscheinlich überhaupt nichts mehr aus. Man könne sich ja auch noch gut erinnern, dass es Spitzenpolitiker gegeben habe, die vor den Fernsehkameras aussahen wie Schlaganfallpatienten. Heute werde diesen Anforderungen aber auf einem ganz anderen Niveau begegnet.

Vor dem Haus des Innenarchitekten Lappert spielen zwei Kinder aus der Nachbarschaft ein Spiel. Der eine: Vampirjäger, der andere: Vampir.

Es handelt sich um eine Art Showdown. Der Vampir wurde vom Jäger unter einen Verschlag gedrängt, auf den nun heftig der Regen trommelt. Die Kinder erfinden sich den Verschlag als die Höhle des Vampirs.

Das Spiel bricht plötzlich ab, als es darum geht, den Vampir durch einen Herzschuss mit einer silbernen Kugel zu töten. Die Waffe konnte noch imaginiert werden (ein feuchter Ast) – die Silberkugel aber, das ist beiden gleich klar, kann man sich nicht einfach nur vorstellen. Die müsste man schon besitzen.

Innen im Haus wartet die Tochter des Innenarchitekten auf die Heimkehr ihrer Eltern. Nachdem sie telefonisch über den Unfall der Mutter in Kenntnis gesetzt worden war, nahm sie den ersten Zug aus der entfernten Großstadt. Sie ist allein im Haus, in jedem Raum brennt Licht.

Früher am selben Tag, als ihr Mobiltelefon vergeblich geklingelt hatte im Schrank der Umkleidekabine, befand sie sich bei der Bühnenprobe eines Theaterstücks.

Sie denkt jetzt an den Theaterregisseur, obwohl sie an ihre Familie denken möchte. Sie sieht den Regisseur aufstehen und an den Bühnenrand herantreten. Er sieht hoch zu ihr, als schaue er auf sie herunter. Er spricht sie während der Proben nur beim Namen der Figur an, die sie verkörpert im Stück.

»Käthchen«, sagt der Regisseur in der Erinnerung der Tochter, »Käthchenkäthchen. Du musst auch mal geil sein dürfen. Man hat dich so lange unterdrückt. Geil angreifen und dir nehmen, was du willst. Aber du musst schon auch dran glauben, verstehst du?«

Die Tochter des Innenarchitekten Lappert erinnert sich, während sie an den Theaterregisseur denkt, an ihren ersten Auftritt beim jährlichen Krippenspiel in der Grundschule. Sie erinnert sich, dass sie den Wanderstern spielen sollte. Dass sie nur eine einzige Zeile Text hatte, nämlich: *Ich bin das Licht, das euch führt.* Und dass sie sich kurz vor ihrem Einsatz, im Kostüm dieses Wandersterns, hinter der Bühne vor Aufregung übergeben musste.

Die Tochter geht durch die Räume des Hauses. Sie kann nicht verhindern, dass ihr an diesem Abend alle Gegenstände wie Zeichen vorkommen. Vereinzelt stehende Kastanienfiguren auf der Kommode im Eingangsbereich, die Kommode selbst, sämtliche Möbel und Bilder, ein bestimmtes Brotmesser, die Anordnung der Küchengeräte auf der Arbeitsplatte. Auf dem Küchentisch steht eine Glasschale voller Walnüsse, daneben ein Nussknacker aus Metall. Von den Dingen, die die Tochter ansieht im Haus ihrer Eltern, während sie wartet auf deren Rückkehr, scheint ihr jedes einzelne die fehlende Hälfte einer Erinnerung in sich verwahrt zu halten. Erinnerungen, deren zweite Hälfte sie mitgenommen hat in die Großstadt und die erst hier, unter den Gegenständen im Haus des Innenarchitekten, erst durch die Zusammenführung der beiden Hälften, wieder Eingang finden können ins Bewusstsein.

Sie erinnert sich an die großen Hände eines Freundes ihrer Eltern und wie diese beständig Nüsse knackten an einem späten Abend. Sie erinnert sich, wie ihre Mutter, die mit dem Freund und ihrem Vater am Tisch saß, erzählte, sie würde gerne einmal die Landschaft sehen, die entstünde, wenn aus dem atlantischen Ozean plötzlich das Wasser verschwände.

»Ich will da gerne mal durchlaufen«, sagt die Mutter in der Erinnerung der Tochter, »durch die ganzen Schluchten und Gebirge, die es da unten doch bestimmt gibt.«

Der Freund der Eltern erfasste es an diesem Abend in einem Satz, als er sagte: »Die Monika träumt immer so laut, dass es klingt wie ein Plan.«

Der Pfarrer, der im Innern der Kirche auf die Rückkehr des Ministranten gewartet hat, nimmt den Plastikeimer entgegen und wischt ihn mit dem Ärmel seiner Robe trocken. Dem regennassen Ministranten klemmt noch immer die Klobürste unter dem Arm, während er die folgenden Bewegungen des Pfarrers beobachtet. Das Portal der Kirche steht offen, am Ministranten vorbei kann man auf den Vorplatz der Kirche sehen, auf den unvermindert der Regen fällt. Große Pfützen haben sich gebildet. Von der nahen Straße sind Motorengeräusche zu hören und das Rauschen nasser Reifen auf dem Asphalt.

Der Pfarrer taucht den Plastikeimer zur Hälfte in das steinerne Becken am Eingang der Kirche, schöpft einen Großteil des Weihwassers ab, hebt den Eimer mit einer Hand auf Brusthöhe, bekreuzigt sich mit der anderen und bleibt so für kurze Zeit ohne eine Regung stehen. Beim Hinausgehen zieht er dem Ministranten die Klobürste unter dem Arm hervor und zeigt mit ihr durch die geöffneten Türen.

Ein Grollen geht über den Ort. Der Ministrant betätigt einen Knopf. Im Kirchturm setzt ein Elektromotor einen Mechanismus in Gang, woraufhin das Läuten der Kirchturmglocken den Gottesdienst ankündigt. In der Kirche befindet sich, mit Ausnahme des Ministranten, kein Mensch.

Die Suche nach Gott, denkt der Ministrant, wurde heute ausgesetzt infolge starker Niederschläge.

Draußen vor der Kirche, am Rand der Straße, taucht der Pfarrer die Klobürste immer wieder ins geweihte Wasser und bespritzt damit die vorüberfahrenden Pkw. Er spricht den Wettersegen in der höchsten ihm verfügbaren Lautstärke. Die Scheibenwischer der Autos arbeiten auf voller Leistung. Der Pfarrer taucht die Klobürste in den Plastikeimer und spricht: »Der Herr lasse das Werk unserer Hände gedeihen und halte allen Schaden fern.«

Nach der Heimkehr ihrer Eltern beobachtet die Tochter den Innenarchitekten Lappert und seine Frau Monika mit großem Misstrauen. Sie hätte gerne einige Fragen gestellt und entsprechende Antworten erhalten. Ihr Bedürfnis nach Aufklärung über die Verhältnisse blieb bislang unbefriedigt. Der Innenarchitekt deutete nach ihrer Ankunft, seine Frau beim langsamen Gehen stützend, mit feierlichen Gesten in die Räume des Hauses. Als zeige er seiner müden Frau ein neues Haus. Eines, in dem sie nicht gelebt hatte über Jahrzehnte und dessen Mobiliar sie nicht selbst ausgesucht und arrangiert hatte. Im Wohnzimmer legt der Innenarchitekt unter dem misstrauischen Blick seiner Tochter eine staubige CD in das Abspielgerät und dreht am Regler des Verstärkers die Lautstärke weit auf in das davor stundenlang still wartende Haus. Die Tochter verschließt demonstrativ die Eingänge ihrer Ohren mit den Kuppen der Zeigefinger. Der Innenarchitekt Lappert vollführt einige Tanzbewegungen, noch immer seine Frau stützend, die sich den Bewegungen fügt und schließlich ihr Kinn auf der Schulter ihres Mannes ablegt. Für die Tochter werden dadurch die folgenden Teile ihrer sanft schwankenden Eltern sichtbar: der Rücken des Vaters, sein Hinterkopf, grauhaarig, und daneben: das Gesicht der Mutter, mit geschlossenen Lidern und leicht verzogenen Mundwinkeln.

Als der Abend schließlich übergeht in die Nacht, der Regen abnimmt, endet und auch die Wolken sich verziehen nach einigen Stunden, werden oberhalb des Ortes die gewohnten Konstellationen sichtbar. Der Nachthimmel, in bekannter Bahn über den Ort hinwegziehend, wurde längst schon erfasst und vollständig kartografiert. Jeder einzelne Lichtpunkt trägt einen Namen. Neues Licht (die Positionsleuchten einiger Frachtflugzeuge ausgenommen) kommt in dieser Nacht nicht hinzu.

Am frühen Vormittag, die Tageshöchsttemperatur ist noch nicht erreicht, die Sonne scheint allerdings schon seit einigen Stunden auf die geparkten Autos und den Asphalt der Straße, sodass sich ein leichtes Flirren einstellt beim Schauen gegen den Horizont, erscheint, ein Gartentor hinter sich zuziehend und zwischen den Autos auf die Straße tretend, der junge Benjamin Steuber, um seinen täglichen Lauf an den Rand des Ortes und darüber hinaus anzutreten. Trotz der steigenden Temperaturen ist er mit zwei Pullovern und einem blauen Müllsack bekleidet, der mithilfe einer Bastelschere zu einer Art Poncho umgearbeitet wurde. Diese Montur, musste sich der junge Steuber vor seiner Mutter rechtfertigen, dient der Simulation schwerster klimatischer Bedingungen und der Vorbereitung auf einen anstehenden Boxkampf im Ring des Volksfestzeltes am kommenden Wochenende. Die Jugendabteilungen der Boxvereine aus dem Ort und dem Umland haben für dieses Wochenende ein Turnier angesetzt, für das jeder Besucher des Festzeltes einen geringen Betrag als Eintrittsgeld entrichten muss. Hierfür werden Verzehrmarken ausgegeben, die am Ausschank eingelöst werden können.

Vor seiner Mutter begründete der junge Benjamin Steuber den Entschluss, einem Boxverein beizutreten, mit dem Argument, er wolle die Muskeln seines Körpers ausdefinieren und im Fall eines gewaltsamen Übergriffes auf seine Person zur Selbstverteidigung fähig sein. Der Mutter leuchtete dieses Argument ein. Den wahren Grund für sein ausdauerndes Training behielt der junge Benjamin Steuber allerdings geheim.

Seiner Mutter war nicht bekannt, dass er vor wenigen Monaten zum ersten Mal in seinem Leben verlassen worden war (sowie sie nicht wusste, dass es überhaupt jemanden gab, der ihn hatte verlassen können). Auch in dem Verein, dem er kurz nach der Trennung beigetreten war, hielt er den wahren Grund für seinen Entschluss bedeckt. Er empfand große Scham davor, den Satz zu sagen: »Mir wurde das Herz gebrochen.«

Einem anderen Jungen aus dem Boxverein gegenüber sagte der junge Benjamin Steuber einmal: »Was mir gefällt beim Trainieren, ist, wenn langsam alles wird wie in einem Aquarium. Also wenn es sich so anfühlt, als wäre man selbst unter Wasser in einem großen Becken und alles andere wäre draußen.«

Was er nie wirklich wollte, was sich allerdings nicht vermeiden ließ nach seiner Anmeldung beim örtlichen Boxverein, war das Boxen selbst. Ihn interessieren lediglich das Training und die stetig wachsenden Forderungen des Trainers an die körperliche Fitness der Vereinsjugend. Ein Fernbleiben aus dem Ring aber wäre diesem Trainer durch nichts schlüssig zu erklären gewesen. Am kommenden Wochenende wird der junge Benjamin Steuber in der Vorrunde des Turniers infolge eines frühen K.o. ausscheiden. Es wird einen schnellen geraden Schlag geben. Das Gefühl, mit einiger Verzögerung verschiebe sich alles Innere gegen die äußere Hülle und über ihre Grenzen hinaus. Ein kurzes Knacken innen im Kopf, als säße jemand darin und würde herzhaft in eine frische Möhre beißen. Der Festzeltlärm wird schließlich dumpf abtauchen, unter ein Dröhnen, wie von einer Turbine, und dann wird der junge Benjamin Steuber erst dadurch wieder zu sich kommen, dass ihm von seinem Trainer ein weißes Frotteehandtuch ins Gesicht gedrückt wird, gegen das laufende Blut aus seiner Nase. Der junge Benjamin Steuber wird sich dieses Handtuch schließlich mit nach Hause nehmen und wird es an der Raufasertapete seines Kinderzimmers feststecken mit vier großen Nadeln. Er wird einen kleinen Zettel anfertigen (in der Art, wie er ihn schon gesehen hat, als im örtlichen Kulturcafé Landschaftsmalereien ausgestellt wurden), wird auf diesen Zettel »Nasenbeinbruch 2011« schreiben und ihn rechts unterhalb des Handtuches befestigen. Von seiner Mutter wird er nicht gefragt werden, weshalb ausgerechnet dieser rötlich braune Fleck ihm fortan als Trophäe dient.

Der Innenarchitekt Lappert wird am Morgen nach dem Tanz von seiner Tochter am Küchentisch erwartet. Monika Lappert befindet sich noch schlafend im oberen Stockwerk.
»Sie ist in der Nacht immer wieder wach gewesen«, sagt der Innenarchitekt. »Jetzt schläft sie wieder.« Die Tochter wartet noch

darauf, dass ihr die Details über den Zustand ihrer Mutter und den Vorfall des gestrigen Tages mitgeteilt werden. Sie ist unruhig und wütend, in der Nacht hat auch sie sehr schlecht geschlafen. »Sie ist heute sehr früh aufgewacht«, sagt der Innenarchitekt, während er sich ein Laugengebäck auf den Teller hebt. »Ihre Füße haben ihr wehgetan. Ich weiß nicht, ob das jetzt miteinander zusammenhängt. Ich weiß ja auch nicht, was sie da immer umtreibt, wenn sie schläft.« Die Tochter beobachtet den Innenarchitekten dabei, wie er sich Frischkäse auf das Laugengebäck streicht. Erst als er das Bestreichen und das anschließende Belegen des Gebäcks auf eine sehr umständliche Art beendet hat, fährt der Innenarchitekt fort zu sprechen:

»Ich selbst hatte heute Nacht einen sehr merkwürdigen Traum. Normalerweise träume ich ja nie von der Vergangenheit. Ganz selten passiert mir das, dass ich mich in einer Situation aus der Vergangenheit wiederfinde im Traum. Und wenn, dann habe ich meistens ein Bewusstsein davon. Also dann merke ich: Halt. Das ist doch schon vorbei. Warum bin ich denn jetzt hier? Die Zeit ist doch schon längst fortgeschritten und ganz andere Verhältnisse herrschen vor! Es geht dann in diesen Träumen auch meistens explizit darum. Also dass ich wieder bei einem Arbeitgeber angestellt bin, bei dem ich in Wirklichkeit längst gekündigt habe. Oder dass ich bei meinen Eltern lebe in meinem alten Kinderzimmer. Dass ich auf dem Schulweg diesem grässlichen Jungen wieder begegne, der mir immer hinter einer Hausecke auflauerte. Dass ich mich als der Mensch, der ich heute bin, in diesen vergangenen Verhältnissen irgendwie verhalten muss. Und oft fühle ich mich dann wieder genauso hilflos wie damals schon.«

Eine Pause entsteht, als kurz ein Geräusch aus dem oberen Stockwerk zu hören ist, das sich aber nicht wiederholt.

»Heute Nacht aber war es ganz anders. Ich träumte von einer Bootsfahrt durch ein Flussdelta in Südamerika, die ich einmal mit deiner Mutter unternommen habe. Ein stiller Indio hat damals das kleine Boot mit einem Außenbordmotor gesteuert. Außer deiner Mutter, mir und dem Indio war niemand in dem Boot. Auch in meinem Traum waren es wieder nur wir drei. Ich habe schon bemerkt, dass das nicht jetzt sein kann. Also dass es eine Szene aus der Vergangenheit ist. Ich konnte mich auch noch gut erinnern, dass wir uns in diesem Boot die ganze Fahrt lang angeschwiegen haben. Wir hatten uns vorher schrecklich gestritten und sind nur gefahren, weil wir den Indio schon gebucht und auch im Voraus bezahlt hatten. Ich dachte schon, dass es jetzt wieder so wird wie bei den Träumen von meinem Arbeitgeber oder dem fiesen Jungen auf meinem Schulweg. Aber es war anders. Ich wusste, niemand würde etwas sagen. Die ganze Fahrt lang nicht.

Und dann konnte ich mich plötzlich dagegen entscheiden, mir diese ganzen Gedanken zu machen. Darüber, wie wir das alles jetzt wieder einrenken. Mir ist ein langer Spinnwebfaden aufgefallen, der an der Rettungsweste deiner Mutter hing und der ganz leicht im Fahrtwind flatterte. Es war nur ein kurzes Flimmern, immer wenn sich das Sonnenlicht in ihm brach. Ich sah auf die hohen Schilfpflanzen am Ufer, auf die gleichmäßige Dünung des Wassers, das lautlos gegen die Halme schwappte. Ich konnte in der Entfernung eine Sandbank sehen und auf ihr ein paar fisch- oder robbenähnliche Tiere, genau weiß ich es nicht mehr, sie räkelten sich in der Sonne und sahen recht zufrieden aus.«

Der Innenarchitekt beißt in das bestrichene und belegte Laugengebäck und spricht mit vollem Mund weiter.

»Ich glaube, das Wasser war gar nicht so tief, dass man Rettungswesten gebraucht hätte. Der Indio hat damals darauf bestanden, dass wir sie anziehen. Man hätte sich schon wirklich saudumm anstellen müssen, um in diesem seichten Wasser zu ertrinken. Man hätte wahrscheinlich mit hochgerollten Hosen einfach darin herumgehen können. Ich weiß nicht, was das jetzt ist mit ihren Füßen. Vielleicht fahren wir heute noch mal ins Krankenhaus. Wenn sie nachher aufgewacht ist. Vielleicht ist es ja dann schon weg.«

Der Zoologe, anfangs noch eingeschüchtert vom Radiojournalisten und dem Mikrofon des Aufnahmegerätes, fasste schließlich Mut. Auch, obwohl er das nicht wirklich hätte begründen können, durch die beruhigende, auf ihre Höhen vertrauende Stimme des Radiojournalisten. Er begann, sehr leise, mit gesenktem Kopf und den Blick auf das Kinderkassettenradio gerichtet, zu erzählen: »Ich war schon sehr aufgeregt. Ich habe vielleicht auch sehr viel von der Kassette gewollt. Man ist ja den ganzen Tag mit den Tieren beschäftigt. Aber was die Tiere selbst beschäftigt, das weiß man eben nie. Ich bin sonst ein vernünftiger Mensch. Also, wovon Sie da reden, das liegt mir eigentlich nicht so sehr. Aber als ich die Kassette angehört habe, das stimmt schon, da war ich sehr gespannt. Ich habe schon gehofft, dass da etwas wie eine Nachricht für mich enthalten ist.« Der Journalist ermutigte den Zoologen an dieser Stelle durch heftiges Kopfnicken, weit aufgerissene Augen und durch ein Lächeln, als würde er beschenkt.

»Ich dachte«, fuhr der Zoologe fort und überwand dabei eine innere Hürde, »eine Nachricht, die mir eine Chance aufzeigt oder einen Weg vielleicht. Vielleicht sogar einen Weg hin zu der Liebe, die ich ja seit einiger Zeit vergeblich suche.«

Als der Radiojournalist die Aufnahme am Tag darauf probehört, an einem sehr heißen Vormittag im klimatisierten Tonstudio, befällt ihn bei dem Satz »Vielleicht sogar einen Weg hin zu der Liebe, die ich ja seit einiger Zeit vergeblich suche« eine solche Scham, dass er ihn augenblicklich löscht.

Ein Radiobeitrag über die Seekuh Tiffany kommt schließlich nicht zustande. Die übrigen Aussagen des Zoologen ergaben hierfür kein ausreichendes Material.

DIE INTELLIGENZ DER PFLANZEN
(NATURTREUE)
ERSTER TEIL

Arne Heym verfügt über botanisches Fachwissen. Für dieses Profil gibt es bei seinem Arbeitgeber allerdings keine volle Stelle. Produktentwicklung, Qualitätssicherung und Vertrieb arbeiten eng zusammen, die Spezialisierung auf ein einzelnes Ressort ist in der Unternehmensstruktur der Aiyana GmbH nicht vorgesehen. Arne Heyms Aufgabengebiet im Unternehmen erstreckt sich über die frühen Fertigungsprozesse, die Überwachung, Entwicklung und Gestaltung der Abgussvorlagen, Stanzen und Pressen, die Farbwertberechnung, Abmischung, das Erstellen von gerasterten Digitalvorlagen, die Absegnung der Produkte für die serielle Fertigung, bis zum Kontakt mit den Großhändlern und Endabnehmern. Auch die Führungen durch die Produktionshallen der Aiyana GmbH, an Tagen der offenen Tür oder bei berufsorientierenden Exkursionen örtlicher Schulklassen, werden abwechselnd von Heym und den anderen Mitarbeitern aus Produktentwicklung, Qualitätssicherung und Vertrieb durchgeführt. Der Firmenname Aiyana, erklärt Heym auf diesen Führungen, bedeute in der Sprache der Cherokee-Indianer »Ewige Blüte«.

Was Heym auf den Führungen verschweigt, weil er es selbst blöd findet und das Gefühl hätte, er würde sich damit dem sektenhaften Teamgeist wehrlos ausliefern, ist die Tatsache, dass alle Mitarbeiter von der Unternehmensführung »Fleurateure« genannt werden. Die anderen, das hat Arne Heym im Vorbeigehen schon gehört, benutzen Konstruktionen wie »wir Fleurateure« oder »unter uns Fleurateuren«, wenn sie unternehmensfremden Besuchern die Arbeitsabläufe erklären. Für Heym fühlt sich das falsch an. Er glaubt an die Besonderheit der Arbeit, für die er und die Kollegen täglich am Standort erscheinen. Ohne seine Haltung in einer Diskussion mit der Unternehmensführung durch Argumente vertreten zu können, fühlt er aber dieser Besonderheit der Arbeit durch die erfundene Selbstbezeichnung Unrecht getan. Vielleicht, könnte Heym sagen, weil es die völlige Eingemeindung der Arbeit in das Unternehmen bedeutet. Als wäre das Unternehmen die Arbeit und nicht nur die Rahmenbedingung für die Arbeit. Als wäre die Arbeit sozusagen vom Unternehmen erfunden worden, um im Unternehmen verrichtet zu werden.

Seine Vorbildung und Basisqualifikation für die Stelle bei der Aiyana GmbH erwarb sich Arne Heym durch ein Diplomstudium der Biologie mit Nebenfach Angewandte Botanik / Phytopathologie und eine mehrwöchige praxisorientierte Weiterbildungsmaßnahme der Bundesagentur für Arbeit im Bereich Public Relations, Marketing, Commerce and Customer Care bei der Firma Vita Prospectus, einem örtlichen Träger für Erwachsenenfortbildung.

Das sprichwörtliche Aufkeimen seines Interesses für die Welt der Pflanzen datierte Heym im Vorstellungsgespräch bei der Aiyana auf eine Zeit »ganz früh«, womit er wahrscheinlich seine Jahre als Kindergarten- und Vorschulkind meinte, wobei er nicht hätte sagen können, wie sich das aufkeimende Interesse damals schon bemerkbar gemacht hatte. Heute gibt es die Anstellung bei der Aiyana und davor gab es das Studium der Biologie, an dem sich von außen ein Interesse vielleicht ablesen oder zumindest vermuten ließ. Das Interesse selbst hatte sich für Heym jedoch seit dieser Zeit »ganz früh« kaum in der Qualität verändert. Es war vorhanden. Und es blieb vorhanden. Und es bleibt, das könnte Arne Heym sagen, wenn er sich die Mühe machte, dem so weit nachzuspüren, weiterhin vorhanden als Selbstzweck, als echtes Interesse eben, das sich in der Beschäftigung mit dem Interessanten gänzlich erschöpft, ohne parallel noch für Profilbildung, Selbstaufwertung, Verortung oder Sinnstiftung verantwortlich zu sein. Heym ist ganz einfach an der Welt der Pflanzen interessiert und bezieht sich, wenn möglich, auf diese Einfachheit in Gesprächen über seine Person oder seine Arbeit. Das Wunder ist für ihn die Sache an sich, und das Emporheben der Phänomene der Pflanzenwelt (oder seiner täglichen Aufgabe der naturgetreuen Nachbildung dieser Welt) in den Bereich der Allegorien und Metaphern ist ihm verdächtig.

Das Produktsegment *Zier- und Dekorpflanzen* ist Herzstück und Hauptgeschäft der Aiyana GmbH. Sowohl für den privaten Bereich als auch für Gastronomie, Hotellerie und öffentliche Einrichtungen werden hier Gebinde und Sträuße, Bäumchen, Liguster, Orchideen, Rhododendren, Azaleen, Schlumbergera und Amaryllis in Serie gefertigt, zu unterschiedlichen Konditionen (in großen Mengen rabattiert, als Sonderaktionen im Verbund) angeboten und in mehr als vierzig Länder der Erde exportiert.

Zunehmend an Bedeutung gewonnen hat in der jüngsten Vergangenheit auch die Sparte *Nutzpflanzen, Gemüse, Garten und Landschaft*, der, auf Anregung Arne Heyms, eine Art Requisiten-Leihservice für Theater- und Filmproduktionen angegliedert wurde. In hinzuerworbenen Lagerstätten unweit des Hauptwerks der Aiyana sind seither Kartoffel-, Rüben- und Maispflanzen, Bananenstauden und Raps in voller Blüte im Umfang einer mittleren deutschen Anbaufläche zur Ausleihe und Verwendung in Filmstudios und auf Theaterbühnen permanent verfügbar. Die entsprechenden Broschüren der Aiyana bewerben diese Pflanzen als »Akteure«, die allzeit verlässlich ihre Rolle spielen. Ein Material, das ein anderes verkörpert.

In den vergangenen Monaten sind durch die Anregungen Arne Heyms und die Arbeit seiner Hände die Produkte *Saxifragaranke Deluxe, Dieffenbachia Natural Touch* und die Zimbelkrautnachbildung *Cymbalaria muralis magnifique* entstanden. Letztere war ein schon lange Zeit von Heym geplantes Wunschprojekt. Ein Pflänzchen, das er, im übertragenen Sinn, in seinem Herzen gehegt hatte, bis die nötigen Schritte getan und das grüne Licht von der Unternehmensführung gegeben worden waren. Eine Liebhaberei, wie unter den Kollegen Arne Heyms vermutet wurde, die man ihm zugestand, um die gute Arbeit der Vergangenheit zu würdigen, obwohl sich für das Mauerkraut kaum Anwendungsbereiche im klassischen Dekorsegment denken ließen. Trotz der herzförmigen Laubblätter und der hellvioletten Blüten, an sich kleidsam, wie eingeräumt wurde, war das Zimbelkraut schließlich ein Mauerspaltengewächs, eine Garten- und Ruinenpflanze. Und man musste ästhetisch schon weit gereist sein als Endkunde, um sich so ein Gewächs als Beistrich der eigenen Inneneinrichtung vorstellen zu können.

Heym hatte ein paar sehr schöne Skizzen gemacht, in denen die *Cymbalaria muralis magnifique* beispielsweise in einem Bücherregal zwischen Kunstbänden drapiert war, zwischen den Metallrippen eines Heizkörpers, den Hemdreihen an einer Kleiderstange oder zwischen Druckern, Routern und Kabeln in einem modernen Homeoffice. Das hatte der Unternehmensführung eingeleuchtet. Und Heym durfte im Anschluss auch den Produktionsprozess selbst überwachen. Die Fixierung der Urpflanze in Wachs, das Erstellen eines Negativs aus der so entstandenen *Mastercopy* mit einer Abformmasse aus Alginat, den Abguss der Stanzvorlagen, die elektronischen Raster- und Farbwertberechnungen, Schnittmuster, Material, alles war von Heym wie immer sehr sorgfältig durchgeführt und überwacht worden. Und trotzdem hatte ihn das fertige Produkt am Ende enttäuscht. Er hatte schließlich einsehen müssen, dass seine größte Faszination für die *Cymbalaria muralis* auf einer nicht nachzubildenden Tatsache beruhte.

Die Gestaltung der Blüte, der Farbverläufe und die Applikation der Staubbeutelattrappen durch die gelben Male auf den beiden

Erhebungen der Blütenunterlippe hatten Heym noch einige Freude bereitet. An der Stelle, an der die natürlich gewachsene Pflanze Staubbeutel simulierte durch Färbung, konnte die Kunstblume schließlich dieselbe Strategie verfolgen. Heym war sich sicher, die Schwebfliegen und Bienen, die sich vom Zimbelkraut in freier Natur täuschen ließen, würden auch auf die *Cymbalaria muralis magnifique* hereinfallen müssen. Das hatte in der Vergangenheit mit anderen Blütentypen schon funktioniert und war jedes Mal der Ritterschlag durch die Natur gewesen – dass sie sich von der Fälschung hatte täuschen lassen. Von der Fälschung der Attrappe im Fall der *Cymbalaria*. Also der Fälschung der Fälschung.

Was Arne Heym am Zimbelkraut am meisten faszinierte, wie auch an allen anderen Pflanzen, war ihre genetisch einprogrammierte, planende Intelligenz. Ihr vorausschauendes Wesen. Dieser Grenzbereich zum Bewusstsein, der ein Ereignis in der Zukunft vorhersehen und sich danach richten kann. Für Heym war es auch nicht genug, diese Vorform des Bewusstseins einfach als eine Abfolge von Mutationen zu begreifen. Die Blüten der *Cymbalaria muralis* wissen um die Attraktion der Insekten durch Staubbeutel. Und sie bilden an geeigneter Stelle Attrappen aus, um sich von diesen Insekten bestäuben zu lassen. Diese Tatsache konnte aufgrund ihrer Sichtbarkeit durch Heym nachgeahmt werden. Was aber für alle Zeit durch die Nachbildung unerreichbar bleibt, ist die Art und Weise, in der sich die *Cymbalaria* gemäß ihrem genetischen Programm fortpflanzt und ausbreitet. Wie hätte Heym den Fruchtstiel der Pflanze abbilden sollen, der sich nach erfolgter Befruchtung in der den Blüten entgegengesetzten Richtung zu bewegen beginnt, weg vom Licht, tastend an der Mauer entlang, wie ein Fühler, der die Dunkelheit sucht und bereits ganz genau weiß, wohin er will, in einen anderen Riss, einen Spalt, in den er den Samen für die nächste Pflanze ablegen kann. Es war das beste Beispiel für das Wunder, das Heym faszinierte, für die Sache an sich, die er nie ganz begreifen

konnte, egal wie lange er darüber nachdachte, und die ihm gleichzeitig das letzte, unüberwindbare Hindernis seiner Arbeit aufzeigte.
Die Himbeere, deren Samen erst keimfähig werden, nachdem sie
gepflückt, gegessen und verdaut wurden. Klettenkräuter, die vorhersehen können, dass sie irgendwann ein Tier des Waldes oder
ein Hosenbein streifen wird. Oder die Familie der Tierballisten, die
die Bewegungsenergie vorübergehender Lebewesen zur Katapult-
schleuderstreuung nutzen. Die Intelligenz der Pflanzen entzieht
sich dem Prozess der Fälschung.

Arne Heym hatte in den vergangenen Jahren diverse Initiativbe-
werbungen an Naturkundemuseen in allen großen Städten des Landes verschickt, seine Vorbildung, das Unternehmensprofil und die
eigenen Spezialkenntnisse kurz umschrieben und sich nach einer
möglichen Stelle zur Anfertigung botanischer Exponate und Lehr-
mittel erkundigt.

Gleich nach der seriellen Produktion der Kartoffeln und Rüben
für die Requisitenabteilung wollte Heym zur Herstellung einiger
Erdnusspflanzen übergehen, hatte dafür aber keine Zusage von der
Unternehmensführung bekommen. Damals hatte er die Einwände
verstanden. Die Erdnuss war wirklich nur dann interessant, wenn
man sie in ihrem Verhalten darstellte, im Umgang mit dem Erdboden, der sie umgab, in einer Art Ameisenfarm oder Terrarium vielleicht. Auf eine Weise jedenfalls, die sichtbar machte, wie sie ihre
Früchte selbsttätig um sich herum an langen Stielen in die Erde
steckte.

Der Großteil der angefragten Naturkundemuseen hatte nie auf
Arne Heyms Briefe und E-Mails geantwortet. Dort, wo man auf
seine Anfragen ablehnend reagierte, war man mit einem Ton auf ihn
zugetreten, der in Heym tagelang den Verdacht aufrechterhielt,
dass er vielleicht, von außen betrachtet, ein aufdringlicher Spinner
sei. Erst nach einiger Zeit der Versenkung in die Arbeit konnte er

sich überzeugen, dass mit ihm doch alles in Ordnung war und vielmehr die Betreiber der Museen auf eine höchst traurige Art von Inspiration und kreativem Denken befreit.

Zunächst hatte Heym auch noch Freiexemplare aus dem Produktkatalog der Aiyana GmbH angeboten, musste dann aber feststellen, dass man überall die für die freie Wirtschaft angefertigten Kunstpflanzen als unseriös und irgendwie nicht wissenschaftlich einzustufen schien, dass die Furcht vorherrschte, man würde sich mit diesen Produkten die Finger schmutzig machen und den guten Ruf aufs Spiel setzen. Die Monate seiner wiederholten Bemühungen, das Unternehmen in Richtung Gemeinnützigkeit und Kulturarbeit zu verlassen, empfindet Arne Heym im Nachhinein als eine sehr traurige Zeit.

Arne Heym verbleibt in seinem unbefristeten Arbeitsverhältnis bei der Aiyana GmbH, bei einem monatlichen Nettogehalt von 2600 Euro, wässert heimlich den Pfeilwurz auf seinem Schreibtisch (den er dort aufgestellt hat, um herauszufinden, wie lange es dauert, bis man das Echte im Hoheitsgebiet der Nachbildungen entdeckt), nimmt Telefonanrufe entgegen, führt Schülergruppen durch die Produktionshallen, geht abends gern den Umweg durch eine angrenzende Kleingartensparte zur nächsten Bushaltestelle, trinkt Automatenkaffee auf den Fluren der Firma und zu Hause, in seiner Wohnung am Rand des Stadtkerns, grünen Tee aus einer schwarzen Schale. Er gibt ein Interview zu den Umständen seiner Arbeit für das Magazin *raum&zeit*, wählt in der hauseigenen Kantine das vegetarische Mittagsmenü, verschickt ein aufwendiges Gesteck aus neu gefertigten Schnittblumen im Namen der Belegschaft, als er vom Krankenhausaufenthalt einer Mitarbeiterin erfährt, interessiert sich für die Statistiken des örtlichen Fußballvereins, nicht aber für die Spiele, erhält innerhalb eines halben Jahres zwei Mal die *Mitarbeiter-des-Monats*-Auszeichnung für loyales Verhalten und vorbildliches Auftreten, beginnt seine Gespräche mit Fragen nach dem Befinden und füllt auf den Mitarbeitertoiletten die Papierhandtücher auf, wenn ihm auffällt, dass sie verbraucht sind. Nach neuen Nachrichten in seinem privaten E-Mail-Postfach schaut Heym grundsätzlich außerhalb der Arbeitszeiten. Auch in der Hoffnung, es könnte sich in den acht Stunden zwischen dem Abrufen am Morgen und dem Abrufen am Abend ein bisschen was angesammelt haben, zwei oder drei wirklich persönliche Nachrichten vielleicht oder eine gesammelt versandte Einladung zur Eröffnung, zur Hochzeit, zum Geburtstag, zur Uraufführung, zum Konzert oder zum Heimspiel, Endausscheid, zur Einzugsparty, Lesung, Diashow, zu einem Vortrag, Workshop, Ausflug, Filmabend oder einer Weinverkostung.

Arne Heym löscht am Abend, nach der Arbeit, am Schreibtisch in seiner Wohnung, unwichtige Nachrichten aus seinem privaten E-Mail-Postfach, als ihm am Rand des Bildschirms ein Werbebanner auffällt. In derselben Sekunde, in der er das Tastenfeld *Löschen* anklickt, liest er am rechten Rand in einem schmalen Kasten den Satz:
»*LASSEN SIE SICH TÄUSCHEN!*«
Die Seite wird neu geladen, um den frisch verschlankten Posteingang ohne die gelöschten Betreffzeilen darzustellen. Und anstelle des Banners mit dem Satz steht danach am rechten Rand der Aufruf einer privaten Krankenkasse, die günstigste Versicherung des Landes abzuschließen.
Arne Heym ist sich einen Moment lang unsicher, ob er fantasiert hat oder den Satz wirklich am Bildschirmrand gelesen. Er gibt die Worte in eine Suchmaschine ein, bekommt aber nur Treffer von Übersetzungsforen und Online-Wörterbüchern, einen populärwissenschaftlichen Artikel über das »Geheimnis Gehirn« und Verhaltensregeln zum Umgang mit Trickbetrügern bei Bankgeschäften im Netz. Heym steht auf und geht in die Küche, öffnet den Kühlschrank und schaut hinein, ohne Hunger oder Appetit. In seinem

Kopf dreht sich der Satz »Lassen Sie sich täuschen!« wie ein einzelnes Hemd in einem großen Wäschetrockner. Er setzt sich zurück an seinen Schreibtisch, öffnet das Fenster des E-Mail-Anbieters und beginnt, die Seite so oft neu zu laden, bis das Werbebanner wieder am rechten Bildrand erscheint. Es dauert einige Minuten, bis Heym sich an den Werbeflächen von Billigflugfindern und Schuhversandhändlern und Partnerbörsen vorbeigeklickt hat. Dann aber erscheinen tatsächlich wieder die Worte »*LASSEN SIE SICH TÄUSCHEN!*« auf dem Bildschirm. Unter der Überschrift sind der Hinterkopf und das halbe Profil eines Mannes abgebildet, der eine düstere Gasse hinabblickt, in der zwei schemenhafte Figuren – eine Frau und ein Mann in langem Mantel – offensichtlich ein Gespräch führen oder ein zwielichtiges Geschäft abschließen. Unterhalb der Abbildung steht:

»Agentur Lateralis – Alternative Realitäten«

Heym klickt auf das Werbebanner und eine aufwendig gestaltete Webseite baut sich auf, zuerst nur ein grauer Fortschrittsbalken, der sich langsam füllt, und eine Prozentangabe, dann erscheinen auf dem Bildschirm einige Darstellungen wie die am Rand seines E-Mail-Postfachs, Situationen, in denen Menschen heimliche Übergaben durchführen, Pakete unter ihren Jacken verstecken, in Telefonzellen Hörer abnehmen, Wandschränke mit Taschenlampen ausleuchten oder in dunklen Parkhäusern Sporttaschen im Kofferraum eines Autos verstauen. Die Situationen sind auf animierten Spielkarten abgebildet, die nach einem scheinbar zufälligen Prinzip ständig neu gemischt werden, sodass immer eine Karte in der Mitte des Bildschirms steht und die anderen seitlich davon ein wenig in den Hintergrund treten. Arne Heym fährt mit dem Mauszeiger über den Bildschirm und jedes Mal, wenn er auf eine der Karten trifft, verschwinden die anderen völlig in der Dunkelheit eines schwarzen Hintergrunds, die Karte im Vordergrund wird umgedreht und ein Text wird angezeigt, wie bei einem Quizspiel, denkt

Heym, wo auf den Rückseiten der Karten die Antworten auf die Fragen abgedruckt sind. Zunächst ergeben die Texte für Heym noch wenig Sinn. Er hat das Gefühl, zuerst verstehen zu müssen, worum es im Ganzen geht und was genau mit der Aufforderung, sich täuschen zu lassen, gemeint ist.

Er sucht in der Menüleiste und findet ein Fenster mit generellen Informationen zum Unternehmen und zu seinen Leistungen, eine Kontaktadresse ist aufgeführt und der fettgedruckte Hinweis, dass ein persönlicher Termin zum Vorgespräch unumgänglich sei, da die Verträge über alternative Erlebniswelten nicht online oder per Telefon abgeschlossen werden könnten.

Arne Heym liest im Infotext:

»Unser Angebot richtet sich nicht primär an die, die immer schon mal ein anderer sein wollten. Sondern vielmehr an diejenigen, die denken, all die anderen sollten andere sein.«

Obwohl der Infotext eine generelle Beschreibung der von der Agentur Lateralis angebotenen Dienstleistungen enthält, kommt es Heym so vor, als sei er bewusst kryptisch formuliert, nicht nur, um konkrete Aussagen über die Arbeitsweise zu verschleiern, sondern auch, um eine Atmosphäre des Klandestinen, der Vertraulichkeit und geheimen Mitwisserschaft zu erzeugen. Er findet das zunächst verdächtig, spürt eine reflexhafte Abneigung gegen die Kompliziertheit der Informationsbeschaffung, gegen das Unklare, Rätselhafte, bemerkt aber auch gleichzeitig, dass ein Teil von ihm daran großen Gefallen findet und sich wünscht, nichts würde sich mehr einfach auflösen und erklären lassen – dass am Ende doch eine Internetseite oder ein Stück gemachter Kultur existierten, die, wie die Lebewesen und ihre Welt, letztlich nicht zu verstehen waren.

Arne Heym erfährt, dass die Karten auf der Startseite der Agentur unterschiedliche Angebote repräsentieren, Erlebnispakete, die vom Kunden gebucht werden können und verschiedene Schwerpunkte haben. Es gehe darum, dem eigenen Leben eine Realität hinzuzufügen, eine Erlebniswelt, die vorher festgelegten Parametern entspreche und die sich in das eigene Leben und den Alltag einfügen und ihn bereichern werde – mit Personen und Ereignissen, die nicht von Egoismus, Angst und Gleichgültigkeit, wie es auf der Seite heißt, ferngesteuert und fortgeleitet werden, die zwar unberechenbar blieben in ihren nächsten Schritten, jedoch nie aus dem Blick verlören, dass das Zentrum all ihrer Aktionen das Leben des Kunden und die gemeinsam erlebte Erfahrung sei.

Heym schließt die Internetseite, kehrt noch einmal zu seinem E-Mail-Postfach zurück, das keine neuen Nachrichten enthält, meldet sich dort ab und fährt den Computer herunter. Er sitzt eine Weile auf seinem Schreibtischstuhl vor dem dunklen Bildschirm, hört in die Stille seiner Wohnung hinein, ein leichtes Rauschen, ein Knacken irgendwo, wo sich ein Stück Metall entspannt. Er spürt Müdigkeit in seinem Körper und hinter den Augen. Man könne sich darauf einstellen, hatte die Seite der Agentur Lateralis angekündigt, alltäglich den Atem des Abenteuers im Nacken zu spüren. Arne Heym putzt sich seine Zähne, geht früh schlafen in frischer Bettwäsche und träumt nur sehr kurz in dieser Nacht, von einem Wald, in dem Tiere ohne Haut umhergehen und sich wundern.

Das nächste Großprojekt der Aiyana GmbH, dessen Vorbereitung Arne Heym am folgenden Tag beschäftigt, ist die Herstellung schwimmfähiger, witterungsbeständiger *Eichhornia crassipes*, dickstieliger Wasserhyazinthen, zur Verwendung in künstlichen Teichen, in Einkaufszentren oder Bankfilialen, in Empfangslobbys oder lichtarmen Innenhöfen. Aber, so wurde es in Arne Heyms Richtung von der Unternehmensführung kommuniziert, auch der gemeine Garten des kleinen Bürgers sei mit dem künftigen Schwimmpflanzenangebot gemeint. Die tropischen Teichpflanzen könnten schließlich in ihrer Unabhängigkeit von klimatischen Bedingungen in jedem Garten zur immerschönen Ergänzung des Natürlichen werden.

Kein Ersatz, aber eine Option immerhin, dort, wo die Natur vielleicht kränkelt, angeschlagen ist oder noch nicht voll erwacht.

Ein großer Vorteil der Wasserhyazinthenkreation der Aiyana GmbH würde nach ihrer Fertigstellung auch sein, dass ihr im Gegensatz zum natürlichen Vorbild die Tendenz zur unkontrollierten flächenmäßigen Ausbreitung fehle. Es wurde jedoch einstimmig beschlossen, diese Qualität nicht in der Produktwerbung hervorzuheben, da schließlich die Kunden hierzulande mit der Pflanze ohnehin nur Naturschönheit und Dekoration assoziierten, im Gegensatz zu zum Beispiel den Uferbewohnern afrikanischer Staaten rund um den Victoriasee, der von Wasserhyazinthen seit ihrer Einschleppung in unbändigen Massen überwuchert wird. Wo die Fische unter den quadratkilometergroßen Pflanzenteppichen wegsterben und nun gefährliche Wasserschlangen und Krokodile Schutz finden, die immer wieder Fischerboote angreifen oder verirrte Rinder zu sich hinabziehen und verzehren. Das sei, sagte man Heym, ein ganzer Komplex, der glücklicherweise unter den Tisch geschwiegen werden könne, einen so weiten Umweg brauche die Produktpräsentation gar nicht zu nehmen, konzentrieren Sie sich auf den Teich vor unserer sogenannten Haustür, die Kleingärtner und Hobypflanzer zu überzeugen, das sei als Nuss schon hart genug.

Das Projekt *Eichhornia crassipes* befindet sich an diesem Arbeitstag Arne Heyms noch im Stadium der Vorbereitung. Nicht alle Materialentscheidungen sind gefällt, die Farbwerte noch nicht bestimmt, und die Produktbezeichnung, bislang eigentlich immer eine schnelle Sache, ein kurzer Brainstorm von maximal zwei Stunden, geht Heym im Fall der Wasserhyazinthe nur schwer von der Hand. Er fängt an, Online-Lexika nach der Herkunft der botanischen Bezeichnung zu durchsuchen, und stößt dabei auf einen preußischen Kultusminister, der mit der Benennung geehrt worden war, was sich aber als extrem ungriffig und damit als totes Gleis für die Namensfindung erweist. Heym schreibt auf einen Block auf seinem Schreibtisch *Crassipes cultura, Kultivierte Eichhornia, Heimische Hyazinthe, schwimmende, flottierende, freundliche Heimathyazinthe* und streicht alles sofort voller Frust wieder durch. Er sitzt am Schreibtisch und liest Artikel über die Wasserhyazinthe am Computerbildschirm, beginnt darüber nachzudenken, wie dieselbe Pflanze an einem Ort plagenartige Ausmaße annehmen kann und an einem anderen praktisch unmöglich zu kultivieren ist. Er findet sich bei diesen Gedanken ein wenig banal, was ihn nicht weiter stört. Dann ändert sich aber der Ton seiner Gedanken, nur ein wenig, er denkt über die Heimat der Hyazinthen nach, die es ja gibt auf der Welt, irgendwo in Südamerika, und dass es mittlerweile eine weitaus größere Zahl von Wasserhyazinthen an Orten gibt, die ihren eben nicht wie ihre Heimat entsprechen, wo sie zum Ärgernis werden müssen, weil sie nicht mehr eingebettet sind in einen natürlichen Kreislauf. Weil sie auf einem fremden Erdteil allein gelassen wurden und wie alle Alleingelassenen einen unstillbaren Hunger entwickelt haben, nach Nahrung und Reproduktion, Nahrung und Reproduktion, denkt Heym, was ist denn los mit mir?

Neben dem Kaffeeautomaten, auf dem Flur vor Arne Heyms Büro, steht seit einiger Zeit die etwa anderthalb Meter hohe Kaffeepflanzennachbildung *Coffea aiyanica* – die häufig von der Aiyana als Werbegeschenk an Großkunden verschickt wird – in einem großen Jutesack mit dem aufgedruckten Aiyana-Logo. Der Sack, der selbst aus Naturfasern hergestellt wurde, umhüllt den künstlichen Wurzelballen der Pflanze (ein Gewicht aus Hartgummi in einer Schalung aus schwarzem Styropor) und ist an den Rändern rings um den Stamm mit echten Kaffeebohnen der Sorte *canephora* aufgefüllt. Sie sollen, in unmittelbarer Nähe zur Maschine, einen steten Duft nach frischem Kaffee auf dem Flur verbreiten und werden tatsächlich vom Putzpersonal der Aiyana in regelmäßigen Abständen ausgetauscht, sobald sie ihre Duftkraft verloren haben.

Arne Heym tritt an die Maschine heran, atmet den Geruch der Kaffeebohnen ein und drückt auf den Knopf für Espresso macchiato. Auf dem Flur brennt künstliches Licht in den Leuchtstoffröhren an der Decke, durch das Fenster am Ende sieht man auf den Widerschein eines grauen Tages an den Wänden der Lagerstätten der Aiyana.

Zwei Kollegen Arne Heyms treten ebenfalls an die Maschine heran, warten hinter ihm, bis das Getränk vollständig aus den beiden runden Öffnungen in den Pappbecher geröchelt ist, und führen in der Zwischenzeit ein Gespräch über die Trinkwasseranlagen ihrer Häuser. Beide wurden offensichtlich in jüngster Zeit »aus der Kalten«, wie einer der beiden sagt, von einer Trinkwasseraufbereitungsfirma angerufen, die ihnen ein Filtersystem verkaufen wollte. Beide sind sich während des kurzen Gesprächs, das Arne Heym in seinem Rücken mithört, während sein Kaffee aus der Maschine in den Becher läuft, einig über das Gesagte. Sie teilen dieselbe Haltung über die Trinkwasseraufbereitungsfirma, die sie als Verbrecher bezeichnen, und bestätigen sich gegenseitig nach jedem Satz.

Heym dreht sich zu den Kollegen um, mit seinem vollen Kaffeebecher in der Hand, sie grüßen ihn und er grüßt sie, die Kollegen machen Platz, Heym geht an ihnen vorbei, dreht sich kurz vor seiner Bürotür noch einmal um, sieht die beiden Rücken vor der Kaffeemaschine und denkt: Wir Fleurateure.

Am Computer in seinem Büro öffnet Heym die Internetseite der Agentur Lateralis. Er tippt die Telefonnummer aus der Spalte *Kontakt* in sein Mobiltelefon, nimmt einen ersten vorsichtigen Schluck aus dem Kaffeebecher und vereinbart einen Termin zur persönlichen Beratung in den Räumen der Agentur für den morgigen Abend.

Der Ablauf des Gesprächs war schnell und unkompliziert. Und als Arne Heym auflegt, fühlt er sich bereits, als hätte er etwas geklärt. Oder eine Klärung auf den Weg gebracht. Obwohl, das ist ihm schon auch bewusst in dem Moment, diese Dienstleistung, die er im Begriff ist in Anspruch zu nehmen, mit Klärung überhaupt nichts zu tun hat. Trotzdem fühlt es sich nach dem Telefonat an wie der erste Schritt auf dem Weg, endlich einmal eine hässliche Veränderung der Haut dem entsprechenden Facharzt vorzuzeigen oder per MRT herausfinden zu lassen, was es mit dem steten Klopfen im Kopf auf sich hat.

Heym verbringt den Rest des Arbeitstages mit vorbereitenden Schritten für die Fertigung der *Eichhornia crassipes*, wobei ihm weiterhin kein passender Name für die Kreation der Aiyana einfallen will, schafft Ordnung in seinen Unterlagen, den Ordnern auf dem Unternehmensserver, die seine Aufgabengebiete betreffen, und auf seinem Schreibtisch, wo sich Zettel, Schreibwerkzeug und Briefverkehr in den letzten Tagen etwas chaotisch ausgebreitet hatten. Er verlässt das Unternehmen am frühen Abend, läuft durch die angrenzende Kleingartensparte zur Haltestelle, sitzt vorne im Bus nah beim Fahrer, schaut dessen Händen und Armen bei den Lenkbewegungen durch den Verkehr zu und versucht, sich ausschließlich anhand der Drehungen am Lenkrad und der Betätigung des Blinkers auf dem Weg durch die Stadt zu orientieren. Er geht früh schlafen, ohne nochmals sein E-Mail-Postfach aufzurufen, und träumt von einem ausführlichen Gespräch mit einem marokkanischen Fensterputzer auf einem windigen Putzfahrstuhl an der gläsernen Fassade eines irrsinnig hoch gebauten Wolkenkratzers.

Am nächsten Morgen geht Heym früh aus dem Haus, erledigt in seinem Büro die nötigsten Arbeiten und verfasst dann eine E-Mail an die Kollegen aus seiner Abteilung, er müsse aufgrund eines Arzttermins bereits nach der Mittagspause das Büro verlassen. Er isst eine große Portion in der Kantine der Aiyana, nimmt daraufhin den Bus ins Zentrum der Stadt und streunt für ein paar Stunden durch die Straßen und die Fußgängerzone. Er schaut sich in einer

Buchhandlung lange Zeit Bildbände über unberührte Urwaldgebiete in Kanada, Alaska und Sibirien an, über Blauwale und ein Kunstbuch über europäische Marinemalerei, wobei er lange Zeit von einem Gemälde fasziniert ist, auf dem Schiffe unter gegenseitigem Beschuss mit aufgeblähten Segeln unterwegs sind auf einem scheinbar brennenden Meer. Er trinkt Kaffee im Empfangsbereich eines Hotels und stellt sich vor, er sei zu Besuch in der Stadt, beobachtet ankommende und abreisende Gäste und das Personal, wobei er immer wieder Ausschau hält nach den kurzen Momenten, in denen die Fassade der professionellen Höflichkeit kurz in sich zusammenstürzt, nach einer menschlichen Geste unter den Angestellten oder einem entgleisenden Gesicht am Telefonhörer der Rezeption.

Beim Anblick einer allein in das Hotel eincheckenden Frau, von der er schätzt, dass sie etwa in seinem Alter sein müsste, fragt sich Heym, im Ledersessel der Hotellobby, welche Form von Attraktionsattrappen er ausbilden müsste, um selbst hier angeflogen zu werden, und ärgert sich unmittelbar über die unzulässige Metaphorik.

Am frühen Abend, etwas überpünktlich, betritt Heym ein schlichtes Bürogebäude in der Nähe des Hauptbahnhofs, fährt mit dem Fahrstuhl in den vierten Stock, meldet sich an bei der Person am Empfangstresen und wird gebeten, im Wartezimmer Platz zu nehmen, wo er eine Viertelstunde lang sitzt und sich umschaut, bis man ihn aufruft.

Er betritt ein etwa 40 Quadratmeter großes Büro, das ihn in seiner Aufteilung erst etwas verwirrt. Auf der linken Seite befindet sich eine große Fensterfront, durch die andere Häuserwände zu sehen sind, aber auch eine Straßenschlucht, die fast genau auf das Gebäude zuzulaufen scheint, in dem sie sich befinden. Auf der rechten Seite steht ein großer Schreibtisch, an dem eine Person sitzt, die Arne Heym gleich begrüßt. Ein etwa fünfzigjähriger Mann, der sich beim Aufstehen den obersten Knopf am Jackett zuknöpft und

Heym dann die Hand hinstreckt. Heym sieht den Mann erst im Profil und die über den Schreibtisch gestreckte Hand ragt vor ihm in den Raum wie eine Schranke. Das ist hier alles im falschen Winkel, denkt Heym. Man hätte schon durchs Fenster kommen müssen, um direkt auf den Mann hinter seinem Schreibtisch zuzugehen.

Der Mann stellt sich als Leonhard vor und Heym ist sich erst unsicher, ob das jetzt Vor- oder Nachname ist, sagt selbst aber Heym, ohne Vornamen, und liest im Gesicht des anderen, dass alles erst mal ganz normal verläuft.

Herr Leonhard bietet Heym einen Sessel vor dem Schreibtisch an, öffnet den Knopf an seinem Jackett und setzt sich selbst zurück in seinen Bürostuhl. Er nimmt einen Kugelschreiber in die Hand, einen Bogen Papier aus einer Ablage und beginnt, Heym einige Fragen zu stellen. Wie er auf das Programm aufmerksam geworden sei, was er arbeite und wo, Kontaktdaten, Alter, Familienstand, bekannte Krankheiten, Allergien, Herzleiden.

»Haben Sie sich schon für eines unserer Programme entschieden?«, fragt Herr Leonhard und Heym erinnert sich an die Spielkarten auf der Homepage und sagt Nein, er sei sich noch nicht sicher.

Im Wesentlichen müsse er sich eigentlich nur entscheiden zwischen einem romantischen Abenteuer, einer Invasion des Fremden oder einer Heldengeschichte, das seien die Basiserzählungen, nicht nur hier, was Heym ja sicher schon aufgefallen sei beim Fernsehen oder im Kino. Die romantischen Abenteuer böten den geringsten Spielraum, Invasionen könnten sowohl aus dem All als auch aus dem Erdinneren erfolgen, Naturkatastrophen müsse man logischerweise ausschließen und bei Heldengeschichten stünde immer zuerst die Entscheidung an, ob man den Geschehnissen grundsätzlich aktiv oder passiv gegenüber eingestellt sein möchte. Für zurückhaltende Menschen, sagte Herr Leonhard mit einem verständnisvollen Blick, empfehle sich immer die passive Rolle, die Formate *Auf der Flucht* oder *Im Fadenkreuz* würden gern von Leuten gebucht, die bislang noch keine Erfahrung mit dem Angebot der Agentur Lateralis gemacht hätten.

Arne Heyms Aufmerksamkeit driftet für einen Moment aus dem Gespräch heraus, sein Blick wandert über den Schreibtisch und fällt auf einen kleinen Pappaufsteller, der wie ein Namensschild aussieht und auf dem in Großbuchstaben der Satz »WAS FOLGT BESTIMMT DIE INNERE EINSTELLUNG« abgedruckt ist.

Heym deutet auf den Satz und fragt den Mann hinter dem Schreibtisch, wie das gemeint sei. Herr Leonhard lächelt, sieht Heym eine Weile an und fragt ihn dann, ob er ein Spieler sei.

»Sind Sie ein Spieler? Ich möchte Ihnen gern eine Reihe von Titeln vorlesen und würde Sie bitten, mir wahrheitsgemäß zu antworten, ob Sie diese Spiele kennen oder nicht.«

Er liest die folgenden Titel verschiedener Rollen- und Brettspiele von einer Liste ab und Arne Heym antwortet wahrheitsgemäß mit Ja oder Nein:

Simon der Zauberer, Infinite Hesitation, Die Schaufeln von Gorma, Schattenlauf, The Isis Of Shripp, The Curse Of Monkey Island, Valhalla Tales, Die Tage der Tentakel, Der Lederplanet, Schienen und Weichen, Insignia, Facialbook, Die Konföderation der Füchse, Puzzled Panthers, Einsicht in den Apparat, Ultimo und Tofdau, Die Invasion, Aufruhr der Herzen, Mighty Might, World Of Whirls, Die Sagen von Portz, Monopoly, Leisure Suit Larry, Inside Odin, Die vergebliche Straße, Die lächerliche Finsternis, Die Faust des Affen, Buena Ventura, Seenot vor Quaunahuac, Heartbreak Hotel, Tropic Of Virgo, The World Without Magic, Die Tauben des Zorns, Marsch nach Moskau, The Western Convention, Calling Babel, Socks In A Box, Die Schalmeien von Ingolstadt, Kill Achill, Die Äpfel von Sonya, Hungrig im Supermarkt, Chaos Chronicles, Macho Women With Guns, In Nomine Satanis, Die Pfade der Schlütts, Cyberpunk, Transhuman Travels, Robotech, Demiurg, Die blaue Mappe, Câmelot, Eisenfuß, Die Legende der brennenden Sandalen,

Pyramus, Doktor Dubis, Submarine Selfesteem, Hong Kong Heroic, Störfall Gamma, Der Schatten des Glöckners des Abends, Tender Tackle, Fleisch und Stein, Der Fels und die Gischt, Adranadura, Xing Yeobab, Universität des freien Denkens.

Nachdem er hinter allen Positionen der Liste die entsprechenden Kreuze gemacht hat, legt Herr Leonhard das Formular beiseite und sieht Heym ernst ins Gesicht.

»Sie brauchen sich über die einzelnen Angebote nicht allzu sehr den Kopf zerbrechen. Das sind ja eher Richtlinien. Sehr grobe Orientierungshilfen. Das Programm muss eh ganz individuell auf Ihren Typ und Ihre Bedürfnisse zugeschnitten werden. Wir glauben daran, dass keine zwei Menschen dieselben Erfahrungen machen können. Und dass wir dieser Tatsache große Sorgfalt schuldig sind. Deshalb sind unsere Programme ja auch vergleichsweise kostenintensiv. Weil jeder Kunde von uns ein für ihn maßgeschneidertes Programm erhält. Aus diesem Grund muss ich Sie auch noch etwas gründlicher über Ihre Lebensumstände befragen.«

Herr Leonhard befragt Heym nach seinen Lebensumständen, vor allem nach seiner Arbeit, und Heym gibt Auskunft. Er erzählt von seiner Wohnung, davon, wie sie geschnitten und wie sie möbliert ist, von der Hausgemeinschaft und der Nachbarschaft, von seinen sozialen Kontakten, vor allem aber von der Arbeit, den Aufgaben der letzten Zeit und den enttäuschenden Anstrengungen, die Aiyana GmbH zu verlassen. Beim Erzählen fühlt sich Heym wieder wie bei dem Telefonat am Tag zuvor. Er spricht über sich und sein Leben und mit jedem Wort wird es in seiner Brust etwas leichter, er hat das Gefühl, seine Erfahrungen auf eine Art Reise zu schicken, wo sie in seinem Sinne handeln und für ihn wirtschaften würden, einen Beitrag leisten zu der Klärung, von der Heym noch immer nicht sagen könnte, was genau er darunter verstand.

Herr Leonhard hört Arne Heyms Ausführungen aufmerksam zu, nickt häufig, ohne eine erkennbare Position oder Einstellung zu dem Gesagten einzunehmen, und macht sich Notizen auf einem separaten Blatt Papier.

»Was uns auch noch helfen würde«, sagt er irgendwann mitten in einen von Heyms Sätzen hinein, »wäre, wenn Sie uns ein Buch nennen könnten, das Sie stark beeindruckt oder beeinflusst hat. Haben Sie ein Lieblingsbuch, eine Autorin oder einen Autor, die oder der Sie nachhaltig geprägt hat? Am besten für uns wäre ein einzelner Titel, nicht zu viel, kein Gesamtwerk, keine Strömung, sondern eine Narration, der Sie schon einmal bereitwillig gefolgt sind, der Sie sich anvertraut haben. Das ist oftmals sehr hilfreich.«

Arne Heyms Herz beginnt sofort heftig zu schlagen und er spürt eine Enge in seinem Hals. Verlegenheit. Es ist ihm peinlich, was ihm sonst eigentlich nicht besonders peinlich ist, nur in bestimmter Gesellschaft, unter Leuten, die er nicht einschätzen kann, deren Meinung ihm allerdings irgendwie bedeutsam erscheint. Er schämt sich dafür, dass er keine Bücher liest. Dass er sich nie besonders für Literatur interessiert hat, sie meistens als eskapistisch, als Ausflucht vor allem Interessanten auf der Welt betrachtet hat. Heym erinnert sich, wie er als Student zu einer anderen Studentin gesagt hatte, dass die Literatur ihm immer den Fokus verstelle, alles werde immer unschärfer, hatte er gesagt, immer relativer, unklarer, uneindeutiger, und er hatte sich von der Studentin anhören müssen, dass er das Klischee eines Naturwissenschaftlers sei, ein trauriger Knochen. Herr Leonhard schraubt an seinem Kugelschreiber herum und Heym wird bewusst, dass ihm die Zeit abläuft. Er nimmt das erste Buch, das ihm in den Sinn kommt, er könnte noch nicht mal sagen, ob es das letzte ist, das er gelesen hat, jedenfalls eines der letzten, jemand hatte es ihm wegen des Titels geschenkt, das passt doch zu dir, hatte die Person gesagt. Heym wundert sich jetzt noch, dass er nicht gleich oder zumindest später protestiert hat, aber vielleicht hatte es ja doch zu ihm gepasst, jedenfalls wird mir jetzt nichts Besseres mehr einfallen, denkt er und sagt:

»*Der Wachsblumenstrauß* von Agatha Christie.«

Herr Leonhard notiert den Titel ohne jede Regung. Und erst dadurch wird Heym voll bewusst, dass seine ganze Aufregung darauf abgezielt hatte, sich in einer Reaktion des Herrn am Schreibtisch aufzulösen. Wie ein Schulkind, denkt Heym, als gäbe es eine objektive, eine richtige Antwort auf die Frage, wer ich bin.

Abschließend werden im Gespräch zwischen Herrn Leonhardt und Arne Heym noch die Konditionen des Auftrags verhandelt. Heym erteilt der Agentur Lateralis eine Einzugsermächtigung für den Betrag von 2800 Euro von seinem Bankkonto, unterschreibt eine Einverständniserklärung, dass seine personenbezogenen Daten zur Schaffung einer individuell angepassten Erlebniswelt an Dritte weitergereicht werden dürfen, erhält von Herrn Leonhard eine Visitenkarte, auf der der Name der Agentur abgedruckt ist, der Slogan »Lassen Sie sich täuschen!« und eine Notfallnummer, die, und dafür muss Heym ebenfalls auf einem Formular unterschreiben, während der gesamten Laufzeit des Programms Tag und Nacht angerufen werden kann und in jedem Fall *vor* den offiziellen Notrufnummern gewählt werden *muss*, so steht es in dem Formular, um Kollisionen des geltenden Rechts mit der Rechtsauslegung der für Heym entwickelten Erlebniswelt zu vermeiden. Heym lässt sich diese Formulierung noch mal von Herrn Leonhard erklären: »Sie wollen doch sicher nicht, dass wir im Rahmen des Normalen und nach den Regeln des Alltags agieren.«

Nachdem er alle Formulare unterschrieben hat, möchte sich Arne Heym noch versichern lassen, dass das Programm ausschließlich auf seine Freizeit beschränkt bleibt und sich von seinem Arbeitsplatz fernhalten wird. Er sorgt sich um seine Anstellung, sagt er, was ihm beim Aussprechen des Satzes gleich seltsam vorkommt.

»Das Beste wäre schon, Sie würden sich Urlaub nehmen für diesen Zeitraum.«

»Ich kann mir gerade keinen Urlaub nehmen«, erklärt Heym, »ich müsste schon krank werden.«

»Verstehe.«

Herr Leonhard greift nach einer Schale auf seinem Schreibtisch und reicht sie über den Tisch in Heyms Richtung. Sie ist mit Pralinen gefüllt, die jeweils in ein schwarz glänzendes Papier mit dem Logo der Agentur Lateralis eingewickelt sind. Herr Leonhard lächelt gewinnend und sagt, er freue sich sehr über den Abschluss. »Sie können jetzt nach Hause gehen«, sagt er. »Halten Sie in den nächsten Tagen die Augen offen. Bleiben Sie wachsam und durchlässig. Werden Sie nicht nervös, es kann Ihnen nichts passieren. Und denken Sie vor allem daran, immer zuerst die Notfallnummer der Lateralis zu wählen. Wenn etwas Außergewöhnliches passiert in der nächsten Zeit, haben wir mit der größten Wahrscheinlichkeit die Finger im Spiel.«

Heym bedankt sich, nimmt eine Praline aus der Schale, wickelt sie aus dem Papier und steckt sie in seinen Mund. Herr Leonhard steht auf, schließt den Knopf an seinem Jackett und streckt seine Hand über den Schreibtisch.

Heym steht selbst auf und beißt in dem Moment, als er die Hand ergreift, auf die Praline in seinem Mund, aus der sofort eine süße, likörartige Füllung herausfließt und sich auf der Zunge verteilt. Ein Kribbeln wandert seine Geschmacksnerven entlang, durchs Zahnfleisch und über den Gaumen, vom hinteren Hirnrand den Nacken hinab bis zwischen die Schulterblätter. Heym bekommt eine Gänsehaut auf den Unterarmen und spürt ein nie da gewesenes Vertrauen beim Blick in das freundliche Gesicht des Mannes, in dem sich zum Abschied kurz beide Augen schließen. Ein leichtes Kopfnicken, das sagt: Alles ist in guten Händen.

In der auf den Vertragsabschluss folgenden Nacht isst Arne Heym stehend in der Küche ein paar belegte Brote, duscht sich ausgiebig, putzt sich die Zähne und fühlt sich zunächst bei alldem sehr wohl. Er spürt eine leichte Euphorie und gleichzeitig eine tiefe Ruhe. Ein zärtlich geführter Streit in seinem Innern, der ihn manchmal leicht schaudern lässt. Er hat das Gefühl, die Temperatur seines Körpers sei in perfekter Harmonie mit der des ihn umgebenden Raumes, seine Haltung sei gerade und unbedenklich. Seine Augen sehen alles sehr scharf und deutlich, alle Farben und alle Formen, wenn er einen Gegenstand ansieht, kann er sich gleich sehr gut vorstellen, wie sich dieser Gegenstand anfühlt, er spürt ihn in den Handflächen und an den Fingerspitzen. Wenn er seine eigene Haut berührt, bemerkt er, dass er im vollen Bewusstsein seines Körpers ist und nicht nur ein grübelnder Kopf, der durch einen verspannten Nacken mit einem gurgelnden und ungelenken Apparat verbunden ist. Heym fragt sich noch kurz, ob es irgendetwas gibt, was er mit seiner euphorischen Stimmung anfangen könnte, außer sie im Bett liegend und nichtstuend zu genießen. Ihm fällt aber nichts ein. Er legt sich in sein Bett, seinen Kopf auf das weiche Daunenkissen, aus dem lautlos ein wenig Luft entweicht, schließt die Augen und schläft kurz darauf ein, für eine Stunde etwa, in der er von einem komplizierten Würfelspiel träumt, dessen Regeln sich ständig verändern, bis er von starken Bauchschmerzen wieder zurückgestoßen wird in die Realität seines dunkel daliegenden Schlafzimmers.

Heyms Bewusstsein reagiert mit einiger Verzögerung auf die akute Heftigkeit dessen, was in ihm zu wüten beginnt. Für einige Sekunden hält es sich in der beiläufigen Abfolge der Wahrnehmungen *Schmerz Bett Zimmer Dunkelheit Nacht aufgewacht allein* auf, um dann spiralförmig, wie der letzte Wasserrest in den Abfluss einer Badewanne, in den erneut heftig krampfenden Schmerz hineinzustürzen.

Die Wörter in Heyms Kopf verlieren für eine Weile ihre Bedeutung und ihren Zusammenhang. Eine Art Notfallprogramm fährt hoch und übernimmt das System, Heym steht aus dem Bett auf, tappt durch die lichtlose Wohnung ins Badezimmer und setzt sich dort auf die Toilettenschüssel, in der Hoffnung, alles Innere werde automatisch die nötigen Schritte zur Besserung einleiten.

Heyms Stirn sackt zur Seite, gegen die kühlen Fliesen der Wand neben der Toilette, und für einige Zeit sitzt er so da, aufstöhnend unter den rhythmisch wiederkehrenden Krämpfen und dahindämmernd in einer Mischung aus kindlicher Selbstaufgabe und Ratlosigkeit.

Mit jedem Krampf, der in Heym hineinfährt, brechen seine eben gedachten Gedanken unter einer Vielzahl verschiedenster Formen zusammen, lichthelle Geometrie, Raster, konzentrische Kreise und Fraktale überlappen und überlagern sich, nordlichtartige Schlieren ziehen auf, zwischen denen dann langsam wieder das Bad auftaucht und Form annimmt, das Fenster, das Muster der Fliesen, die Linien des Regals und darin die bunten Balken der zusammengefalteten Handtücher.

Kurz vor dem erneut einfahrenden Schmerz kommen dann auch die Wörter wieder und bilden in einfachen Sätzen den Plan, aufzustehen und einen Krankenwagen zu rufen.

Heym nimmt eine starke Schmerztablette und geht zum Telefon. Er drückt in größter Konzentration auf das grüne Hörersymbol und hält sich den Apparat ans Ohr. Im Lautsprecher knirscht es kurz, ein Gesprächsfetzen ist zu hören, zwei Männerstimmen, nur eine Sekunde lang, dann wieder ein Knirschen und schließlich das durchgehende Freizeichen. Heym wählt die Notrufnummer 112, setzt sich zwischen Telefonschränkchen und Türöffner auf den Flurboden und spricht sehr langsam und konzentriert mit einer übermüdeten Person. Er nennt seine Adresse, seinen Namen, sagt, er habe Schmerzen, und entschuldigt sich sogar, »Tut mir leid«, sagt er, wofür genau ist ihm unklar. Die Person möchte von Heym gerne wissen, wo genau und welcher Art diese Schmerzen sind, seit wann er sie habe und ob er tagsüber bei einem Arzt gewesen sei. Heym wartet einen erneuten, sehr heftigen Krampf in seinen Eingeweiden ab, bis er der Person antwortet. Seine Angaben sind sehr knapp. Er sagt nochmals seinen Namen und seine Adresse, zu den Schmerzen fällt ihm nichts ein, »Nicht lang«, sagt er und: »Kein Arzt«.

Achtzehn Minuten nach Arne Heyms Notruf klingelt es in dem kleinen Plastikkasten über der Wohnungstür. Heym wacht davon auf, ohne das Gefühl zu haben, vorher eingeschlafen zu sein. Er sitzt auf dem Fußboden und friert ein wenig, tastet an der Wand entlang nach dem Türöffner und lehnt sich vor, bis er die Klinke der Wohnungstür herunterdrücken kann. Er hört schwere Schritte auf den Stufen im Haus. Zwei Rettungssanitäter in leuchtend orangefarbener Funktionskleidung mit aufgenähten Reflektorstreifen schieben sich nacheinander in Heyms Wohnung. Der erste sagt »Moin« und der zweite:

»Mann, wie sehen Sie denn aus?«

Der erste der beiden Sanitäter geht an Heym vorbei den Flur entlang und schaut kurz in jedes Zimmer hinein, wie um zu überprüfen, ob sich außer Heym noch jemand in der Wohnung befindet. Der andere holt ein Klemmbrett und einen Stift hervor und stellt dem am Fußboden sitzenden Heym einige Fragen, wieder den Schmerz betreffend, die genaue Verortung und die Art. Heym sagt:

»Etwa so, als würde man mich hier aufschneiden und dann mit der Hand darin herumwühlen.«

Er bemerkt die Normalität dieses Satzes und freut sich, »Vielleicht geht es mir schon besser«, sagt er, und im selben Moment wird ihm die ganze Situation sehr peinlich. Die extra für ihn nachts hierhergekommenen Rettungssanitäter. Seine traurige Gestalt auf dem Flurboden. Er schaut zu dem anderen Sanitäter hinüber, der jetzt in einem Notizbuch auf dem Telefonschränkchen blättert.

»Vielleicht können Sie mir etwas gegen die Schmerzen geben und ich schlafe mich aus und morgen gehe ich zu einem Arzt?«

Der Sanitäter am Telefonschränkchen sagt:

»Nein, das glaube ich nicht, dass das sinnvoll ist. Also hier ist ja niemand, wenn es wieder losgeht.«

Die beiden Sanitäter stopfen ein paar von Heyms Kleidern in eine Sporttasche, die sie auf dem Schrank im Schlafzimmer finden, außerdem seine Zahnbürste und wahllos ein paar Toilettenartikel. Als sie im Badezimmer hantieren, kann Heym die orangefarbenen Gestalten von seinem Platz auf dem Flurboden aus durch die offene Tür beobachten. Er fragt, ob er etwas helfen soll, wird aber angewiesen, sitzen zu bleiben.

»Sie bewegen sich jetzt gar nicht mehr«, sagt einer der beiden, »wir holen gleich die Trage. Wenn wir da schon mitten in der Nacht aufkreuzen, dann muss das auch dramatisch aussehen.«

Etwas später liegt Heym dann festgeschnallt im Krankenwagen auf seinem Rücken, während das Fahrzeug mit heulender Sirene durch die Nacht fährt. Er erinnert sich an die Busfahrt nach Hause vor einer gefühlten Ewigkeit, als er versucht hatte, sich nur anhand der Lenkbewegungen des Fahrers auf seinem Weg durch die Stadt zu orientieren. Hinten im Transportraum des Krankenwagens gibt es, abgesehen vom beständigen Schaukeln und der Fliehkraft in den Kurven, überhaupt keine Indizien mehr, wohin gefahren wird. Neben ihm, auf einem heruntergeklappten Notsitz, hockt einer der beiden Sanitäter, mit der Sporttasche auf dem Schoß. Wie mein Begleiter, denkt Heym.

In der Notaufnahme werden dann von den beiden Sanitätern wirklich sehr theatralisch ein paar Türen aufgestoßen, sie sprechen routiniert, präzise Sätze mit sehr lauten Stimmen, und Heym wird sofort durch einen Flur in ein Behandlungszimmer geschoben, neben einen weißen Polyestervorhang und einige Geräte, eine graue Plastikklammer wird an einem seiner Finger festgemacht, seine Herzfrequenz erscheint auf einem Monitor, »Gleich gehts los«, sagt eine Stimme, dann wird die Tür des Behandlungszimmers geschlossen und Heym liegt eine Weile herum und schaut an die Decke, wartet auf einen erneuten Krampf in seinem Innern, der aber nicht kommt.

Er denkt darüber nach, was wohl ein angebrachter Gedanke wäre, um ihn hier, auf dem Krankenbett in der Notaufnahme des Krankenhauses, zu denken, schaut um sich herum die Gegenstände an, den Raum, der hell ausgeleuchtet ist von den Neonröhren an der Decke, die Hängeschränke mit den Milchglastüren, dahinter unscharfe Schemen von Verbandszeug, Nierenschalen und Infusionsbesteck, ein Waschbecken mit drei verschiedenen Seifen- und Desinfektionsmittelspendern, ein kniehoher Hocker auf Rollen, der Linoleumfußboden, er setzt an zu einem halb ausgegorenen Gedanken über die Künstlichkeit oder Funktionalität der Einrichtung, die Unbehaustheit des Raumes, als sich die Tür öffnet und eine Person erscheint, die Heym anhand ihres Kittels und des um den Hals hängenden Stethoskops sofort als Ärztin identifiziert.

Etwas an ihren Haaren kommt ihm seltsam vor. Eine wasserstoffblonde Bubikopffrisur, von der er gleich denkt: Das ist doch eine Perücke.

»Guten Abend. Dr. Heick«, stellt sich die Frau vor und setzt sich auf den Rollhocker neben Heyms Bett. Heym sagt »Heym« und reicht seine Hand.

Dr. Heick füllt gemeinsam mit Arne Heym einen Patientenfragebogen aus: Kontaktdaten, Alter, Familienstand, bekannte Krankheiten, Allergien, Herzleiden, »Wo arbeiten Sie und was genau?«

Heym erzählt wieder von seiner Arbeit, von der letzten Zeit im Unternehmen, während Dr. Heick ein Ultraschallgerät an sein Bett heranschiebt und etwas Kontaktgel auf die Sonde aufträgt. Während das Innere seines Bauches auf einem Monitor in schwarzweißen Schlieren abgebildet wird, erzählt Heym von seiner Position in der Aiyana GmbH und in Andeutungen auch von seiner wachsenden Unzufriedenheit in den letzten Monaten (wobei ihm beim erneuen Erzählen auffällt, dass sich die Möglichkeit, die diese Unzufriedenheit vorher noch gewesen ist, durch mehrfaches Erzählen langsam in eine Tatsache verwandelt). Mitten in einen von Heyms Sätzen hinein fragt Dr. Heick, den Blick weiterhin auf den Monitor des Ultraschallgeräts gerichtet, unter ihrer künstlich aussehenden Frisur hervor, ob er sich in irgendeiner Form von Behandlung befinde derzeit. Heym denkt an den Vertragsabschluss mit der Agentur Lateralis, und während er noch überlegt, ob er der Ärztin davon erzählen soll, öffnet jemand von außen die Tür des Behandlungszimmers einen Spaltbreit, ein Kopf schiebt sich in den Raum, eine aufgekratzt aussehende Person, die Heym direkt ins Gesicht schaut und fragt, ob er hier einen Mister Abernethie gesehen hat.

Heym schaut zu Dr. Heick, die aber gar nicht reagiert, sondern weiterhin seinen Bauch mit dem Gerät abfährt und sich das Ultraschallbild ansieht. Dann schaut Heym wieder zur Person in der Tür, die nochmals fragt: »Abernethie?«, und sagt dann:

»Ich arbeite nicht hier, ich bin Patient.«

»Klar.«

Die Person nickt, zieht den Kopf zurück und schließt die Tür.

Behandlung, denkt Heym, und: komisch. Er spricht in seinem Kopf den Namen des Gesuchten aus, Abernethie, überlegt, wie er auf die Frage von Dr. Heick nun antworten soll, das ist alles ganz schön aufregend, denkt er noch, er hat den Eindruck, ein Zusammenschluss von vorher noch lose in seinem Kopf hängenden Enden stünde kurz bevor, als Dr. Heick sagt:

»Wir müssen da ran. Ich denke mal Blinddarm. Haben Sie den noch?«

»Können Sie das denn nicht sehen?«

»Ja, doch, natürlich.«

Arne Heym wird von einem Pfleger ein OP-Hemd sowie eine Unterhose aus Mull und eine weiße Plastiktüte gebracht.

»In die Tüte bitte die Kleider und persönlichen Wertgegenstände hineintun, die kommt dann auf Ihr Zimmer.«

Man lässt ihn für eine Weile allein im Behandlungszimmer, damit er sich umzuziehen kann. Heym spürt sein Herz vor Aufregung heftig schlagen. Ich wurde ja noch nie operiert, denkt er sich. Er versucht, die Tatsache, dass er ohne eine liebende oder zumindest eine verwandte Person hier im Krankenhaus die Vorbereitungen auf eine Operation treffen muss, zu nicht allzu großer Traurigkeit anwachsen zu lassen. Trotzdem bemerkt er, dass seine Gedanken von ihm nicht mehr wie gewohnt halb ausformuliert, situativ und nur teilweise bewusst gedacht werden, sondern ganz konkrete Ansprachen sind, an eine jetzt eben nicht hier mit ihm kurz vor seiner OP im Behandlungszimmer und ihm generell in seinem Leben nahestehende Person gerichtet.

Während Arne Heym, in seiner OP-Kleidung auf dem Bett liegend, durch die Flure des Krankenhauses geschoben wird, erklärt ihm ein Anästhesist die bevorstehende Narkoseprozedur. Der Anästhesist spricht von einem mehrstufigen System, das er mit einem Gebäude vergleicht. »Wach, wie Sie jetzt sind«, sagt er, »befinden Sie sich so im ersten oder zweiten Stock. Sie können aus den Fenstern rausschauen, es scheint die Sonne herein, Sie wissen Bescheid. Wenn Sie schlafen, dann steigen Sie ins Erdgeschoss hinab, alles ist etwas dunkler, tiefer, Büsche und Baumschatten vor den Fenstern, Sie verstehen schon. Meine Aufgabe ist, wenn alles gut läuft, Sie einmal in den Keller hinunterzuführen und danach auch wieder hoch. Da unten herrscht totale Finsternis. Sie werden sich auch an nichts erinnern. Sie werden nicht träumen und Sie werden nach dem Aufwachen für eine Weile nicht mehr wissen, wer Sie sind und wo.«

Heym fragt: »Das ist aber eine Routineangelegenheit für Sie?«

»Das ist mein Beruf. Ich mache das jeden Tag.«

»Ist es gefährlich?«

»In der Regel nicht«, sagt der Anästhesist, »das hängt aber schon auch ein bisschen von der inneren Einstellung ab.«

Das Personal im Operationssaal macht ein paar Witze, vor allem die Uhrzeit, die eigene Wachheit und Dienstfähigkeit betreffend, während Heym ein dünner Gummischlauch an eine Kanüle im Handrücken angeschlossen wird. Der Anästhesist tritt von hinten an Heyms Krankenbett heran und legt ihm die Hand auf die Stirn, wie um ihn zu segnen oder seine magischen Kräfte, seinen Einschläferungszauber an Heym anzuwenden.

Arne Heym öffnet und schließt seine Augen, ruhig atmend, wie man es ihn zu tun angewiesen hat. Er öffnet die Augen und sieht eine dicke Frau in weißer Klinikkleidung an einem Computerarbeitsplatz sitzen, neben ihr eine Reihe leerer Betten an der Wand. Er sieht, wie zwei der albernen Ärzte im Operationssaal versuchen, sich gegenseitig mit einem Latexhandschuh ins Gesicht zu schlagen. Sie tragen schon den grünen Mundschutz und Heym kann von ihren Gesichtern nur die aufgerissenen Augen erkennen. Die dicke Frau nimmt einen Telefonhörer in die Hand und spricht ohne Ton hinein, während ein sehr langer Fingernagel ihrer rechten Hand die Spalten einer Tabelle entlangfährt. Heym sieht die Spiegelung des Mondes im Glas auf seinem Couchtisch im Wohnzimmer. Unter dem Couchtisch stehen seine Hausschuhe auf dem Teppichboden. Es sieht aus, als hätte der Mond Hasenohren. Oder Fühler. Oder zwei sehr dicke Antennen. Heym sieht, wie sich der Anästhesist eine Zigarette anzündet und einen Stapel Spielkarten aus seinem Kittel hervorholt. Er sieht die dicke Frau auflachen und hört dazu ein sirrendes Geräusch, wie von einem Zahnarztbohrer oder einer kleinen Handkreissäge. Er sieht seine eigene Gestalt aus dem Badezimmerspiegel hervorlächeln. Es befinden sich sehr viele Zähne in seinem Mund. Er sieht die dicke Frau von ihrem Computerarbeitsplatz aufstehen und an sein Bett herantreten. Guten Morgen, Herr Heym, sagt sie. Ganz ruhig.

An der Kanüle in Arne Heyms Handrücken hängt ein kleiner Infusionsbeutel mit einer klaren Flüssigkeit darin, der neben seinen Beinen auf dem Bett liegt während der Fahrt aus dem Aufwachraum durch die Flure des Krankenhauses. Heym schaut an die Decke, wo die Neonröhren über ihn hinwegziehen.

Er denkt, ganz unvermittelt, an die Tunnelbeleuchtung der Bundesstraße am nördlichen Stadtrand. Und wie diese Lichter immer über die Motorhaube und die Windschutzscheibe wandern, wenn man mit dem Auto darunter hindurchfährt. Obwohl er schon sehr lange kein Auto mehr besitzt und sich nicht erinnern kann, wann er das letzte Mal durch diesen Tunnel hindurch die Stadt verlassen hat. Heym stellt sich vor, wie er von der Person am Kopfende bis an den Rand der Stadt und aus der Stadt herausgeschoben wird. Er malt sich eine lange Reise aus. Wie sie gemeinsam an Ampeln stehen bleiben und später über Feldwege und Landstraßen fahren würden. Wenn es bergab geht, könnte die Person sich hinten auf die Bettkante stellen und sie würden genug Fahrt aufnehmen für die nächste Steigung. Nachts könnte sich die Person zu ihm ins Bett legen und schlafen und Kraft sammeln für den nächsten Tag.

Heym denkt an die Worte des Anästhesisten. Dass er sich an nichts werde erinnern können, nicht wissen, wer er sei. Ich weiß aber schon noch, wer ich bin, denkt er.

Arne Heym wird von der Person am Kopfende seines Bettes in einen großen Fahrstuhl gefahren, aus dem Fahrstuhl wieder heraus und einen künstlich beleuchteten Flur ohne Fenster entlang bis zu einer breiten Tür mit der Nummer 23. Die Person öffnet die Tür, Heym kann seinen Fahrer kurz zum ersten Mal richtig sehen, er sieht sehr jugendlich aus, wahrscheinlich ein Zivildienstleistender, denkt er sich, gibt es die überhaupt noch? Dann schiebt ihn die jugendliche Person in das Zimmer, parkt das Bett, mit dem Kopfende an der Wand, unter einer Metallstange, an der ein Plastikdreieck zum Greifen und Aufrichten baumelt, in eine Reihe mit den

anderen, schon im Zimmer stehenden Betten, betätigt die Feststell-
taste mit dem Fuß, hängt den Infusionsbeutel an der entsprechenden Halterung auf und geht, ohne sich von Heym zu verabschie-
den, aus dem Raum und schließt die Tür hinter sich.

Im Raum befinden sich noch drei weitere Betten. Zwei direkt
neben Heyms Bett und eines auf der anderen Seite des Raumes,
neben der Tür ins Bad. Vor den Fenstern hängen halb vorgezo-
gene uringelbe Vorhänge, die ein seltsames Halbdunkel im Raum
erzeugen, eine schläfrige, zeitlose Stimmung. Mattheit liegt in der
Luft. Es riecht nach Desinfektion, nach Bettwäsche, ein wenig nach
Gummi und darüber, immer wieder auf- und abtauchend, nach
gelegentlich aus den anderen Patienten entweichenden Gasen. Die
anderen Patienten sitzen aufrecht auf ihren Betten, mit den Rücken
zu Heym, und schauen aus dem Fenster oder stochern mit ihren
Füßen nach den Pantoffeln auf dem Fußboden. Hin und wieder
hört Heym ein Stöhnen oder das Knarzen eines Bettes.

Für eine sehr lange Zeit wirkt es, als würde gleich etwas passieren, als brächen die drei Männer gerade irgendwohin auf und sam-
melten dafür ihre wenige Kraft. Aber es passiert nichts. Die Männer schauen und stochern und knarzen, verändern immer wieder
leicht ihre Position (die Ellbogen auf den Oberschenkeln oder das
Gewicht auf den durchgedrückten Armen, auf der Matratze neben
dem Körper), einer knackt mit seinen Halswirbeln und den Ge-
lenken seiner Finger. Wie sehr große träge Affen, denkt Heym, die
in einem simulierten Urwald im Zoo herumsitzen und ganz genau
Bescheid wissen über die Grenzen ihrer Gehege. Einer der Patienten, der auf dem gegenüberliegenden Bett, richtet das Wort an einen anderen, der ihm am nächsten sitzt, auf dem Bett direkt vorm
Fenster. Sie sprechen in einer Sprache, die Heym nicht versteht.
Mit zwischen die Schultern gesackten Köpfen tauschen die beiden
in dieser fremden Sprache ein paar kurze Sätze aus. Ein Gespräch
wie in einer Sauna, mit langen Pausen, Schnaufen, die Männer fah-

ren sich immer mal mit ihren großen Händen übers Gesicht und saugen dabei zischend Luft durch die Nase.

Heym wird von diesem Gespräch, der Luft und dem Licht im Zimmer etwas schläfrig. Er sieht, dass die farblose Flüssigkeit aus dem Infusionsbeutel vollständig über die Kanüle in seinem Handrücken in ihn hineingeflossen ist. Seine Augäpfel fühlen sich rau an. Entweder aufstehen oder noch ein bisschen schlafen, denkt er sich, spürt die Bettdecke enorm schwer auf seinem Körper aufliegen, wie ein breites Band aus weichem Blei. Der am Gespräch unbeteiligte Mann erhebt sich langsam vom Bett und schlurft auf seinen Pantoffeln in Richtung Badezimmer, er rollt den Infusionsständer neben sich her und Heym sieht, dass die Beine des Mannes in weißen Thrombosestrümpfen stecken, die so eng anliegen, dass überall die schwarzen Beinhaare durch den Stoff ragen. Heym denkt sich noch, dass er später einmal nachschauen muss, ob er selbst auch solche Strümpfe anhat. Dann schläft er ein und träumt von einem Mädchen, dem eine flexible Computertastatur ums Gesicht gewickelt ist und das ihn auffordert, einen Dienstbefehl in seinen Kopf einzugeben.

Als er das nächste Mal aufwacht, hängt ein frischer Infusionsbeutel am Haken. Die Flüssigkeit darin tropft beständig in den Schlauch. Auf dem Nachtschrank links vom Bett steht eine Vase ohne Wasser, darin ein aufwendiger Kunstblumenstrauß, den Heym gleich erkennt. An der Vase lehnt ein kleines Kuvert mit dem aufgedruckten Logo der Aiyana GmbH. Heym ist überrascht, wie schwer es ihm fällt, sich in Richtung des Nachtschranks zu drehen, das Kuvert zu greifen und zu öffnen. Er muss sich davon, den offenen Umschlag auf seiner Brust, ein paar Sekunden ausruhen, bevor er anfangen kann zu lesen. Heym faltet den Zettel vor seinen Augen auf, stellt den Fokus mit einiger Mühe auf die Buchstaben auf dem Papier ein und liest die Wörter, die zunächst nur eine Art Geräusch in seinem Kopf erzeugen, als würde jemand ein Blech voller Holzwürfel auf einer schleudernden Waschmaschine abstellen.

Die gesamte Belegschaft der Aiyana GmbH wünsche ihm gute Genesung. Ausruhen und gesund werden. Und sich keine Sorgen machen, man werde seinen Ausfall auffangen und sich auf seine Rückkehr in den Betrieb freuen. In geschwungener Computer-Schreibschrift mit »*Die Fleurateure der Aiyana*« unterzeichnet.

Heym denkt noch: Wer hat euch denn informiert?, bevor er wieder wegleitet in den Schlaf, traumlos diesmal, in eine Art körperlosen Zustand, eine Tiefenbohrung in einen Raum vor allem Bewusstsein, in die elementarste Form der Intelligenz, die unter der fortlaufenden Zeit unbeirrt herrscht.

Heym öffnet die Augen und sieht seine Bettdecke weit zurückgeschlagen. Sein OP-Hemd ist fast bis zur Brust hochgezogen, die rechte Hand mit der Kanüle ruht auf seinem Bauch, auf einem großen weißen Pflaster. Er spürt an seinen Fingerkuppen die Erhebungen von Eisenklammern. Die Haut rund um das Pflaster ist mit orangefarbener Desinfektionslösung beschmiert. Er trägt noch die Unterhose aus Mull und an den Beinen tatsächlich ein Paar weiße Thrombosestrümpfe. Er dreht den Kopf zur Seite und sieht die drei Männer auf ihren Betten sitzen. Sie sind über die ausziehbaren Tische an ihren Nachtschränken gebeugt und essen, schwer schnaufend aus leise pfeifenden Nasen. Vor dem Fenster ist Nacht. Heym beugt sich nach vorne, um die Decke zu greifen und zu sich heranzuziehen. Es kostet ihn viel Kraft und er muss laut aufstöhnen dabei. Einer der Männer schaut von seinem Teller auf, deutet mit dem Finger auf Heym und sagt etwas in der fremden Sprache. Die beiden anderen schauen über ihre Schultern in Heyms Richtung und lachen. Einer spricht ihn an, es klingt wie eine Frage. Heym zieht die Decke über seinen Körper und wendet sich ab. Auf seinem Nachtschrank steht nur der Kunstblumenstrauß der Aiyana. Die Lilien, Rosen, Goldruten, Germini, Schafgarben, Pistochia und Kamillen, das Farnkraut und die Gräser, kein Tablett mit einem Abendessen für ihn.

Als er das nächste Mal die Augen öffnet, stehen die drei Männer in ihren OP-Hemden im Halbkreis am Fußende seines Bettes. Heym bemerkt gleich, dass der Infusionsbeutel ausgetauscht wurde. Eine rote Flüssigkeit, die zäh in den Schlauch rinnt. Einer der drei Männer hat eine Schnur in der Hand, die anscheinend von der Zimmerdecke herabhängt. Als er daran zieht, gehen alle Lichter aus.

Dann öffnet sich die Tür, jemand ruft einen Guten Morgen ins Zimmer, das Licht wird angeknipst und eine Gruppe weiß gekleideter Menschen betritt den Raum zur morgendlichen Visite. Krankenpfleger, Ärzte und Medizinstudenten. Die drei Männer liegen in ihren Betten mit schmollenden Gesichtern. Sie kommen Heym plötzlich vor wie kleine Jungen, die nicht in die Schule wollen und sich krank stellen. Der Infusionsbeutel an seinem Haken sieht wieder ganz normal aus.

Arne Heym wird nach seinem Befinden befragt. Er sagt, er fühle sich noch etwas seltsam. Ob er denn schon aufgestanden sei. Nein, noch nicht. Schmerzen, Druck, Übelkeit, Schwindel, Stuhlgang? Heym verneint. Ein junger Medizinstudent fragt: »Und Wind?« »Nein«, sagt Heym. »Auch kein Wind.«

Seine Angaben werden notiert, die Gruppe wendet sich in den Raum, »Alles okay?«, fragt ein Pfleger in Richtung der anderen Betten, von wo aus die drei Männer nur kurz winken. Beim Rausgehen tätschelt eine Ärztin noch auf Heyms Bettdecke mit einem aufmunternden Blick im Gesicht.

»In ein paar Tagen ist alles gegessen«, sagt sie.

Arne Heyms Regenerationsprozess verläuft in langsam aufeinander aufbauenden Einzelschritten. Er bekommt feste Nahrung, macht einen ersten wackligen Gang zwischen seinem Bett und dem Badezimmer, versucht tagsüber längere Zeit aufrecht zu sitzen als flach in seinem Bett zu liegen, beobachtet dabei oft die drei Männer in ihrer eingespielten Routine, wie sie ebenfalls sitzen, reden, essen oder ein Würfelspiel spielen, bei dem man offensichtlich nach ein paar Runden immer wieder an den Punkt kommt, wo man sich übel beschimpfen muss, um dann wieder ruhig und gleichmütig weiterzuwürfeln. Heym kann ebenfalls beobachten, dass die Männer auf alle Aussagen des Pflegepersonals sofort angemessen reagieren, ihm selbst aber keine seiner Fragen beantworten oder nur in der für ihn völlig unverständlichen Sprache. Selten richtet einer der Männer das Wort an ihn oder macht einen eindeutig auf ihn bezogenen Kommentar. Heym versucht dann möglichst diplomatische Sätze zu erwidern, die Offenheit, Gesprächsbereitschaft, ausreichende Selbstironie und Sinn für Humor signalisieren sollen, dringt damit aber nie zu einem von ihnen durch.

Am zweiten Tag nach seiner Einlieferung wird ihm abends der Infusionsbeutel vom Haken genommen und nicht mehr erneuert. Heym wird aufgefordert, seine Muskulatur nicht verkümmern zu lassen und ein wenig herumzulaufen. Er findet in seiner Sporttasche eine Trainingshose, einen Bademantel und Hausschuhe und geht so bekleidet einige Male auf vorsichtigen Schritten den Gang der Station auf und ab.

Schon am nächsten Tag weitet er die Distanzen aus, geht über den Gang hinaus durch eine Glastür in einen Vorraum, in dem Stuhlreihen und niedrige Tische mit Magazinen und Tageszeitungen aufgestellt sind. Außerdem Blumenkübel mit sehr künstlich aussehenden Fantasiepflanzen, die sich aber bei näherem Hinsehen doch als echt herausstellen. An der Wand hinter den Stuhlreihen ist eine überdimensionale Schwertlilie als Wandtattoo aufgeklebt. Das grell übersteuerte Lila der Blüte auf dem cremefarbenen Hintergrund erregt bei Heym nach einigen Sekunden des Hinsehens starke Übelkeit. Hinter zwei stählernen Schiebetüren fahren Aufzüge auf und ab, die aber nur mit entsprechenden Schlüsseln auf sein Stockwerk gerufen werden könnten. Ein weiterer Flur mit Zimmertüren geht von diesem Vorraum ab, an dessen Ende ein Bauarbeiter vor einem Absperrband sitzt, der Heym erklärt, hier würde gerade umgebaut und er könne leider nicht weiter. Dasselbe Bild zeigt sich, als Heym durch eine Tür neben den Fahrstühlen ins Treppenhaus gehen will. Auch dort sitzt ein Mann mit einem Helm auf dem Kopf auf einer Kiste. Er spielt mit seinem Mobiltelefon und erklärt Heym, dass aufgrund von Umbauarbeiten hier gerade kein Durchgang möglich sei.

Heym sagt: »Sie bauen ja das ganze Krankenhaus um!«

»Mehr oder weniger, ja.«

Am vierten Tag nach seiner Einlieferung spricht Heym vor dem Schwesternzimmer eine Krankenpflegerin an. Er sagt, er würde gerne etwas weiter gehen als nur diese beiden Gänge auf und ab und einmal im Vorraum bei den Fahrstühlen im Kreis. Ob sie da eine Möglichkeit sehe. Die Männer auf seinem Zimmer seien keine gute Unterhaltung, sie würden ihn auch bewusst ausschließen, weil er ihre Sprache nicht spreche. Er sehe kaum andere Patienten auf den Fluren, ob es nicht vielleicht noch Platz in einem anderen Zimmer gebe, auf einem anderen Flur vielleicht, wo auch nicht so viel gebaut würde, sodass man sich frei bewegen könne.

Die Schwester erklärt in einem für Heym überraschend zynischen Ton, dass es ihr leidtue, dass man die Zimmergenossen für ihn nicht gründlicher habe casten können. Aber er sei hier ja schließlich mitten in der Nacht eingetroffen, da sei für ausführliche Vorbereitungen nicht viel Zeit gewesen. Sonst hätte man sicherlich auch das Krankenhaus für ihn schon fertig gebaut, keine Frage.

»Melden Sie sich, wenn Sie Stuhlgang haben«, sagt sie. »Und bis dahin versuchen Sie, etwas toleranter zu sein.«

Am Abend vor seiner Entlassung sitzt Arne Heym auf seinem Krankenhausbett, im Zimmer mit den drei würfelnden Männern.

Er langweilt sich. Gerade hat er die vollständig wiederhergestellte Funktionsfähigkeit seines Verdauungsapparates an die Stationsschwester gemeldet. Ihm wurde in Aussicht gestellt, nach der Visite am nächsten Morgen das Krankenhaus in Richtung seiner Wohnung verlassen zu können. Eine Krankschreibung werde ihm von der diensthabenden Ärztin ausgestellt. Das Pflaster müsse er noch ein paar Mal eigenhändig wechseln in den nächsten Tagen, dann könne man die Klammern entfernen und von all dem Zauber, den man in seinem Inneren veranstaltet habe, bliebe dann nur ein schmaler Strich auf seiner Bauchdecke übrig.

Heym tritt an den Krankenzimmerschrank heran, in dem sich die Sporttasche und die weiße Plastiktüte, die er bei seiner Einlieferung für seine Kleider erhalten hatte, befinden. Er sucht in beidem herum nach etwas, das er am nächsten Tag tragen könnte, auf dem Weg vom Krankenhaus in seine Wohnung. Beim Öffnen eines Seitenfachs der Sporttasche entdeckt Heym sein Mobiltelefon. Er kann sich nicht erinnern, dass einer der Rettungssanitäter es überhaupt in der Hand gehabt hätte, findet aber auch keine andere Erklärung für sein plötzliches Auftauchen.

Heym nimmt das Telefon in Betrieb. Es dauert einige Sekunden, bis sich auf dem Bildschirm Zeit, Datum, Batteriestand und ein Empfangsstärkebalken eingefunden haben. Dann vibriert das Telefon in seiner Hand mehrmals hintereinander. Einige Nachrichten von Anrufen in Abwesenheit gehen ein. Er öffnet das entsprechende Menü und sieht, dass jemand unter einer ihm fremden Nummer mehrfach und zu allen erdenklichen Tageszeiten versucht hatte, ihn zu erreichen. Heym drückt die Rückruftaste und hält sich das Telefon ans Ohr. Er wird mit dem Anschluss einer Polizeiinspektion verbunden, jemand fragt ihn, wie man ihm helfen könne, und Heym nennt seinen Namen, erfährt vom zwei Tage zurückliegenden Tod seines Vaters und wird gefragt, ob es ihm möglich wäre, möglichst bald im Ort zu erscheinen, es müsse sich noch um einiges gekümmert werden.

KEINE DREHUNG
AUS DEM SCHATTEN
INS LICHT

Mein Name ist Alexei Grigorjewitsch Stachanow. Ich habe am 31. August 1935 in einer Kohlegrube im Donezbecken mithilfe meiner Kollegen 102 Tonnen Kohle aus dem Untergrund befördert. Eine Menge, die mehr als 90 Tonnen über dem von uns geforderten Pensum lag. Das habe ich gemacht, einerseits, weil ich dachte, ich könnte es, andererseits, weil ich dachte, es ist eine so unerschöpfliche Menge Kohle im Boden, dass wir uns davon kein Bild machen, und wiederum andererseits, weil ich dachte, ich könnte dafür vielleicht eine Provision bekommen. Ein bisschen Geld, etwas Nettes, ein Haus und ein Telefon zum Beispiel, vielleicht auch eine kleine Reise mit meiner Mutter, die damals ein bisschen kränklich gewesen ist und die auch noch nie das Meer gesehen hatte.

Mein Vater hat uns früh verlassen. Ich dachte lange Zeit, er sei in einer höheren, vielleicht auch geheimen Mission unterwegs, habe mir vieles vorgestellt, habe ihn mir auf unterschiedliche Arten erfunden als lebendigen Zeitgenossen in verschiedenster Gesellschaft, war aber auch häufig einfach nur enttäuscht und sehr wütend. Ich wurde frühzeitig zu einer verantwortungsvollen Person, mit einem nüchternen Blick auf die Dinge. Als Familie, das konnte ich bald schon erkennen, waren wir ein gänzlich missglückter Versuch.

Vor ein paar Wochen stand mein Vater völlig unverhofft vor meiner Tür. Ich glaube, er hat gerade gar keine eigene Wohnung. Jetzt steht er im Badezimmer unter der Dusche und singt sehr laut selbst gereimte Lieder.

Für uns Kohlearbeiter war dieser Tag enorm anstrengend. Aber irgendwie war es auch ganz natürlich. Oder normal vielleicht, denn natürlich war es ja schon ganz grundsätzlich nicht, dass wir das Innerste der Welt umgekrempelt haben, um es in unseren Öfen zu verheizen. Die Regierung, die damals auch mein Arbeitgeber gewesen ist, war mit der Leistung sehr zufrieden. Es gab eine Briefmarke, auf der ich mit meinem Abbauhammer abgebildet war, ich bekam tatsächlich einiges von dem, was ich mir als Belohnung ausgemalt hatte, und hörte nicht selten meinen Namen mit großer Ehrfurcht dahingesprochen, in Sätzen, die mit »ist ein großer Held« endeten oder »ist unser Vorbild« oder »ist ein verflucht guter Bergmann«.

Das Problem war nur, dass die Regierung, die damals ja streng genommen der Arbeitgeber von eigentlich allen Menschen, nicht nur im Donezbecken, sondern in der gesamten Union gewesen ist, nach meiner Rekordschicht zuerst zwar sehr stolz auf mich war, sich dann aber doch dachte, wenn ich 102 Tonnen Kohle pro Tag abbauen kann statt 10, dann kann wohl davon ausgegangen werden, dass man den Kohlearbeitern bis dahin zu wenig zugetraut hatte. Und dementsprechend auch viel zu wenig von ihnen verlangt.

Das Duschgeräusch aus dem Badezimmer ist verebbt, mein Vater trocknet sich jetzt wahrscheinlich gerade ab mit einem meiner Handtücher. Er nimmt jedes Mal ein frisches. Und er singt. Ich glaube, er dichtet unmittelbar beim Singen. Er hat einen sehr schnellen Geist. Er singt:

Doch die Saat, die liebe Saat / wenn man sie fragt / wohin sie sprießen mag / dann sagt die Saat / dahin wo's hell ist.

Ich kann nicht anders, als alle Äußerungen meines Vaters ständig auf mich zu beziehen. Ich die Saat und er der Säer? Viel mehr, das weiß er wohl selbst, kann er als Rolle kaum für sich beanspruchen. Aber es ergibt keinen Sinn für mich. Mein Vater singt in Rätseln, und wenn er mich anspricht, dann lächelt er auf diese vielsagende Art, dass ich immer denke: Hinter jedem Satz steckt eine Gemeinheit. Oder ein Geheimnis. Wir kennen uns ja eigentlich gar nicht. Ich habe ein paar Kindheitserinnerungen an einen lebendigen Mann, der häufig lacht, und seit ein paar Wochen schläft dieser lebendige, häufig lachende Mensch jetzt schon auf meiner Couch. Er ist kaum gealtert und sieht eigentlich noch genauso aus wie früher. Oder vielleicht wie eine Version meines Vaters von früher, die für einige Jahre am Strand in der Sonne lag, ein bisschen verdörrt, aber voller Vitamin D, von einer gelassenen, gut bemessenen Energie durch den Tag getragen und vor allem auch durch die Nacht, er geht ja fast täglich aus in die Cafés und Kneipen und kommt erst sehr spät oder am nächsten Morgen zurück.

Was dann jedenfalls passiert ist, ist, dass sich eine Bewegung gegründet hat, die nach mir benannt wurde und die zum Ziel hatte, dass alle viel mehr arbeiteten als vorher und dass sie dafür viel mehr Geld bekamen als vorher oder zumindest mehr oder besseres Essen und ein Haus und ein Telefon und hin und wieder mal eine Reise mit ihrer Mutter ans Meer.

Eigentlich ist von da ab der ganze Bergbau total verkommen. Das habe ich nie gewollt. Und es gab zwar eine Briefmarke mit meinem Gesicht darauf, aber ich hatte damals ganz oft das Gefühl, dass mich meine Kollegen und überhaupt alle bei der Regierung angestellten Leute, was ja damals wie gesagt so ziemlich alle Leute waren, immer so komisch anschauten, hinter meinem Rücken die Köpfe zusammensteckten und mich insgesamt schlecht oder gar nicht leiden konnten. Ich hatte darüber vorher natürlich nicht nachgedacht. Aber durch meine große Arbeitsleistung, meinen Erfolg und den kurzen Ruhm war ich für immer gezeichnet, für jeden sichtbar. Ich war der Abbauhammer-Stachanow, der Arbeitsheld, der Streber, ich hatte tief gegraben, nicht nur in der Erde, das wurde mir bald bewusst. Und auch, dass mir etwas Entscheidendes von da ab endgültig verwehrt wurde. Ich durfte mich nicht mehr neu erfinden. Ich hatte ja auch eigentlich kein Bedürfnis danach, ich war, wie gesagt, schon als Kind eine sehr verantwortungsvolle, nüchterne Person und bin es auch heute noch. Aber seit mein Vater auf meiner Couch wohnt und mir täglich seine eigene, ständig neue Selbsterfindung vorlebt, spüre ich einen schmerzhaften Stich in meinem Herzen, einen Kloß in meinem Hals.

Aktuell, meinte mein Vater zu mir, bevor er duschen gegangen ist, habe er gute Karten und die richtigen Kontakte, um ernsthaft ins Schlagergeschäft einzusteigen. Er müsse dafür aber auch dringend noch zum Frisör, wofür ich ihm etwas Geld gab. Womit er seinen Unterhalt bestritten hat, bevor er hierhergekommen ist, weiß ich nicht. Aber ich bin mir sicher, es ist eine lange Liste, die unmöglich aufgezählt werden kann, ohne dabei auszuscheren in humorvolle Anekdoten voll Tiefsinn und Traurigkeit.

Ich würde mir gern vorstellen, dass er seine kreative Energie in der Vergangenheit auch für Nützliches verwendet hat. Dass er sich erfindend in die Gesellschaft eingebracht hat, dass ihm etwas eingefallen ist, womit sich zum Beispiel die Zustände an den Arbeitsplätzen verbessern ließen, die Lebensumstände der Leute hier und in den ländlichen Regionen, aber ich habe den Verdacht, dass es sich bei ihm um einen unheilbaren Egoisten handelt. Diese unwahrscheinliche Leichtfüßigkeit, das Tänzerische an ihm, wäre wohl in Gefahr, wenn er sich einmal mehr aufladen würde als sein eigenes Körpergewicht. Ich habe gesehen, wie er jeden Tag auf die Waage steigt und das Ergebnis in einen Taschenkalender notiert. 68 Kilogramm. Ich habe mein gesamtes Leben lang die Tonnen gezählt und das Gewicht vermehrt, bis man mein Gesicht auf eine Briefmarke gedruckt hat, und mein Vater war die ganze Zeit über in die Gegenrichtung unterwegs. Weniger, leichter, luftiger. Während ich immer besser wurde in meinem Beruf, der Beste auf meinem Gebiet, wurde er nur immer ein anderer und für niemanden ein Held.

Wenn mein Vater sich fertig eingecremt hat und aus dem Badezimmer herauskommt, möchte ich ihn gern zur Rede stellen. Ich möchte wissen, mit wem ich es hier zu tun habe.

In letzter Zeit träume ich wieder häufig von den dunklen Gruben. Von den Schächten und Stollen und von meiner Mutter, die eine schwere Lore voller Kohle ganz allein die Gänge hinaufschiebt. Sie hat ein schmutziges Gesicht mit tiefen Falten, sie schwitzt und flucht und vorne in ihrer Schürze steckt eine Flasche Knoblauchschnaps, die sie mit einem abgenagten Korken verschlossen hat. Ich träume von einer endlosen schwarzen Landschaft, aus der wie in Zeitraffer weite Farnwälder wachsen, die dann augenblicklich zurücksinken in Sumpf und Torf und überlagert werden von Erdschichten und Gletschern und Städten und schwerer Industrie.

Ich stelle mich vor der Badezimmertüre auf und warte, bis der Heißluftfön die vielen Haare meines Vaters endlich getrocknet hat. Bis er aufschließt und herauskommt. Ich werde mich nicht abspeisen lassen. Er föhnt sie ja nie ganz zu Ende, damit ihm noch ein paar feuchte Locken wild in die Stirn fallen.

Ich sage zu meinem Vater: Ich habe an einem einzigen Tag 102 Tonnen Kohle aus der Grube im Donezbecken befördert, und jetzt will ich wissen, wer du bist.

Mein Vater lacht und lächelt, verlagert sein Gewicht und macht ein Gesicht, als würde er nachdenken, obwohl er offensichtlich schon genau weiß, was er sagen will.

Er sagt: Von dem Moment an, als ich bemerkt habe, dass ich eine Nasenscheidewand besitze, also dieses kleine bewegliche Ding, genau genommen im Innern meines Kopfes, stecke ich mir häufig Zeigefinger und Daumen der linken Hand in je ein Nasenloch, so, nehme meine Nasenscheidewand zwischen die Fingerspitzen und wackle ein paar Mal vorsichtig hin und her. In meinem Kopf. Ganz folgenlos. Das macht mich dann ganz glücklich, dass selbst im Zentrum nicht immer alles fest an seinem Platz bleiben muss.

Ich verstehe kein Wort. Von meinem Vater kommt ein über sich selbst amüsiertes Lachen, das mich ausschließt, das alle anderen ausschließt, aber er fühlt sich dabei offensichtlich ganz wohl und gar nicht allein.

Ich frage ihn, ob er denn gar nicht wissen möchte, was aus meiner Mutter geworden ist, und sein Lachen bricht ab. Er schaut mir ins Gesicht mit einigem Ernst, ich kann aber nicht sagen, ob das ein Theaterernst ist oder ein richtiger Ernst.

Du siehst immer noch so angeschmiert aus, sagt er. Du hast die Kohle im Gesicht wie eine dunkle, schlecht beleuchtete Stelle. Das ist ja das Langweilige an dir. Es gibt für dich gar keine Drehung aus dem Schatten ins Licht.

Mein Vater wirft sich die Haare aus der Stirn und geht auf federnden Schritten davon. Er nimmt meinen Schlüsselbund vom Haken, schmeißt die Haustür ins Schloss und leiht sich ungefragt mein Auto, um in die Stadt zu fahren.

EINE KLEINE EINHEIT

Sie hatten Weinberge auf dem Weg gesehen. Es war ein sehr schöner Tag gewesen, um mit dem Auto durch die Republik zu fahren.

Auf der Windschutzscheibe leuchtete der Dreck, der von den Wischerblättern nicht erreicht wurde, im Schein einer tief stehenden Oktobersonne auf – ein Rahmen aus hell glänzendem Licht. Ein paar Zettel auf dem Armaturenbrett, eine Straßenkarte der Republik, eine Rolle Paketklebeband, eine leere Schachtel Zigaretten, Feuerzeuge, eine insgesamt gemütlich wirkende Nachlässigkeit, die natürlich entstanden war, durch die viele im Führerhaus verbrachte Zeit. In das Autoradio war eine CD eingeschoben worden, die noch niemandem auf die Nerven ging, und vor der Scheibe waren zuerst Weinberge aufgetaucht, als die Autobahn nach einer Kurve einen Hügel hinabführte, dann sahen sie Häuser am Hang, Höfe, weiße Rauchsäulen aus den Schornsteinen, buntes Laub, alles wie hergerichtet für die Fahrt. Die Beschilderung im Blick, noch soundso viele Kilometer, alles klar, Tanknadel, Temperatur Motorraum, Geschwindigkeit, Reifendruck, ein leichtes Wehen aus den Lüftungsschlitzen, kein Gespräch war zu führen, die Gruppe schwieg, alle schauten aus den Fenstern und fühlten sich, von dem Leuchten des Angeschauten draußen, in ein gutes Licht gesetzt. Und solange niemand darüber sprach, war es zu genießen.

Vor dem Durchfahren der Weinberge an diesem Tag, vor der Ankunft in der kleinen Universitätsstadt im Tal dahinter, absolvierte die Gruppe Konzerte in sieben verschiedenen Städten an neun aufeinanderfolgenden Tagen. Die beiden freien Tage verbrachten sie ziellos durch fremde Fußgängerzonen spazierend, aßen in Schnellrestaurants Tagesangebote und Sparmenüs, zählten das verbleibende Geld, addierten die Summen auf den Tankbelegen, notierten sie in ein kleines Buch und verrechneten sie mit den Einnahmen aus CD- und T-Shirt-Verkäufen der vorangegangenen Abende, in ständiger Sorge, jemand könnte in ihrer Abwesenheit das Auto aufbrechen, das auf einem Parkplatz vor dem Club, in der kostenlosen Tiefgarage eines Elektronikdiscountmarktes oder einfach nur am Rand einer Einfallstraße in den Ort geparkt war.

Im Laderaum des japanischen Kleinbusses, aus zweiter Hand erworben vom Besitzer eines kleinen Malereibetriebes, dessen Schriftzug und Kontaktadresse noch als Schemen auf der Seitentür sichtbar waren, befanden sich sämtliche Instrumente, Verstärker, Effektgeräte, Verteiler, Mixer und Kabel, die über Jahre von der Gruppe aus abgespartem Geld zusammengekauft worden waren.

Die erste zusammenhängende Tournee der Gruppe war geplant und organisiert worden, um das erste, ebenfalls aus eigenem Geld finanzierte Studioalbum zu bewerben und die schwachen Verkaufszahlen aus dem Internethandel aufzubessern. Die Konditionen für Gage und Reisekosten waren mit den kleinen Clubs, Jugendzentren und Konzertveranstaltern fast ausschließlich als »Spielen gegen die Tür« ausgehandelt, was für die Gruppe bedeutete, dass sie den Großteil der Eintrittsgelder erhielt und dafür auf eine garantierte Gage verzichtete.

Die bisherigen Stationen der Tournee waren über die gesamte Republik verteilt. Selten spielten sie allein, häufig eröffneten sie den Abend für eine andere Gruppe, fingen zu spielen an, während die Leute noch nach und nach am Veranstaltungsort eintrafen, an der Bar Getränke bestellten und mit ihren Handys Kurznachrichten verschickten oder im Internet Informationen aufriefen.

Der Weg der Gruppe durch die Republik konnte nicht sinnvoll arrangiert werden. Das Hauptziel war gewesen, möglichst wenige freie Tage zu haben, die Konzerte möglichst unmittelbar nacheinander spielen zu können, um nicht zu lang unterwegs zu sein, nicht den gesamten Jahresurlaub von der Lohnarbeit auf einmal zu verbrauchen. Die Gruppe hatte errechnet, dass es sinnvoller war, mehr Zeit auf der Autobahn zu verbringen und mehr Geld in Benzin zu investieren, als an vielen freien Tagen ohne Verpflegung und Unterkunft zu sein. Sie waren aus der mitteldeutschen Stadt Kassel, die sie bewohnten, losgefahren, hatten ein Konzert nahe der holländischen Grenze gespielt, danach im Norden, waren daraufhin in Richtung Bodensee gefahren, spielten ein Konzert in Oberbayern und eines in der Stadt Hof, bevor sie ihre Route ins Ruhrgebiet führte, nach Thüringen und von dort wieder in den Süden.

Die Gruppe hatte sich selbst in einer Art demokratischem Verfahren den Namen *The Chimes* gegeben und war dabei geblieben, obwohl eine ausführliche Recherche im Internet ergab, dass es bereits ein amerikanisches Doo-Wop-Quintett aus den Fünfzigerjahren sowie ein schottisches Dance-Trio mit demselben Namen gab, die sich jeweils nach wenigen gemeinsamen Jahren und kurzem Erfolg wieder aufgelöst hatten. Die Gruppe hatte diese Auflösungen nicht als schlechtes Zeichen gedeutet, sondern vielmehr als Einladung, den Namen nun selbst zu ergreifen und zu besetzen, als die dann aktuell aktiven Chimes, die Chimes unserer Zeit.

Als einige Wochen nach der Namensfindung im Internet eine Speed-Metal-Formation aus Bremen auftauchte, die sich ebenfalls *The Chimes* nannte, wurde nochmals kurz diskutiert, ob sich an der Situation dadurch etwas geändert habe. Alle guten Namen sind eh schon vergeben, hatte der Sänger der Gruppe damals gesagt. Und außerdem hatten sie mit dem Shakespeare-Zitat »*We have heard The Chimes at midnight, Master Shallow*« bereits einen passenden

Albumtitel für die ersten Studioaufnahmen gefunden, der allen in der Gruppe so gut gefiel, dass sie sich nicht mehr von ihm trennen wollten. Der Vorschlag, die Gruppe in *Master Shallow* umzubenennen, wurde sofort abgelehnt.

Bei der Einfahrt in die kleine Universitätsstadt am Fluss, im Tal hinter den Weinbergen, kommt kurz etwas Hektik auf. Die Abfahrt von der Autobahn führte im Bogen unter ihr hindurch, spaltete sich dann in eine Auffahrt auf die Bundesstraße, eine Abzweigung in Richtung Tankstelle und Rastplatz und eine gerade Straße, die in einen Kreisverkehr mündete. Von einem Kreisverkehr war in der Wegbeschreibung des Veranstalters allerdings nie die Rede gewesen. Der Gitarrist der Gruppe hatte sich vom Telefonat mit dem Veranstalter den Satz gemerkt: Wenn ihr am Ortsschild vorbeifahrt, seid ihr falsch.

Sie fuhren an einem Ortsschild vorbei in den Kreisverkehr, im Kreisverkehr zweimal die ganze Runde, entschieden sich für eine Ausfahrt, die in ein Industriegebiet zu führen schien, bogen ab auf eine Straße, deren Name irgendwie vertraut klang, und mussten nach dem Abbiegen scharf bremsen an einer roten Ampel. Ein alter Mann, der am Fußgängerüberweg auf den Signalknopf gedrückt hatte, stand so lange unbewegt da und schaute verschreckt, bis seine Grünphase verstrichen war.

Durch das starke Abbremsen rumpeln zwei Verstärker im Laderaum hart zusammen. Und ein kleines Bautcil, eine kleine Einheit im Gerät, verliert den Kontakt zum restlichen Apparat.

Als sie den Parkplatz vor dem AJZ, dem Alternativen Jugendzentrum der kleinen Universitätsstadt, erreichten, herrschte eine unausgesprochene, aber von allen Mitgliedern der Gruppe geteilte Sehnsucht, jetzt nicht hier angekommen zu sein, jetzt nicht irgendwo anzukommen, die Fahrt sollte sich noch weiter ausdehnen in den zeitlosen Zustand aus Oktobersonnenlicht, Bewegung vor den Fenstern, Schweigen.

Gleich nachdem der Motor des japanischen Kleinbusses abgestellt worden war, kam eine Person aus dem AJZ auf den Parkplatz – und für ein paar lange Augenblicke stand diese Person vor dem parkenden Bus und schaute, und von innen schaute die Gruppe zurück. Niemand sagte etwas, die Situation war sofort unerträglich und wurde doch noch ausgehalten, unkommentiert, die Person auf dem Parkplatz schob die linke Hand in die Hosentasche und holte sie sofort wieder heraus, fasste sich an die Brille und stand dann da, ohne sich zu rühren.

Irgendwann wurde schließlich doch die Seitentür von innen aufgeschoben, ein Gähnen und Stöhnen und Strecken setzte ein, das eher Verlegenheit war als echtes Bedürfnis, die Fahrer- und Beifahrertüren schwangen auf, die Person lächelte unter ihrer Brille und sagte: Hey! – wohlmeinend, freundlich, einladend und nur in einem fast schon verglommenen Areal ihres Bewusstseins damit beschäftigt, die seltsamen Sekunden von eben zu vergessen.

Beim Abladen der Instrumente und Verstärker klapperte kaum hörbar die kleine Einheit im Gerät. Die Gruppe trug ihre Koffer und Taschen, Schlagzeugteile und Ständer über die verworfenen Betonplatten des Parkplatzes und die drei breiten Stufen hoch zum Eingang des flachen Gebäudes. Ein ehemaliger Industriebau, Zahnradfertigung, erklärte die Person, die sich als »der Frickler« vorstellte. Julian Frickl, sagte er, aber hier nennen mich alle den Frickler.

Nicken vonseiten der Gruppe, der Frickler nahm sich ein schweres Teil und sie trugen ihre Sachen durch den Eingang, Tags und Aufkleber und Plakate an den Wänden, ein altes Wagenrad, im Eingangsbereich stand eine Greifarmmaschine, mit der irgendwann einmal auf einem Volksfest nach Stofftieren gefischt worden war und in der jetzt das Geröll der Nacht aufgehäuft lag: Bier- und Whiskeyflaschen, eine Billard-Triangel, Zigarettenschachteln, Best-of-Schallplatten aus den Achtzigern, eine Jeansweste mit Aufnähern, ein Kapuzenpullover und ein Paar ausgetretene Turnschuhe. Es roch nach dem Rauch der Nacht zuvor, auf dem Boden waren Zigarettenkippen zu einem Haufen aufgekehrt worden und im hinteren Teil des AJZ, neben der Bar, stapelte jemand leere Bierkisten übereinander. Die Gruppe besah sich die Bühne, ein kniehohes Podest, dahinter ein weißes Laken, auf das mit roter Farbe AJZ gesprüht war, ein imitierter Perserteppich auf dem Bühnenboden, aus dem ein Geruch nach Aschenbecher aufstieg, ein paar Monitor-Boxen, Mehrfachsteckdosen und links und rechts am Bühnenrand je ein klobiger Lautsprecher. Der Bühne gegenüber, am anderen Ende des fensterlosen Raumes, nah an der Wand, befand sich ein kleineres Podest mit einem Mischpult, der Soundmann, sagte der Frickler, ist noch nicht aufgestanden, war eine lange Nacht, kommt erst mal an, wir haben ja noch Zeit.

Der Frickler führte die Gruppe in den hinteren Gebäudeteil, wo sie zuerst durch einen kleinen Raum kamen, in dem ein Kühlschrank voller Bier stand, ein Ensemble durchgesessener Ledersofas und ein alter Couchtisch, dessen Oberfläche mit beigefarbenen Fliesen ausgelegt war, auf dem ein paar Chipstüten lagen, eine Packung Gummibärchen und Saure Apfelringe, Salzstangen in Gläsern, Backstage, sagte der Frickler, mit einer noch in der Luft ersterbenden Geste, öffnete dann eine weitere Tür in einen größeren Raum, in dem sechs schmale Betten an den Wänden standen, mit ordentlich zusammengefalteter Bettwäsche in verschiedenen bunten Farben und Mustern. Das hinterste Bett war mit Wäsche aus dem Disney-Film *Die Schöne und das Biest* bezogen, weiter vorne gab es weihnachtliche Motive mit Schneemännern und Tannenbäumchen und dazwischen abstrakte Formen und chinesische Schriftzeichen.

Es entstand wieder ein unangenehmes Schweigen, in das hinein der Frickler irgendwann sagte:

Was ich euch die ganze Zeit schon fragen wollte: Was bedeutet eigentlich der Titel *We have heard The Chimes at midnight, Master Shallow*?

Das ist ein Shakespeare-Zitat.

Ach so?

Die Mitglieder der Gruppe fanden es insgesamt ungünstig, dass sie Markus hießen und Stefan, Christoph und Florian. Sie hatten über Pseudonyme nachgedacht, dann aber festgestellt, dass sich das noch lächerlicher anfühlen würde als die Diskrepanz zwischen der anglophonen Popgeste und den eigenen Klarnamen.

Nachdem der Frickler den Schlafraum verlassen hatte, ruhte sich die Gruppe ein wenig aus, ohne Ruhe wirklich nötig zu haben. Christoph legte sich hin und schaute an die Decke, Stefan holte ein paar Sachen aus seinem Rucksack und breitete sie auf dem Bett aus, Florian stellte sich ans Fenster, Markus saß, die Hände auf den Knien, auf der Bettkante. Jemand sagte: So schaut der Underground aus.

Und die anderen wussten, was gemeint war.

Die Gruppe war klein und unbekannt genug, um nur an Orten spielen zu können, die im Grunde immer dieselben waren. Das fehlende Budget der Betreiber ging für gewöhnlich restlos auf in einem unausgesprochenen Aufruf zur Identifikation mit dem Nichtkommerziellen, das an der Bar und vor der Bühne aus Mangel an echten Alternativen immer noch wie Punk aussah und hinter den verschlossenen Türen der Backstagebereiche wie Klassenfahrten ohne Weisungsbefugte. Die Gruppe hatte darüber häufig gesprochen in den langen Wartezeiten zwischen Ankunft und Konzert, an den Tresen und auf den Ledersofas, beim Rauchen selbstgedrehter Zigaretten.

Es gab eine Vereinbarung zwischen ihnen, die bislang funktioniert hatte und die hauptsächlich darin bestand, nicht die Klage zu ihrer verbindlichen Sprache und ihrem verbindenden Element werden zu lassen. Sie erzählten sich untereinander nicht mehr von ihren Arbeitsverhältnissen, die für sie Übergangsarbeitsverhältnisse waren, weil sie irgendwann festgestellt hatten, dass in diesen Verhältnissen, unter den Kollegen, den anderen Arbeitenden, die Unzufriedenheit der Konsens war, der über alle Unterschiede hinweg die Schwierigkeit des alltäglichen Sozialen tragen oder umfahren konnte. Und als sie festgestellt hatten, dass diese Art von Schwierigkeiten auch aufkamen, während sie unterwegs waren, um Musik zu machen, und dass ihnen aus Gewohnheit zum Umgang damit die Beschwerde schon am nächsten lag, wurde eine Entscheidung getroffen und vereinbart, dass man sich fortan immer auf das Glamouröse beziehen würde. Dass die Haltung der Chimes niemals Klage und Klassenkampf sein sollte. Der Stumpfsinn sollte überflügelt werden durch das Aufgebot einer unangreifbaren, selbstgerechten Schönheit.

Die Gruppe baute ihre Instrumente und Verstärker auf der Bühne auf, der Soundmann erschien zum Soundcheck, richtete Mikrofone aus und reichte Kabel, stellte sich hinten im Raum in seinen kleinen Bereich und gab Zeichen, ihm nacheinander alle Einzelteile, aus denen sich später die Musik der Chimes zusammenfügen sollte, einmal vorzuspielen.

Alle Teile des Schlagzeugs wurden einzeln durchgetestet, einige Tasten auf dem Keyboard und dem Laptop, das Gesangsmikrofon und der Bass. Stefan hatte beim Einstecken der Kabel in den Verstärker, die Effektgeräte und die Gitarre noch nichts bemerkt. Als er aber den kleinen Lautstärkeregler am Instrument aufdreht und die Saiten anschlägt, ist kein Ton zu hören.

Für ein paar Sekunden stehen alle nur im Raum und warten. Nichts ist zu hören als das ganz leise Schnarren der unverstärkten

E-Gitarrensaiten beim Anschlag. Stefan beugt sich nach vorn und überprüft die Verbindungen zwischen den Geräten auf dem Boden, er geht zum Verstärker und dreht an einigen Knöpfen, steckt das Kabel aus, probiert ein anderes, nichts ist zu hören. Er tritt zurück an den vorderen Bühnenrand und sagt in Richtung Soundmann:

Es geht nicht.

Christoph spricht in sein Gesangsmikrofon, seine Stimme kommt unerwartet laut aus den Monitorboxen und den Lautsprechern an der Bühne: Wie, es geht nicht?

So, wie ich es sage: Es geht nicht.

Die schwelende Angst vor größeren Schäden, vor Reparaturen und Neuanschaffungen, die sie als ständigen Begleiter auf der gesamten Tournee mit sich herumgetragen hatten, schlug sofort an und wühlte in den Eingeweiden der umstehenden Gruppe, während der Soundmann auf die Bühne kam und im Ausschlussverfahren alle potenziellen Fehlerquellen durchtestete. Der Frickler war in den Zuschauerraum gekommen und hatte die Nervosität sofort bemerkt. Er stand vor der Bühne und hielt sich erst mal zurück damit zu fragen, was los sei. Falls es nicht so schlimm wäre, wollte er lieber etwas Lockerheit verbreiten. Und falls es doch schlimm wäre, konnte er auch nichts daran ändern. Der Soundmann sagte: Der Verstärker ist hin. Die Gruppe tauschte Blicke aus, im Inneren von Stefan schien jetzt ebenfalls etwas zu zerbrechen oder zumindest den Kontakt zu verlieren zum restlichen System. Als er aufschaute, in die Gesichter der anderen, sah er die Benzinquittungen in ihren Blicken und die Produktionskosten des Albums.

Als Christoph schließlich sagte: Es wird dann halt ein bisschen dreckiger, ein bisschen direkter, war nicht auf Anhieb klar, ob das aus seiner Sicht nicht vielleicht sogar ein Vorteil war.

Die Chimes sollten im AJZ für niemanden das Vorprogramm sein. Es sollte ihr Abend werden. Ein Chimesabend. Die Einnahmen vom Spiel gegen die Tür mussten mit niemandem geteilt werden. Der Frickler machte die ganze Zeit über ein komisches Gesicht. Abgesehen von der Frage, ob sie sich vorstellen könnten, trotzdem zu spielen, fühlte er sich nicht befugt, am folgenden Gespräch teilzunehmen. Markus sagte: Die meisten kennen uns ja eh nicht, und wenn sie dann eine CD kaufen, das ist doch auch total schön, wenn dann auf einmal noch so viel mehr da ist, was sie beim Konzert noch nicht gehört haben. Florian saß noch hinter seinem Schlagzeug, in geschützter Distanz, zwischen ihm und der Gruppe stand jetzt das einzige Instrument, das auch ohne Strom betrieben werden konnte, auf eine besonders feierliche Art da, wie ein Repräsentant des Elementaren der Musik, und er sagte: Wir können das schon machen.

Stefan schwieg zu allen Aussagen. Er schaute an der Gruppe vorbei in einen dunklen Winkel und nickte beständig, um sein Einverständnis mit jeder Art von Entscheidung zu signalisieren, die die demokratische Struktur innerhalb der Chimes hervorbringen würde. Es war ihm vielleicht nicht voll bewusst als Gedanke, aber sehr präsent als Gefühl, dass er mit dem Ausfall des Verstärkers auch seine gleichberechtigte Stimme verloren hatte bei der Entscheidung darüber, dieses Konzert zu spielen oder nicht.

Die ersten Gäste kamen sehr früh. Danach passierte lange nichts und es sah für eine Weile so aus, als wäre dieser Chimesabend ohnehin ein Reinfall geworden. Die Gruppe saß und trank Bier auf den Ledersofas im Backstagebereich, sie rauchten und sprachen wenig. Manchmal ging einer raus und auf die Toilette, schaute sich um und sah, dass doch wieder ein paar mehr Menschen eingetroffen waren, das Gemurmel verschiedener Gespräche erhob sich langsam über das konstante Klimpern der Hintergrundmusik. Ein wenig Euphorie schwappte dann jedes Mal mit in das Hinterzimmer, wenn einer zurückkam und berichtete, dass es immer voller wurde. Stefan ging irgendwann für lange Zeit in den Schlafraum und setzte sich auf sein Bett, neben die Dinge, die er aus dem Rucksack geholt und dort ausgebreitet hatte. Der Rest der Gruppe sprach, aus Höflichkeit, wie jeder für sich dachte, nicht über die nächste Zukunft des Auftritts vor dem anwachsenden Publikum. Sie versuchten ein paar Gespräche über eine fernere Zeit, die sich mit allen Möglichkeiten vor ihnen ausbreiten sollte, kamen aber immer wieder an den Punkt, wo sie den aktuellen Abend und die folgenden Abende dieser Tournee aktiv ausklammern mussten, und fielen wieder zurück in schweigendes Trinken und Rauchen.

Es gab eine vereinbarte Obergrenze für Alkohol vor den Konzerten, die von der Gruppe gemeinschaftlich verabschiedet worden war infolge der kollektiven Erkenntnis, dass statt Enthemmung, Euphorisierung und Entgrenzung bei allen Beteiligten durch zu viel Alkohol eine fatale Abstumpfung einsetzte, ein Abfall der Konzentrationsfähigkeit, ein müder Gleichmut gegen das schöne Detail. Darüber, fand die Gruppe, konnte gesprochen werden an diesem Abend, im Backstagebereich des AJZ mit der offenen Tür in den Schlafraum, in dem Stefan auf seinem Bett neben den Dingen aus seinem Rucksack saß. Darüber, dass man heute besonders vorsichtig mit dem Trinken vor dem Auftritt sein müsse, weil alles in dieser verknappten Form noch deutlicher herausgehoben würde, jeder Fehler und jede langweilige Wiederholung. Höchste Konzentration, eigentlich sollten wir jetzt überhaupt nichts trinken, der Stefan kann hier alles aussaufen, wenn er will, ich hab eh schon lang das Gefühl, dass mir das Trinken nichts mehr bringt, das Rauchen eigentlich auch nicht, ja stimmt, ich mach das hauptsächlich aus Notwehr, weil es mir sonst immer so stinkt, wie spät eigentlich, noch ein bisschen Zeit, ich bin doch ganz schön aufgeregt jetzt.

Die Nacht war nach langem Dämmern über die Universitätsstadt und die Republik herabgekommen. Vor dem Schlafraum, auf dem Gelände des AJZ, standen einige Bäume, die schon reichlich Laub abgeworfen hatten. Wer im Schlafraum saß, hörte das Schlurfen der Schritte durch das Laub, die Gespräche der Leute, die von der Straße auf das Grundstück kamen, vom Licht der Laternen in ihren Rücken angestrahlt, den langen Schatten folgend, die ihre Körper vor sie hinwarfen auf den Vorplatz.

Sechsundvierzig zahlende Gäste – Markus und Stefan standen neben dem Frickler, neben der Kasse am Einlass des AJZ, Markus wiederholte die Zahl, die er gerade gehört hatte, machte eine Rechnung auf, sechsundvierzig mal fünf Euro, eine grobe Schätzung der verbleibenden Kilometer der Tournee, das müsste reichen fürs Benzin, vielleicht bleibt von den anderen Konzerten ja noch was hängen, um deinen Verstärker zu reparieren. Dann erst bemerkte er, dass er damit schon voraussetzte, die restliche Tournee in jedem Fall zu Ende zu spielen. Wir spielen ja auch wieder mit anderen zusammen. Vielleicht leiht dir da einer seinen Verstärker.

Am Anfang läuft alles wie von selbst. Das Publikum ist gut gelaunt, es applaudiert, geht mit, die Lust auf ein Konzert liegt im Raum, die Stimmung ist friedlich, gütig, aufgeschlossen, die Gäste sind überwiegend jung und froh, vielleicht Teil einer Entdeckung zu sein, der frühen Förderung eines großen Potenzials, Rückhalt und Stütze der unabhängigen Szene. Es sind keine enttäuschten Gesichter im Publikum, die in Vorfreude auf die komplette Formation der Chimes gekommen sind, zumindest steht niemand unten im Zuschauerraum, dem man das ansehen würde. Stefan ist zuerst noch am hinteren Rand der Bar zu sehen, später dann nicht mehr.

Die Passagen, in denen die Konzentration auf dem Spiel der Gitarre gelegen hätte, werden intuitiv verkürzt. Zum ersten Mal seit

Langem spürt die Gruppe wieder, dass sie in der Lage ist, auch unmittelbar auf der Bühne aufeinander zu reagieren und nicht nur das Einstudierte abzurufen. Sie haben, für einen kurzen Moment, ausschließlich Spaß an der Sache.

Während des vierten Titels im vereinbarten Ablauf passiert es dann, dass Christoph, als er die Textzeile *We've come to catch a glimpse of the great demon,* in eine Rhythmusschleife eingebettet, sehr häufig auf dieselbe Art wie ein Mantra wiederholen muss, aus der Gegenwärtigkeit der Situation, singend auf der Bühne vor dem Publikum zu stehen, herausfällt und nachzudenken beginnt. Vielleicht, weil durch die fehlende Gitarre die Stelle noch ein wenig monotoner wird, weil viel stärker noch herausgestellt ist, dass er da steht und singt und was er singt, wir sind gekommen, denkt er, um einen kurzen Blick auf den großen Dämon zu erhaschen. Sind gekommen, um einen kurzen Blick, und singt weiter und denkt nach über eine Gruppe aus Schweden, für die sie im Vorprogramm gespielt haben. Bei denen war das ganz natürlich rübergekommen. Keiner hätte sich je gefragt, warum die jetzt auf Englisch singen und nicht vielleicht mal ein Lied auf Schwedisch. Da haben sich zwei innig umarmt, denkt er, und aufgehört zu hadern, ohne recht zu wissen, was er damit meint. A glimpse of the great demon. Ganz unwillkürlich muss er an eine Kollegin aus seinem Arbeitsverhältnis denken, die vor Monaten nachts mit dem Fahrrad in eine ungesicherte Baugrube gestürzt war und danach lange Zeit im Krankenhaus verbracht hat. Sie hatte erzählt, dass sie mit dem Gesicht auf der Asphaltkante der Grube aufgeschlagen sei, weil sie aus Reflex die Hände nicht vom Lenker nehmen konnte, und dass sie sich dabei fast alle Zähne ausgebrochen habe. Und Christoph erinnert sich, und er fürchtet, bald nicht mehr sicher sein zu können, ob er überhaupt noch singt, und wenn ja, was, dass er sich danach beim Fahrradfahren in der Nacht immer vorgestellt hat, sofort den Lenker loszulassen, um sein Gesicht zu schützen, wenn sich plötzlich unter ihm ein Loch auftun würde. Er würde sein Bewusstsein gegen den Reflex stellen, hatte er gedacht und denkt weiter, auf der Bühne des AJZ, einen kurzen Blick auf den großen Dämon, dass es wohl Erfahrungen gibt, die man nicht selbst macht, die ein anderer für einen macht und deren Konsequenz man trotzdem akzeptiert und anerkennt, als seien sie durch eigenes Handeln erworben, sind gekommen, to catch a glimpse, der Gedanke gefällt ihm gut und er denkt sich, dass er ihn vielleicht aufschreiben müsste, sich irgendwie merken bis zum Ende des Konzerts, we've come to catch a glimpse, und erinnert sich in diesem Augenblick wieder an die Worte aus einem Stück von William Shakespeare, demgegenüber er sich immer lächerlich unbedeutend gefühlt hat, wie die schlechte Kopie, der nachgeborene Wicht, denkt: It is a tale. Told by an idiot. Full of sound and fury. Signifying nothing. Und kommt darüber schließlich so vollkommen und unrettbar aus dem Konzept, dass er sich total verstammelt, abbricht und sich umschaut, in panischem Entsetzen, denkt er sich, zu den anderen, die auch völlig rausgekommen sind. Es rumpeln noch ein wenig die Instrumente, dann bricht das Stück ab.

Die Gruppe schaut in den Zuschauerraum und aus dem Zuschauerraum schaut das Publikum zurück. Kein bekanntes Gesicht ist zu sehen. Die Situation ist unerträglich und zieht sich trotzdem hin über lange Sekunden, bis schließlich ein verhaltenes Klatschen von ein paar wenigen das Signal gibt, endlich weiterzuspielen, das nächste Lied, jetzt reißt euch mal zusammen.

Die Gruppe ging ohne Zugabe von der Bühne. Das Klatschen hielt gerade lange genug an, dass auch Florian hinter seinem Schlagzeug hervorkommen und abgehen konnte. Sie zogen sich in den Backstagebereich zurück und standen eine Weile schweigend herum, im Schlafraum brannte kein Licht. Niemand hatte das Bedürfnis, etwas über das Konzert zu sagen. Oder über die nächsten Konzerte der Tournee, ob man sie auf diese Art spielen würde oder nicht. Jeder versuchte für sich sowohl die jüngste Vergangenheit der verkorksten letzten Lieder als auch die nächste oder übernächste Zukunft aktiv aus dem Bewusstsein zu verdrängen, sich irgendwie nur auf die aktuell um sie herum vorherrschende Gegenwart zu konzentrieren, den Backstagebereich, die Ledersofas, den summenden Kühlschrank voller Bier, die jeweils anderen Mitglieder der Gruppe, die mit ihnen im Raum standen. Im AJZ hatte hinter der Tür wieder Gemurmel und Hintergrundmusik angehoben. Markus fragte irgendwann in das Schweigen hinein, ob sie trotzdem versuchen sollten, ein paar T-Shirts oder CDs zu verkaufen. Aber keiner brachte genug Initiative auf, das wirklich selbst in die Hand zu nehmen. Christoph hörte sich fragen, ob das nicht vielleicht der Stefan machen kann, dann knurrte einem der drei laut der Magen.

Nach einiger Zeit fühlten sie sich dann sicher genug, um rauszugehen.

Der Frickler saß mit ein paar Leuten an der Bar. Als er die Gruppe aus dem Backstagebereich herauskommen sah, lächelte er ihnen entgegen und machte dann ein Gesicht, das etwas sagte wie: Macht euch nichts draus.

Und als sie an ihn herantraten, bat er sie mit einer Handbewegung um einen Moment Geduld, hörte sich erst noch den Gedanken zu Ende an, den ein schnauzbärtiger Junge in sehr engen Hosen auf dem Barhocker neben ihm gerade auszubreiten begonnen hatte. Der Gedanke hatte nichts mit den Chimes oder diesem Abend zu tun. Es ging schon um Musik, aber die Gruppe spürte deutlich, dass man sich jetzt wieder wichtigeren Themen auf diesem Gebiet zugewandt hatte. Der Frickler hörte dem Schnauzbärtigen zu, aber man konnte ihm ansehen, dass sein Bewusstsein bereits abgedreht hatte, dass am Ende der Ausführungen von ihm höchstens noch ein Nicken zu erwarten war, und dann nickte er, sagte, den Kopf schon halb abgewandt: Genau!, und fragte dann in Richtung der Gruppe, ob sie denn nicht noch versuchen wollten, ein paar CDs oder T-Shirts zu verkaufen, man weiß ja nie, sagte er, mit einer gut abgesicherten Überheblichkeit, vielleicht habt ihr ja noch Glück.

Christoph sagt, sie hätten langsam richtig Hunger bekommen und ob er vielleicht einen Ort wisse hier in der Nähe, wo man noch etwas anderes bekommen könnte als Salzstangen und Saure Apfelringe. Der Frickler wartet ein paar Sekunden zu lange für echtes Erstaunen und sagt dann, erstaunt im Tonfall: Habe ich euch das gar nicht gesagt? Ihr könnt hier jederzeit an der Bar Essen bestellen. Es gibt halt nur Pizza. Aber sagt einfach Bescheid.

Hat denn der Stefan schon gegessen?

Den, sagt der Frickler, habe ich jetzt schon ganz lange nicht mehr gesehen.

Sie entschieden sich jeder für eine der beiden Optionen, Tiefkühlpizza *Diavolo* oder *Vier Käse*, warteten schweigend an der Bar, versuchten Stefan auf dem Handy anzurufen, das aber ausgeschaltet war, nahmen das Kompliment eines Zuhörers von vorhin angestrengt teilnahmslos entgegen, weil sich keiner mehr ganz sicher sein konnte, ob man sie unter Umständen gerade verarschte oder tatsächlich gut gefunden hatte.

Die Gruppe bekam die Pizzateller über die Bar gereicht, ging damit zurück in den Backstagebereich, setzte sich auf die Ledersofas, wo jeder für sich aß und seine eigenen Gedanken dachte. Christoph spürte eine umfassende Dumpfheit in seinem Kopf, eine Müdigkeit, und als er ein neues Bier aufmachte, glaubte er beim ersten Schluck schon zu bemerken, wie ihm vorne im Mund das Zahnfleisch taub wurde. Markus erinnerte sich daran, wie seine Freundin zu ihm gesagt hatte, dass sie den Titel vom Album der Chimes bei Weitem das beste fand, und Florian nahm einen Gedanken wieder auf, den er seit ein paar Wochen heimlich befragte, von dem er der Gruppe noch nichts erzählt hatte und der sich darum drehte, vielleicht eine Art Festanstellung anzunehmen bei einer Mittelalterband namens *Gaukelosus*, die praktisch das ganze Jahr lang über Mittelaltermärkte in der Republik tourte, einen »fähigen Mann für das Schlagwerk« suchte und dafür ein »vortreffliches Salär« anbot.

Nach dem Essen sackte die Stimmung noch tiefer ab, durch die Tür zum unbeleuchteten Schlafraum hindurch sah man das Fenster und durch das Fenster orange beleuchtetes Laub und Baumstämme vor dem AJZ. Das Fenster war von einem Vorhang eingefasst. Am liebsten würde ich jetzt einfach schlafen gehen, wir sind ja auch niemandem etwas schuldig da draußen, vielleicht ist es ganz gut, mal früh ins Bett, heute wird ja eh nichts mehr geklärt. Einer versuchte noch mal auf Stefans Handy anzurufen, das aber immer noch ausgeschaltet war, dann brachten sie ihre leer gegessenen Teller nach draußen, stellten sie neben den Frickler auf die Bar, der ihnen zunickte aus dem Gespräch, das er wieder aufgenommen hatte mit dem Schnauzbärtigen auf dem Barhocker. Sie schauten noch einmal in jeden Raum im AJZ, auf die Toiletten, vors Haus, schoben die Seitentür des Kleinbusses auf und Markus hob sogar eine Decke hoch, die auf der Rückbank lag, um sicherzugehen, dass Stefan nicht vielleicht darunter versteckt war. Im Laderaum war auch niemand, vorn an der Straße rauschten in den zehn Minuten, die sie dort standen und ratlos auf und ab schauten, zwei Autos mit hoher Geschwindigkeit vorbei, sonst war kein Verkehr zu sehen. Nur ruhig daliegende Industriegebäude im orangefarbenen Licht der Straßenlaternen und ein großformatiges Plakat in einer angestrahlten Halterung, das vor den Gefahren des Grillens mit flüssigen Brennmitteln für Kinder warnte, indem es eine Feuerhand zeigte, die aus einem kleinen Gartengrill herausgefahren kam und nach einem spielenden Kind auf dem Rasen griff.

Wieder drinnen, an der Bar des AJZ, meldete sich die Gruppe ab beim Frickler, was sich für alle noch einmal sehr erniedrigend anfühlte. Wir würden uns jetzt mal zurückziehen, war ein anstrengender Tag, ein Blick, den der Frickler mit dem Schnauzbärtigen tauschte, schien zu sagen, dass hier mit anderen Gruppen schon nächtelang gesoffen und über all das Bedeutsame, was sie miteinander verband, gesprochen worden war, dass man auch diese Erfahrung hier hätte machen können, man hätte dafür nur offen sein müssen und nicht ganz so müde, ein kleines Feuer müsse schon in einem brennen, sonst wäre natürlich nichts zu machen, eine Schande eigentlich, klar, wie ihr wollt, kam es aus dem Frickler hervor, auf einmal wieder sehr freundlich und wohlmeinend, ich bin auf jeden Fall noch eine Weile auf und hier, vielleicht kommt der Kollege ja noch zurück.

Und nach einer kurzen Pause: Also ich meine, bestimmt kommt der Kollege noch zurück.

Der Backstagebereich wirkte wie eine Schallschutzschleuse zwischen dem Schlafraum und der Bar. Obwohl lange noch getrunken und geredet wurde, hörte die Gruppe kaum ein Geräusch, nachdem sie das Licht ausgeschaltet und sich in die Betten gelegt hatte. Das Atmen der anderen, hinter der Tür im Backstagebereich das Brummen des Kühlschranks und hinter diesem Brummen, hinter der zweiten Tür, wenn man sich anstrengte, manchmal leises Wummern von Bässen, Lachen, Klirren, gedämpft und kaum hörbar, es schien sich keine Tanzveranstaltung mehr anzuschließen, kein Club mit DJ, nur noch Dortsein, Trinken, Reden.

Markus wurde in der Nacht von den heftigen Schlägen einer Kirchturmglocke geweckt. Es war intensiver als das Läuten der Zeit. Wie für eine Beerdigung oder eine Hochzeit. Er richtete sich in seinem Bett auf und horchte, hörte nur das Atmen und das leise Brummen des Kühlschranks aus dem Nebenraum. Im AJZ war jetzt wirklich alles sehr still geworden, das fühlte er sofort. Wenn man ihn gleich in diesem Moment gefragt hätte, er wäre sich sicher gewesen, dass die Glocken zuerst in seinen Traum eingedrungen waren, dass sie ihn aufgeweckt hatten und danach noch über dem Industriegebiet verhallt waren. Nach den ersten rationalen Gedanken, die er fassen konnte – dass sie auf dem Weg hierher keine Kirche gesehen hatten, dass sie in einem Industriegebiet am Stadtrand waren, dass es tiefe Nacht war, was ihm beim Denken dieser Gedanken, mit dem Nachhall der Kirchturmglocken in den Ohren, große Angst machte –, hätte er wahrscheinlich schon gezögert und wäre gegen diese Angst vorgegangen, indem er gesagt hätte, er sei sich nicht sicher, aber es war ihm so vorgekommen, als hätten die Glocken noch geläutet, als er schon aufgewacht war.

Markus sah durch den dunklen Schlafraum die anderen, die unbewegten Hügel unter den Decken, und er sah auf Stefans Bett die Dinge liegen, die der dort ausgebreitet hatte nach ihrer Ankunft.

Am Morgen war Nebel über der Universitätsstadt aufgezogen. Durch einen Spalt zwischen den Vorhängen war von den Betten aus schon das grau verhangene Draußen zu sehen. Die Luft im Schlafraum war schlecht. Das Bettzeug fühlte sich klamm und ungewaschen an, es herrschte schlechte Laune, Katerstimmung, alle fühlten sich verspannt, hatten schlecht oder unruhig geschlafen. Sie zogen sich schweigend an und standen für eine Weile ratlos mit den Händen in den Hosentaschen herum. Das Bedürfnis, sofort abzureisen, und der Wunsch, zu duschen und einen geregelten Tag aufzunehmen, einer Routine nachzugehen, die aus dem Umgang mit Dingen bestand, die an ihrem Platz waren, aus einer sauberen Wohnung, öffentlichen Verkehrsmitteln, der eingeübten Interaktion, standen sich gegenüber und verstärkten sich wechselseitig zu einem unaufschiebbaren Willen zum Aufbruch. Während die Träume, die sie nachts beschäftigt hatten, noch in den Köpfen nachhallten, stand den im Schlafraum stehenden Chimes der Traum, den sie gemeinsam verfolgten, der Traum, als Gruppe auf Tournee durch die Republik unterwegs zu sein mit dem aktuellen Album, in all seiner Schäbigkeit und Asozialität vor Augen. Was in diesen Momenten kaputtging oder schon kaputtgegangen war, schien irreparabel und endgültig hin. Unter ihnen war kein Wunsch mehr größer und stärker als der nach einem Eingespanntsein in einen funktionierenden Apparat.

Im Backstagebereich hatte jemand schon die Bierflaschen weggeräumt und einen Teller mit belegten Brötchen auf den Couchtisch gestellt, Mortadella und Käse, außerdem eine geblümte Thermoskanne und ein paar Pappbecher, auf die die Wörter »*coffee, enjoy, good morning, columbia*« und ein paar stilisierte Kaffeebohnen und dampfende Tassen aufgedruckt waren. Wann ist das denn passiert? Keine Ahnung, ich habe gar nichts gehört.

Im AJZ roch es nach den Zigaretten vom Vorabend, nach leeren Bierflaschen und den halb leer getrunkenen Gläsern, die auf der Theke und auf den Lautsprechern herumstanden. Jemand hatte schon angefangen, die Zigarettenkippen zu kleinen Haufen zusammenzukehren, war damit aber noch nicht besonders weit gekommen.

Der Frickler war auch schon wieder zurück, er stand hinter der Bar und füllte eine Liste aus oder rechnete etwas zusammen, schaute auf, als die Gruppe aus dem Backstagebereich herauskam, und nickte ihnen zu, wie jeden Morgen, dachte Christoph, ohne zu verstehen, was er damit meinte.

Es gab ein kurzes Gespräch, der Kollege ist noch nicht zurück, man habe noch recht lange gewartet letzte Nacht, irgendwann aber auch die Türen abschließen müssen, wegen der Kasse und der Technik, sie hätten aber einen Zettel draußen angebracht, mit einer Telefonnummer und außerdem einem Richtungspfeil, wo sich das Fenster befand, an das man heftig klopfen müsste, um die Schlafenden dahinter aufzuwecken. Sie versuchten noch mal, Stefan auf dem Handy anzurufen, es war noch immer ausgeschaltet. Vielleicht ist es das Beste, sagte der Frickler, wir laden erst mal eure Sachen ins Auto.

Die Luft vor dem AJZ war drückend feucht, es roch nach Laub und Erde und nach etwas Scharfem, das sich nicht eindeutig zuordnen ließ, als würde irgendwo in der Nähe ein Stapel Reifen verbrannt. Das Einladen der Schlagzeugteile, Verstärker und Instrumente dauerte ewig. Sie schauten immer wieder hoch zur Einfahrt, wenn sie aus dem AJZ heraustraten, wo der vom Nebel feuchte Zettel für Stefan noch an der Eingangstüre hing. Jedes Teil fühlte sich unsinnig schwer an, schon das Anschauen der Dinge vor dem Hochheben war anstrengend, in keinem Teil der Gruppe war genug Wille oder Kraft.

Als er gemeinsam mit dem Frickler Stefans Verstärker über den Vorplatz trug, dachte Markus, dass er gerne von seinem Erlebnis mit den Kirchturmglocken erzählen würde, aber er fand keinen passenden Augenblick dafür.

Sie stellten den Verstärker auf die Ladefläche, schoben alles so zusammen, dass es sich gegenseitig stützen würde während der Fahrt, der Frickler machte ein seltsames Gesicht und fragte in die Runde, ob er die Polizei rufen solle. Das kam allen dann aber doch irgendwie übertrieben vor. Sie gingen noch mal gemeinsam hoch zur Straße, kein Auto war zu sehen, die Fahrspuren verloren sich in beiden Richtungen im Nebel, eine Person mit einem Hund entfernte sich auf dem Gehweg.

Sie warteten noch gemeinsam ab, bis die Person im Dunst verschwunden war, dann gingen sie zurück zum Auto. Der Frickler händigte der Gruppe ihren Teil der Einnahmen in einem unverschlossenen Briefumschlag aus. Ob sie die Tournee jetzt noch zu Ende bringen wollen, wollte der Frickler wissen. Wahrscheinlich ist es besser, wir fahren nach Hause. Wahrscheinlich treffen wir ihn zu Hause, wo soll er denn sonst hin?

Als der japanische Kleinbus die Einfahrt hinauffuhr, drehte sich Markus noch einmal um und sah den Frickler auf dem Vorplatz stehen und ihnen nachschauen. Die Hände hatte er zuerst in den Hosentaschen, dann hob er eine davon heraus und hoch wie für ein Winken zum Abschied, das sich aber auf halber Höhe irgendwie verlor und doch zu einem Griff an die Brille wurde.

Hinter den Weinbergen reißt der Nebel auf und die Autobahn führt hinab unter blauen Himmel, an dem bewegungslos ein paar Wolkenberge hängen. Das Tal leuchtet auf im Licht, das Laub, die Feuchtigkeit der Luft, die Beschilderung an den Straßen. Als sie an einer Raststätte vorbeifahren, glaubt Markus zu sehen, wie sich zwei Männer an der Rückseite der Tankstelle, vor den Türen der Toilette, die Fäuste ins Gesicht schlagen. Erst will er etwas sagen, dann wird vorne eine CD ins Radio geschoben, eine Akustikgitarre, ein leise knisternder Beat und eine Frauenstimme schwimmen durch den Bus und fallen friedlich in die Landschaft ein, diktieren das Schauen, den Rhythmus der vorüberziehenden Bäume und Fernleitungsmasten, das Hervorblitzen der Sonne durch die Äste, in die Fenster.

EIN GESUCH

Ich stellte ein Gesuch. Ich wollte nicht mehr in der Produktion arbeiten. Sondern lieber in der Organisation. Oder der Koordination.

»Sie dürfen nicht so oft wechseln, Herr Sowieso«, sagte man zu mir, »Sie schwächen damit die Gemeinschaft. Und ihr Wohl. Es ist für Sie nicht vorgesehen, mehr als eine Profession auszubilden. Wir haben da aus den falschen Versprechungen der Vergangenheit gelernt. Wir haben gelernt, dass die Menschen unglücklich werden ohne Halt. Und eine konstante Tätigkeit gibt Halt. Und kann darüber hinaus von zentraler Stelle verordnet werden.«

Man sah mich, der ich vor dem Schreibtisch stand mit meinem Anliegen, freundlich an. Etwas in dem Blick der Person ging aber über diese Freundlichkeit hinaus, wies in gewisser Weise in die Zukunft und zeigte ein mögliches Ende der Freundlichkeit an, wahrscheinlich gesetzt den Fall, ich verstünde nicht oder wollte nicht verstehen.

»Aber«, sagte ich nach einiger Zeit, »ich fühle mich doch jetzt unzufrieden. Und unglücklich. In meiner jetzigen Position geht es mir nicht gut.« Vielleicht, sagte ich, sei ich ein anderer Mensch mit anderen Qualifikationen als ursprünglich angenommen.

»Die Qualifikationen, die Sie ausgebildet haben«, erklärte man mir, »haben Sie unter Anweisung eines geschulten Fachpersonals erworben. Sie sind das Kapital, das Ihnen nun zum Bestreiten Ihres Lebens zur Verfügung steht. Aufgrund der Endlichkeit Ihrer Lebenszeit ist es nicht nur unrentabel, sondern auch unfair gegenüber den anderen, denen ebenfalls ein Teil vom Gesamtkapital zusteht, wenn Sie als Einzelperson über mehr als eine Profession verfügen. Es ist jetzt an Ihnen, sich in die Gesellschaft einzubringen. Ihr Gesuch muss abgelehnt werden.«

Ich sagte zur Person hinter dem Schreibtisch: »Ich verstehe Sie nicht«, denn ich verstand sie nicht.

An einem Abend nach Sonnenuntergang auf dem Parkplatz eines Discountsupermarktes. Am Himmel, über den Dächern der Häuser, die den Supermarkt und den Parkplatz umstellen, die Untergangsfarben rosa, violett und blau. Die Zeitschaltuhr der Straßenbeleuchtung hat diese bereits in Betrieb genommen. Es ist nicht besonders warm. Der Discountsupermarkt ist noch bis 22.00 Uhr geöffnet. Der Verkaufsleiter des Marktes, kränklich und voller Trauer, seit einiger Zeit schon nicht mehr zu Entscheidungen fähig, sitzt auf dem Parkplatz vor der Filiale in seinem Dienstwagen. Der Dienstwagen wurde innen serienmäßig mit schwarzen Lederbezügen ausgestattet. Ferner mit einem Navigationssystem, das mithilfe einer Saugvorrichtung mittig an der Windschutzscheibe angebracht werden kann. Der Dienstwagen hat die Stadt noch nie verlassen. Das digitalblaue Leuchten des Navigationsgerätes spiegelt sich innen an der Windschutzscheibe. Dahinter der Abendhimmel. Der Verkaufsleiter tippt mit dem Finger auf dem Display herum. Er sucht das Innere seines Kopfes ab nach einem Ort, den er probeweise eingeben könnte ins Menüfeld *Zielort*. Ihm fällt aber kein Ort ein. Er hat Angst und glaubt, in ihm sei keine Sehnsucht mehr übrig.

Die Produktionsassistentin der Quizsendung eines privaten Fernsehsenders macht eine schaufelnde Bewegung mit dem ganzen Arm. Das Publikum im Studio weiß: Die Aufzeichnung der Sendung beginnt und die Produktionsassistentin wünscht sich kräftigen Applaus. Der Applaus erfolgt, noch bevor der Moderator den Raum betritt. Intensität und Lautstärke des Applauses steigen auch ohne weitere Schaufelbewegungen der Produktionsassistentin, als das Publikum den Moderator schließlich erblickt. Der Moderator bedankt sich mehrere Male, Pfiffe und Rufe mischen sich in den Applaus, bis er schließlich auf ein weiteres Zeichen der Produktionsassistentin (ein waagerechtes Ziehen des Zeigefingers über die Kehle, wie bei einem tödlichen Schnitt) jäh verebbt.

Es folgt eine Anmoderation nach bekannter Art. Die Gäste der Quizsendung sind Privatpersonen, die mittels mehrstufiger Auswahlverfahren aus Onlinebewerbungen rekrutiert wurden. Der Moderator bittet Frau S. aus P. zu sich vor die Kameras. Ihr Name und der Name des Ortes werden während der Aufzeichnung voll ausgesprochen. Es folgt die Vorstellung der Kandidatin:

»Frau S. – Sie sind Grundschullehrerin?«

»Nein. Also ja. Na ja. Ich beziehe Berufsunfähigkeitsrente, das hätte man Ihnen eigentlich sagen müssen, das habe ich vor der Sendung doch in den Fragebogen geschrieben. Man hat mir meine Berufsunfähigkeit ärztlich attestiert, als Beamtin bekomme ich nun eine Pension, von der ich ganz gut leben kann.«

»Oh, das tut mir leid.«

»Das muss es nicht. Ich mache jetzt ja auch all diese verrückten Dinge. Mich bei einer Fernsehquizshow bewerben, das hätte ich mich während meiner Referendariatszeit niemals getraut. Damals war ich mir einhundertprozentig sicher, ich sei als Mensch ungenügend. Sowohl charakterlich als auch vom Stand meines Wissens.«

»Mich interessiert Ihre Berufsunfähigkeit. Wollen Sie uns erzählen, wie es dazu gekommen ist?«

»Ich weiß nicht. Das ist schon sehr privat. Und Sie müssen doch auf Ihre Sendezeit achten, oder nicht?«

»Das hier ist eine Quizshow und meine Aufgabe ist es, Fragen zu stellen.«

»Ja schon, aber es sollten doch Wissensfragen sein. Wissenschaft, Technik, Sport und Kultur.«

»Das Publikum interessiert sich durchaus für die Lebensgeschichten unserer Kandidaten, Frau S. Sie sind doch als Mensch hier geladen und nicht als ein bloßes Behältnis für Wissen. Diese Art Fernsehen ist hinfällig geworden. Wir haben jetzt Computer und das Internet, jeder kann jederzeit Wissensfragen beantworten. Also?«

»Nun, ich will nicht zu sehr ins Detail gehen. Ich kann sagen, dass es mit einem Traum zusammenhing. Ich hatte einen Traum, der sehr scheußlich war. Dieser Traum hing mir lange nach und ich konnte meine Arbeit dann nicht mehr ohne ein schlechtes Gewissen verrichten. Es ging darin um die Kinder. Und dann war da noch eine Situation im Lehrerzimmer, nachdem ich den Traum hatte, an einem Morgen danach. Davon könnte ich Ihnen erzählen.«

»Gern.«

Auf dem Parkplatz vor der Veranstaltungshalle bleibt der Vater, der die minderjährigen Kinder in die nächstgelegene Großstadt gefahren hat, damit sie sich dort ein Konzert ansehen können, während des Konzertes im Auto sitzen. Er hört Radio und raucht Zigaretten.

Der Vater unterlässt es, während dieser Wartezeit an seine Jugend zu denken. Die Musik aus dem Radio ist die seiner Generation, hierfür hat der Vater jedoch nie ein Verständnis ausgebildet. Der Sinn der Musik liegt für ihn hauptsächlich in dem, was sie nicht ist:

Sie ist nicht die Stille auf einem Konzerthausparkplatz, zwischen den Lichtern am späten Abend.

Beim nochmaligen Ansehen der Fernsehaufzeichnung wird sich Frau S. später wundern, wie ungehemmt sie plötzlich vor den Fernsehkameras zu erzählen beginnt. Es wird ihr auch auffallen, dass sie nicht, wie es sonst ihre Art ist, an der Haut um ihre Fingernägel herumkratzt. Stattdessen ruhen ihre Hände ineinander auf Höhe des Hosenbundes.

»Die Kollegen standen an diesem Tag im Halbkreis an einer der Wände, dicht zusammengedrängt. Sie haben sich etwas angesehen, ich konnte gar nicht erkennen, worum es sich handelte. Ich konnte aber sehen, dass sie immer wieder mit ihren Fingern auf etwas zeigten, und dann lachten sie laut auf. Später habe ich dann gesehen, dass einer der Lehrer die dümmsten Schülerantworten aus seinen Schulaufgaben des vergangenen Jahres herauskopiert und an die Lehrerzimmerwand gehängt hatte.

Ich weiß noch, dass ich dastand, hinter dem Halbkreis aus Lehrerkollegen, die sich sehr amüsiert haben. Dass ich in meine Kaffeetasse geschaut habe, aus der ich noch gar nicht getrunken hatte. Mir war sofort klar, der Kaffee darin würde sauer und viel zu stark schmecken. Obwohl ich ja nicht wusste, wer ihn gekocht hatte. So, als könnte ich in die Zukunft sehen.

Ich habe aus dem Fenster geschaut. Auf das Maisfeld, das an unser Schulgelände angrenzt. Es war gerade frisch abgeerntet. Ich spürte, wie ausgelaugt die Erde war. Dass es ihr an Mineralien fehlte. Dass sie müde geworden war und unfruchtbar. Und dann dachte ich plötzlich: Jetzt hast du ein Mal zu oft gelogen. Obwohl ich doch überhaupt nichts gesagt hatte.«

Im Innern des Discountsupermarktes, vor dem der Verkaufsleiter im Dienstwagen sitzt, schiebt eine Person ihren Einkaufswagen über die gelben Fliesen. Im Wagen befindet sich nichts weiter als ein in Plastikfolie eingeschweißter Mandelschaumkuchen unbestimmten Alters und schier unbegrenzter Haltbarkeit. Die Person hebt beim Schieben aus einem Impuls heraus den Kopf und betrachtet die Neonröhren, die über sie hinwegziehen. Das Licht brennt sich für kurze Zeit auf der Netzhaut ein und hinterlässt grünlich blaue Flecke im Gesichtsfeld.

Zuerst stellt sich die Person, wie sie nach oben schaut, vor, sie würde auf einem Patientenbett liegen und durch einen Krankenhausflur geschoben. Dann aber denkt sie unvermittelt an die Tunnelbeleuchtung am nördlichen Stadtrand und wie diese Lichter immer über die Motorhaube und die Windschutzscheibe ziehen, wenn man mit dem Auto darunter hindurchfährt. Die Person bleibt stehen. Sie denkt an den Rand der Stadt. Sie schaut in ihren Einkaufswagen mit dem eingeschweißten Mandelschaumkuchen und spürt den Impuls, den Wagen bis an den Rand der Stadt und darüber hinaus zu schieben. Dann hebt sie ihren Blick noch einmal, legt den Kopf in den Nacken und erblickt, direkt über sich, einen Lautsprecher. Ein rundes, weißes Gitter vor einem schwarzen Loch, aus dem permanent Schall in den Verkaufsraum abgesondert wird. Zum ersten Mal seit dem Betreten des Discountsupermarktes hört die Person genau hin. Ein Jingle ertönt.

»Wir sind zurück im Studio«, sagt eine Stimme, »gleich geht's weiter mit Musik, vorher noch ein paar Fragen an meinen Studiogast, den amerikanischen Science-Fiction-Autor Richard Matheson.«

Eine tiefe Männerstimme ertönt, von der die Person glaubt, sie könne sie auf dem eigenen Zwerchfell spüren.

»Bevor Sie weiterreden, möchte ich Sie bitten, hier etwas zügiger zum Punkt zu kommen. Sie mäandern die ganze Zeit wild durch die Landschaft. Das ist sehr anstrengend für mich. Ich muss mich immer neu auf Sie einstellen.«

»Gut«, antwortet die andere Stimme, »rundheraus: Was ist Ihrer Meinung nach Ihr wichtigstes Werk, Herr Matheson?«

Ein alleinstehender IT-Spezialist, etwa vierzig Jahre alt, legt vier bunte Plastikmarken auf den Tresen einer Videothek. Die Mitarbeiterin der Videothek nimmt die Marken entgegen, liest die aufgeklebten Kennnummern und geht an ein großes Schubregal, um die entsprechenden Filme herauszusuchen. Der IT-Spezialist steht am Tresen, mit den Sohlen seiner Schuhe auf einem kurzhaarigen, grauen Teppich. Er streicht mit der flachen Hand über das Furnier der Arbeitsplatte, auf das eine dunkelbraune Kirschholzoptik aufgedruckt wurde. Bei diesem Streichen entsteht ein Geräusch, von dem der IT-Spezialist denkt: Wie das Schnurren einer Katze. Als würde es der Arbeitsplatte gefallen, wie sie angefasst wird.

Die Mitarbeiterin der Videothek kommt zurück und scannt vier DVDs in die Kasse ein. Sie nennt einen Betrag, klemmt die Scheiben in neutralschwarze Plastikhüllen. Der IT-Spezialist bezahlt passend aus seiner Hosentasche. Er kennt die Preise der Videothek. Die Mitarbeiterin:

»Darf ich Sie mal was fragen? Haben Sie zu Hause eigentlich kein Internet?«

Und nach einer Pause:

»Es geht mich ja nichts an, und Sie tragen ja schon auch den Umsatz hier mit. Ich versteh es nur nicht. Das muss doch auch unangenehm sein, oder nicht? Es schädigt vielleicht das Geschäft, aber das Geschäft hier ist mir ehrlich gesagt völlig egal. Ich frage mich das jeden Tag. Haben Sie, habt ihr Leute denn zu Hause kein Internet?«

Der IT-Spezialist erfindet aus großer Verlegenheit eine Geschichte über seinen Internetanschluss. Diese Geschichte ist allerdings voller Fachbegriffe und voller Angst, sodass die Mitarbeiterin der Videothek nichts versteht.

»Schon gut«, sagt sie. »Auf Wiedersehen.«

Der Spezialist verlässt auf langsamen, kurzen Schritten die Videothek. Ein Lautsprecher über dem Eingangsbereich sondert das Fragment einer Radiosendung in den Raum ab. Eine tiefe Männerstimme ist zu hören, der Spezialist meint, sie wie Finger am Hinterkopf zu spüren.

»Ich denke, *What Dreams May Come* dürfte das wichtigste Buch sein, das ich je geschrieben habe. Es hat einige meiner Leser dazu veranlasst, ihre Angst vor dem Tod zu überwinden. Die größte Ehre, die einem Autor zuteil werden kann.«

Der Vater, der betrunken auf dem Beifahrersitz des Familienfahrzeugs sitzt und eine Tupperschüssel, in der sich ein Stück Mandelschaumkuchen befindet, fest umklammert. Die Mission, diesen Mandelschaumkuchen heil nach Hause zu bringen. Es ist der Abend nach einer Betriebsfeier. Der Sohn wurde gesandt, den Vater abzuholen. Die Tupperschüssel, von den Vaterhänden behütet, auf dessen Schoß.

Vor der Abfahrt stürzt er noch einmal aus dem Auto, stützt sich auf der Motorhaube ab und erbricht sich im Scheinwerferlicht vor den Augen des Sohnes.

Durch die Lichtkegel, die sein fahles Gesicht beleuchten, fallen Regentropfen. Die Würgegeräusche werden größtenteils vom Brummen des Motors übertönt.

Es regnet außerdem aufs Innere der Wagentür. Den Handgriff, die stoffbezogene Blende. Die Knöpfe für die elektrischen Fensterheber.

Der Sohn denkt: Die Knöpfe für die elektrischen Fensterheber. Das Wasser. Die Elektrik.

Auch auf den rechten äußeren Saum des Beifahrersitzes regnet es. Der Schaumstoff der Polsterung saugt sich mit Feuchtigkeit voll. Wenn sich da jetzt noch einmal jemand hinsetzen würde, dem würde rechts der Arsch feucht.

Einige Geräusche der Ungeduld sind aus dem Zuschauerraum zu hören. Die Produktionsassistentin versucht, Blickkontakt zum Moderator der Quizsendung aufzunehmen. Sie möchte gerne noch einmal dasselbe Handzeichen machen wie vorhin. Ihr Arm ist seit geraumer Zeit halb hochgehoben und wird langsam schwer. Der Moderator:

»Und dann hat man Sie also für berufsunfähig erklärt?«

»Ja, nun, das ging Schritt für Schritt. Erst mal war ich lange krankgeschrieben wegen einer Angststörung. Obwohl ich es ja selbst niemals als eine Angststörung bezeichnet hätte. Aber der Arzt hat es so bezeichnet, und als es da auf meinem Zettel stand, habe ich mich sofort damit angefreundet. Oder identifiziert. Ach, ich weiß nicht, wie man dazu sagen soll. Ich empfand es ja nach wie vor als eine Last, wahrscheinlich kann man da nicht von ›anfreunden‹ sprechen. Aber es ist ein Teil von mir geworden. Diese Diagnose war für mich wie eine neue Berufsbezeichnung, wenn Sie verstehen.«

»Ich bin mir ehrlich gesagt nicht ganz sicher, ob ich das verstehe.«

»Von dem Geld, das man mir fortan überwiesen hat, habe ich mir ein Auto gekauft. Einen kleinen Peugeot, Cabriolet. Ich habe dieses Auto vom Gebrauchtwagenhändler abgeholt, habe die Nummernschilder angeschraubt und bin seither fast ununterbrochen durch die Gegend gefahren. Es tut mir wohl, im Auto zu sitzen. Wenn ich im Auto unterwegs bin, kann ich frei denken. Vielleicht, habe ich mir überlegt, weil man im Auto unmöglich arbeiten kann. Das geht ja nicht, arbeiten und fahren gleichzeitig.

Als ich das für mich herausgefunden hatte, also dass es mir während der Autofahrten einfach gut geht, besser als irgendwo sonst, hatte ich zunächst noch ein schlechtes Gewissen dabei, so ohne Ziel und Grund durch die Gegend zu fahren. Ich habe dann meistens noch einen Supermarkt angesteuert oder bin einfach weite Umwege um die Stadt gefahren, wenn ich irgendwohin musste. Es wurde mir aber mit der Zeit immer gleichgültiger und einmal bin ich einfach so, ohne zu wissen, wohin ich wollte, nach Wales gefahren. Sechzehn Stunden war ich unterwegs. Dort war ich seither oft. Manchmal inseriere ich meine Fahrten im Internet und nehme dann junge Menschen mit, die sich immer freuen, weil mein Auto zwar klein ist, ich aber kaum Geld von ihnen verlange.«

Für das Publikum im Studio ist an dieser Stelle ein klatschendes Geräusch vernehmbar. Der Arm der Produktionsassistentin wurde resigniert fallen gelassen. Ein Aufschlagen der Handfläche auf den Oberschenkel. Auf den Fernsehbildschirmen und bei der späteren Ansicht der Aufzeichnung sieht man lediglich eine kurze Irritation in den beiden Augenpaaren des Moderators und seines Studiogastes.

»Aber Sie wollen doch bestimmt mal irgendwo leben. Also wohnen. Sie haben doch noch einen festen Wohnsitz?«

»In Westwales habe ich eine Landschaft vorgefunden, die mir entsprochen hat. Ein dichter Wald, nahe der Küste. Ich habe mir vorgestellt, eine Waldstadt zu errichten, da in Westwales. Das ist mein Traum, auf lange Sicht. Wenn ich irgendwann das Autofahren satthabe, dann mache ich mich daran, diese Waldstadt zu errichten in den Kronen der Bäume. Für eine neue Gesellschaft.«

»Und wie soll diese neue Gesellschaft dann aussehen?«

»Das weiß ich auch nicht. Es spielt aber keine Rolle. Noch nicht. Hauptsache ist, dass sich nun immerfort etwas bewegt.«

Der Sohn blickt durch die Windschutzscheibe des Familienfahrzeugs in den Nachthimmel am Ortsrand. In einiger Ferne durchschneiden senkrechte Lichtkegel die Dunkelheit. Sie wandern unruhig in immer gleichem Radius. Für die Jugend der Dörfer sind diese Lichtkegel Signalleuchten. Sie zeigen den Standort der jedes Wochenende stattfindenden Rockpartys an. Bevor er wusste, worum es sich dabei handelte, glaubte der Sohn, es müssten Suchscheinwerfer sein. Dass es irgendwo in dieser Landschaft einen gab, der es aufgegeben hatte, in der Ebene nach Antworten zu suchen. Und der jetzt vergeblich den Himmel abschaute in der Nacht.

Der IT-Spezialist, vor der Fahrertür seines Pkw auf dem Parkplatz der Videothek. Der Schriftzug *»Videotime«* wird von mehreren Baustrahlern auf dem Dach des Flachbaus angestrahlt. Der Spezialist hat den Autoschlüssel bereits hervorgeholt und ins Schloss der Tür gesteckt. Er sieht sein eigenes Spiegelbild im Seitenfenster, seinen leicht in die Breite gezerrten Blick. Der Spezialist antwortet und sieht sich selbst beim Sprechen zu:

»Wenn ich mir einen Pornofilm nur zu Hause aus dem Internet herunterlade und ansehe, dann bin ich doch mit meinem Schmerz und meiner Einsamkeit allein. Eingeschlossen. Ich bediene dann ein Gerät, das mein Computer ist, und ein anderes, das ich selbst bin. Es ist mir natürlich auch immer etwas unangenehm, wenn ich hierherkomme. Aber es gehört eben dazu. Es ist ein Teil der Verrichtung. Ich verlasse das Haus, ich fahre hierher, ich habe diesen kurzen Kontakt mit einem Menschen. Ja. Dieser Mensch wird zum Mitwisser. Es ist dabei aber egal, ob es eine Frau oder ein Mann ist oder ob diese Frau oder dieser Mann hübsch und jung oder alt und hässlich ist. Es ist eine soziale Interaktion. Das können Sie komisch finden, aber so ist es. Sie können mich jetzt auch einen Exhibitionisten nennen. Aber Sie müssen zugeben: Es ist eine gemäßigte Form. Ich halte Ihnen schließlich nicht mein Geschlechtsteil hin. Wir teilen lediglich für einen kurzen Moment ein sehr intimes Wissen über mich und diesen kurzen Ausschnitt meines Lebens. Es ist ja nur ein kleines Fragment. Das ist Teil Ihrer Arbeit. Sie sollten sich eine andere Arbeit suchen, wenn Sie damit nicht einverstanden sind.«

Nachdem der IT-Spezialist zu Ende gesprochen hat, blickt er sich selbst streng ins Gesicht. Nach einigen Sekunden erkennt er, kurz oberhalb der Augen, mittig auf seiner Stirn, die noch leicht in Falten liegt, das rote Blinken der Alarmanlage im Innern des Fahrzeugs.

Ich sagte zur Person hinter dem Schreibtisch: »Ich verstehe Sie nicht.«

Denn ich verstand sie nicht.

»Sie müssen doch verstehen«, antwortete die Person, »dass Sie sich das Unglück ins Haus holen, wenn Sie immerfort glauben, *das andere*, was Sie nicht besitzen oder sind, sei das, was Sie eigentlich wollen. In der Vergangenheit haben sich staatstragende Institutionen zu wenig um das Glück der Bevölkerung gesorgt. Wir haben aus den Fehlern dieser Vergangenheit gelernt, das können wir heute schon behaupten.«

»Aber wenn ich nun falsch zugeordnet wurde. Diese ganzen Entscheidungen sind so früh gefallen. Ich meine, wenn es nicht meinen Begabungen entspricht. Oder meinem Charakter, was ich tue. Wenn tief in mir drin ein anderer als der, der ich außen sein muss, hockt und leidet. Wenn der jeden Tag schreit, weil er in Ketten liegt und unterdrückt wird.«

»Ich finde, Sie sollten auf Ihre Wortwahl achtgeben, schließlich leben Sie in einer freien Gesellschaft.«

»Wenn Sie zum Beispiel den Ort sich mal ansehen wollen, an dem ich geboren wurde. Das habe ich bis heute nicht verstanden, aber es hilft einem ja auch keiner beim Verstehen: Wie kann man an einem Ort geboren werden und nichts kennen als diesen Ort, aber schon ganz früh wissen, dass er einem nicht entspricht, dass man nicht dort bleiben will? Es war früher ja nur eine Hoffnung, bevor es zur Gewissheit wurde, dass sich irgendwo auf dieser Welt ein anderer Ort befindet, an dem es einem wohlergehen könnte.«

»Sie reizen mich. Ihnen ist nicht klar, was Sie wirklich bewegt. Sie kommen hier in mein Büro und wollen ein Gesuch stellen, für das es gar kein Formular gibt. Sie tragen Ihr Anliegen vor mit größter Überzeugung und dabei kennen Sie noch nicht mal die Kraftwerke Ihrer Seele beim Namen. Sie sehen, dass irgendwo am Horizont Rauch aufsteigt, aber Sie wissen nicht zu sagen, ob es sich um eine Fabrik handelt oder vielleicht doch nur um ein Kartoffelfeuer. Jetzt stehen Sie hier und sprechen von Ihrem Ort wie von einem Trumpf. Als sei der Ort Ihr braunes Haar, Ihre langen Finger, Ihr Gleichgewichtssinn.«

»Wenn es doch vielleicht so ist? Sie können doch nicht ausschließen, dass es so ist!«

»Ich sage Ihnen, was Ihr Ort ist. Ihr Ort hat sich, nachdem Sie ihn verlassen haben, umgeformt zu einer Pistolenkugel. Und jetzt fliegt er Ihnen hinterher, wohin Sie auch gehen. Einen Hetzer haben Sie sich aus Ihrem Ort gemacht. Sie glauben doch, wenn Sie stehen bleiben, dann schlägt Ihnen die Pistolenkugel in den Hinterkopf ein. Sie fühlen sich bedroht. Eine Ungerechtigkeit, denken Sie sich, aber wenn Sie glauben, dass man sich hier damit befassen wird, auf dem kostbaren Papier unserer Behörden, dann haben Sie sich geirrt. Ihr Gesuch muss abgelehnt werden. Gehen Sie jetzt. Der Tag ist noch lang. Sie machen sich eine Vorstellung von den Dingen, als wären hier überall geballte Fäuste, die stinkend durch die Luft geschwungen werden. Für mich ist das eine Beleidigung, aber ich werde es Ihnen nicht nachtragen. Ich bitte Sie nur, mein Büro jetzt zu verlassen.«

DIE INTELLIGENZ DER PFLANZEN
(NATURTREUE)
ZWEITER TEIL

Arne Heym entnimmt dem Wohnzimmerregal das Buch *Der Wachsblumenstrauß* von Agatha Christie. Es steht dort zusammen mit ein paar anderen Büchern, DVDs, dekorativen Objekten, Bilderrahmen und einem der ersten seriell gefertigten Exemplare der *Cymbalaria muralis magnifique*. Heym hat nicht lange suchen müssen. Ein Blick in dieses Regal erfasst die Dinge darin unmittelbar und *Der Wachsblumenstrauß* hat ihm schon direkt nach seiner Ankunft aus dem Krankenhaus entgegengeleuchtet wie ein Zeichen oder eine Nachricht auf dem Anrufbeantworter.

Zuerst aber hat Heym seine Sporttasche auf das ungemachte Bett im Schlafzimmer gestellt, die Schranktüren standen noch offen, seine Sachen waren von den Rettungssanitätern etwas zerwühlt und in Unordnung gebracht worden. Er hat sich alles angesehen und überlegt, was davon gleich einzupacken wäre für die Fahrt.

Nach Ausstellung seiner Entlassungspapiere (einem Brief an den weiterbehandelnden Arzt, eine Krankschreibung über fünf weitere Werktage für den Arbeitgeber und eine Rechnung für die Selbstbeteiligung an den Krankenhauskosten) war Heym in einem Fahrstuhl ins Erdgeschoss gefahren worden, in eine Art Foyer, das sich offenbar ebenfalls gerade im Umbau befand. Die Wände waren mit undurchsichtiger Folie abgehängt und auf dem Fußboden lagen lange Bahnen aus filzigem Stoff, der mit Klebeband auf den Fliesen festgemacht war und eindeutig einen Weg vorgab, von den Fahrstuhltüren an einem kleinen Schalter mit einer müde wirkenden

Person vorbei zu einer Glastür, durch die Heym dann hindurchtrat auf eine sehr ruhige Straße in einer Gegend, die er noch nie zuvor gesehen hatte. Es schien sich um eine Art Industriepark zu handeln. Direkt vor dem Krankenhaus war ein Bushaltestellenschild aufgestellt worden, an dem auch gleich ein Linienbus vorfuhr und die Türen öffnete.

Heym fragte den Fahrer nach der Richtung und stieg ein.

Der Bus war außen komplett mit einer Werbebotschaft beklebt, sodass man aus den Fenstern nur zwischen den Rasterpunkten der Aufkleber hindurchschauen konnte, was Heym irgendwann zu anstrengend wurde. Er schaute sich im Inneren des Busses um und sah am hinteren Ende einen Mann sitzen, der seinen Mantelkragen in der Hand hielt. Es war nicht genau zu erkennen, aber er schien entweder immer wieder in seinen Kragen hineinzumurmeln oder sich am Stoff den Mund abzuwischen. Wenn der Bus über ein Schlagloch fuhr, fasste sich Heym an den Bauch, weil er glaubte, dass ihm das bestimmt wehtun müsste.

Der Fahrer hielt auf dem Weg zwischen dem Krankenhaus und Heyms Wohnung kein einziges Mal an. Heym brauchte auch keinen Knopf zu drücken oder Bescheid zu sagen. Der Fahrer hielt an der Haltestelle in seiner Straße, die Türen öffneten sich und der Mann, der die Fahrt über in seinen Kragen gemurmelt hatte, stieg ebenfalls aus. Heym sah ihn dann vom Schlafzimmer aus auf dem Bürgersteig stehen, mit einem Handy am Ohr.

Heym schlägt das Buch in seiner Hand an einer beliebigen Stelle auf und liest. Von einem kleinen älteren Herrn mit eiförmigem Schädel, der sich offenbar gerade im Gespräch befindet und den Satz sagt:

»Ich verstehe – Sie hegen den Verdacht, dass Ihr Freund Richard Abernethie ermordet wurde.«

Heym wird etwas unwohl. Er liest weiter:

»Es stimmt, dass Richard Abernethie plötzlich starb, aber ein angesehener Arzt, der ihn gut kannte, behandelte ihn, und dieser Arzt hegte keinen Verdacht, er stellte ohne Weiteres den Totenschein aus.« Heym spürt ganz deutlich die Stelle an seinem Bauch, wo man ihn operiert hat. Es ist kein Schmerz. Vielmehr fühlt es sich wie ein Unterdruck an. Oder ein Fehlen. Ein Loch. Er überlegt, ob das möglich ist, dass man bei einem solchen Eingriff später spüren kann, was einem entnommen wurde. Er klappt das Buch zu, trägt es ins Schlafzimmer und wirft es in die Reisetasche. Er überlegt, was jetzt zu tun ist. Und er spürt, in einem schattigen Winkel seines Bewusstseins, wie er damit die Frage hintangestellt hat, was jetzt zu denken und zu fühlen ist. Auch darauf käme ihm im Moment keine eindeutige Antwort.

Heym ruft auf dem Mobiltelefon seiner Mutter an. Eine Aufnahme ihrer Stimme sagt ihren Geburtsnamen auf, zu dem sie längst zurückgekehrt ist, und bittet darum, eine Nachricht zu hinterlassen. Heym legt auf und überlegt, ob er eine SMS schreiben soll, beschließt aber, es später noch mal zu versuchen. Er packt ein paar Kleider in die Tasche, wirft die Krankenhauswäsche auf das ungemachte Bett, das er sich einige Sekunden noch ansieht, mit dem tief empfundenen Wunsch, sich einfach da hineinzulegen und zu schlafen, bis die Umstände sich sämtlich selbst geklärt hätten, und bricht dann auf, zum Bahnhof.

Auf seinem Weg zur Haltestelle bemerkt Heym, dass der Mann mit dem Mantelkragen inzwischen verschwunden ist. Auf der Straße Richtung Zentrum stauen sich Autos. Der Bus steht an der Haltestelle mit geöffneten Türen. Etwas weiter die Straße hinunter sieht Heym einen Unfall, zwei Fahrzeuge sind scheinbar so ineinandergestoßen, dass sie wirklich die gesamte Fahrbahn blockieren. Zwei Personen, in denen Heym die Fahrzeughalter vermutet, befinden sich in einem lauten Streit.

Arne Heym beschließt, zu Fuß den Weg zum Bahnhof zu gehen. Er hängt sich die Tasche über die Schulter und geht zügig an dem Unfall vorbei und, so schnell er kann, die Straße hinunter in Richtung Zentrum. Er bemerkt seine schlechte Kondition, seine Schlappheit aus den letzten Tagen im Krankenhaus, spürt wieder das Loch in seinem Bauch und wie überall durch ihn hindurch das Blut rauscht. Ihm wird etwas übel und schwindlig, er muss sich einzig aufs Gehen konzentrieren und läuft trotzdem noch ganz unrund, aber ohne Gedanken, ohne aufzuschauen und irgendetwas wahrzunehmen von der Stadt und den Menschen. Er sieht nur Hindernisse und rote oder grüne Fußgängerampeln, Verkehr, die Richtung ist ihm bekannt, auch der kürzeste Weg durch die Einkaufspassagen des Bahnhofs, an den Geschäften und den Imbissbuden aus Edelstahl vorbei zu den Gleisen und den Fahrscheinautomaten. Beim Stehenbleiben wird ihm kurz so übel, dass er fürchtet, sich in einen der vier zur Mülltrennung nebeneinander aufgestellten Abfallbehälter übergeben zu müssen.

Die Geräusche des Bahnhofs gehen über ihn hinweg wie Windstöße auf offenem Feld. Restmüll, denkt Heym, ganz links, als eine dunkel gekleidete Frau an ihn herantritt und ihn bittet, ihren Koffer an sich zu nehmen. Es sei sehr wichtig, sagt sie, sie befinde sich in großer Gefahr,»Nehmen Sie den Koffer und bringen Sie ihn fort.« Heym kauft sich einen Fahrschein und sagt der Frau, dass das jetzt leider nicht gehe,»Das geht jetzt nicht, tut mir leid.« Und er fühlt sich sehr schroff und unhöflich und sagt:

»Aber ich komme in ein paar Tagen wieder zurück.«

Im Zug findet Arne Heym ein zunächst noch unbesetztes Abteil. Er schließt die Schiebetüre hinter sich und verstaut seine Tasche auf der Gepäckablage, setzt sich ans Fenster und meint, die Dinge im Bahnhof und der Bahnhof selbst würden gewaltsam aus ihrer rechtmäßigen Position verschoben, als der Zug sich in Bewegung setzt.

Hinter der Halle blendet die Sonne auf und flutet das Abteil, die ganze Stadt gerät in Bewegung vor seinem Fenster, Heym sieht seit langer Zeit wieder die Gebäude der Bahnhofsstraße von ihrer Rückseite, das breite Nebeneinander der Gleise, Güterwaggons, aufgelassene Bahnhofsgebäude mit eingeschlagenen Fensterscheiben und Männer in leuchtender Funktionskleidung, die mit Müllsäcken zwischen den Schienen umherlaufen. Die Sonne scheint Heym direkt ins Gesicht. Er schließt die Augen und sieht ein flackerndes Gewirr bunter Punkte auf seinen hellrot leuchtenden Lidern. Er lehnt sich zurück, legt den Kopf gegen die Stütze und wird vom Rumpeln des Zuges immer tiefer abgedrängt, bis er sich beim erneuten Öffnen der Augen auf einer riesenhaften Theaterbühne wiederfindet, im gleißend hellen Licht eines Scheinwerfers, hüfthoch von einem Feld aus künstlichen Nutzpflanzen der Aiyana umgeben.

Aus dem Feld steigt ein fauliger Gestank auf, nach Verwahrlosung und Verwesung, die Pflanzen sind in unheimlicher Genauigkeit einem schleimig welken Zustand nachempfunden, ein zuerst in Form und Reihe gebrachtes und dann vergessenes und zurückgelassenes Feld, denkt Heym, das seinen Protest ausdünstet und stinkt, wie ein irr gewordenes Haustier, das beim Anblick sofort die Haustierhaltung als das eigentlich Irre vor Augen führt. Hinter dem Scheinwerferlicht, im schwarzen Dunkel des Zuschauerraums, spürt Heym Hunderte gespannt wartender Gäste. Er hat seinen Text nicht gelernt und das Manuskript nicht dabei. Er hat das Stück noch nicht einmal bis zum Ende gelesen. Er weiß nicht, was als Nächstes kommt. Wer noch auftritt und wie alles ausgeht.

Während draußen die Landschaft an ihm vorüberzieht, überlegt Heym, wann er zuletzt von seinem Vater gehört hat.

Eine Zeitlang schrieb Peter Heym seinem Sohn Briefe, von einem Kuraufenthalt, wie er es nannte. Es ging darin um große Fortschritte und eine Therapeutin, die ihm nahegelegt habe, in Kontakt mit seinem Sohn zu treten. Erst mal schriftlich, um das Eis zu brechen, schrieb der Vater, später könne man sich auch regelmäßig anrufen, an Sonntagen oder am Abend nach der Arbeit, der Therapeutin zufolge gehe es dabei vielmehr um die Regelmäßigkeit als um den jeweiligen Inhalt des Geschriebenen oder Gesagten, und wenn er am Ende schließlich seinen Führerschein zurückbekomme, schrieb der Vater, könne er auch endlich einmal zu Besuch kommen. Heym hatte bei jedem neuen Brief versucht, aus dem Schriftbild des Vaters etwas mehr Information herauszulesen, ein wenig mehr nur, als in den Sätzen enthalten war, wo es hauptsächlich um Bastelarbeiten ging, den Park, das Wetter und das Essen. Er fand, dass die Schrift aussah wie von einem Schüler. Man sah, dass da einer einen Brief schrieb, der sonst nur Notizen machte. Die Zeilen kippten ab, die Hand verlor zum Ende hin die Kraft oder die Lust, die Großbuchstaben wurden immer größer und der Rest immer flacher. Heym hatte damals schon beim Lesen das Gefühl einer gehörigen Verspätung gehabt. Gar nicht so sehr einer verspäteten Auseinandersetzung des Vaters mit dem Sohn, sondern generell der langsam hervorgesuchten Vatergedanken, die dann mühsam aufgeschrieben wurden über Tage und noch länger brauchten, bis sie bei Heym ankamen, der sich dann fragen musste, ob ihr Inhalt nicht längst schon der Vergangenheit und dem Vergessen gehörte.

Heym versucht nochmals seine Mutter anzurufen. Er hinterlässt eine Nachricht, spricht in das leere Abteil hinein die Bitte, ihn so bald wie möglich zurückzurufen. Dann holt er aus seiner Reisetasche den *Wachsblumenstrauß* hervor und legt ihn neben sich auf den freien Sitz. Hinten auf dem Buch steht über den Inhalt (oder die Autorin, Heym ist sich da nicht ganz sicher) der Satz: »Spitzenklasse in Spannung und Niveau« – immerhin, denkt Heym, und dass er die Vaterbriefe aus seiner Wohnung hätte mitnehmen sollen, um sie hier auf der Fahrt in den Ort zu lesen und vielleicht doch noch etwas darin zu finden, was ihm vorher verborgen geblieben war. Aber wahrscheinlich gäbe es eh nichts Neues daran zu entdecken, denkt Heym, die Verspätung wäre jetzt ja überdeutlich endgültig, ein Nachhall, ein Licht in der Nacht, von dem anzunehmen ist, dass es von einem längst verglühten Stern in unendlicher Entfernung ausgesandt wurde in grauer Vorzeit, das darf doch nicht wahr sein, denkt Heym, so bin ich doch nicht, dass ich so denke. Oder zumindest will ich so nicht sein. In einem Garten, an dem der Zug langsam vorbeirollt, wirft jemand Laub und Papierfetzen in ein Feuer. Die aschenen Reste werden von der Hitze hochgewirbelt und schweben um die Person herum in der Luft.

»Was gibt es da zu vernichten?«, fragt Heyms Stimme in seinem Kopf.

Er muss lächeln und fragt sich, ob das jetzt in Ordnung ist, lächelnd in diesem Zug zu sitzen in seiner Situation.

Heym liest die ersten Seiten im *Wachsblumenstrauß* und langsam fällt ihm alles wieder ein: Der Ermittler Poirot, mit dem eiförmigen Schädel, wird herbeigerufen, um einen Mordfall aufzuklären. Zuerst stirbt ein altes Familienoberhaupt und unmittelbar danach wird dessen Schwester mit einem Beil erschlagen. Die Erben des ersten Toten werden alle sehr nervös, weil man sie sämtlich in den Verdächtigenkreis mit einbezieht. Am Ende war es dann aber die Haushälterin der Schwester, die in deren Haus ein teures Bild an der Wand entdeckt hat (»einen echten Vermeer«), das ihr mitsamt der Einrichtung als Nachlass zugefallen wäre. Sie übermalte das Originalbild mit einem Postkartenmotiv im Stil der Bilder der Schwester des Verstorbenen, die selbst viele solcher Postkartenbilder »nach der Natur«, wie es heißt, gemalt hatte, um es zu verstecken. Dann fuhr sie, verkleidet als ihre Arbeitgeberin, also als die Schwester des Verstorbenen Familienoberhaupts Richard Abernethie, zu dessen Testamentseröffnung, um den Verdacht zu streuen, er sei aus

Habgier heimtückisch ermordet worden. Und um in der Verkleidung der Schwester so zu tun, als habe sie Informationen, die zur Aufklärung des Mordes führen würden. Die Schwester hatte lange Zeit abgeschieden von den Verwandten gelebt, weshalb niemand ein klares Bild davon hatte, wie sie eigentlich aussah (und weshalb offenbar auch die Nachricht vom Tod des Bruders leicht von der Haushälterin abgefangen werden konnte).

Nach ihrem Auftritt in der Verkleidung der Schwester des Verstorbenen erschlägt die Haushälterin ihre Arbeitgeberin mit einem Beil. Es soll so aussehen, als habe ein Erbe Richard Abernethies versucht, sie zum Schweigen zu bringen.

Am Ende verrät sie sich aber dadurch, dass sie unverkleidet einen Wachsblumenstrauß wiedererkennt, der nur bei der Testamentseröffnung auf dem Tisch gestanden hatte. Außerdem war da noch etwas mit den Gesten der Schwester, die sie falsch einstudiert hatte, zu Hause vor dem Spiegel, seitenverkehrt, aber daran kann Heym sich nicht mehr richtig erinnern. Er ist eh schon stolz, so viel von der Handlung rekonstruieren zu können, verliert darüber aber völlig die Lust, das Buch noch einmal zu lesen.

Er schaut eine Weile aus dem Fenster, wo erst ein kleines Kartoffelfeld erscheint und dann ein Laubwald, aus dem honigfarbene Blätter vom Wind abgepflückt und davongetragen werden.

Nach Halt in einem Kleinstadtbahnhof auf halbem Weg öffnet eine schwarz gekleidete Frau die Abteiltür und fragt Heym, ob sie sich zu ihm setzen dürfe. Er sagt: »Natürlich, gern«, und bemerkt, dass das auch wirklich stimmt, dass er jetzt gern jemanden bei sich sitzen hätte, auch wenn gerade kein Bedürfnis nach Unterhaltung in ihm vorhanden ist.

Die Frau trägt eine Mappe bei sich, ein relativ großes Format, grau, mit einer Paketschnur zugebunden. Heym fragt die Frau, was sie da habe in der Mappe, und die Frau sagt: »Ein Geheimnis«, mit einem so vieldeutigen Blick, dass Heym sofort sehr misstrauisch wird. Er schaut aus dem Fenster, der Zug rollt aus der Kleinstadt heraus, wieder über offenes Land.

Heym denkt:

»Sie sitzen sich eine Weile schweigend gegenüber.«

Dann hört er die Frau seufzen auf eine Art, die ihm wohl Gesprächsbereitschaft suggerieren soll, verweigert aber die Ansprache, wartet, bis sie selbst die Initiative ergreift und ihn fragt:

»Geht es Ihnen gut? Sie schauen nicht so besonders gut aus.«

Heym sagt: »Ich weiß ehrlich gesagt nicht, ob Sie nicht eh schon Bescheid wissen, aber mein Vater ist gestorben.«

»Ein enges Verhältnis?«

»Nicht besonders eng, nein.«

»Und Ihre Mutter?«

»Ich habe versucht, sie zu erreichen, aber sie geht nicht ans Telefon. Ich kann gar nicht sagen, ob sie sich überhaupt dafür interessiert.«

Heym ist sich unschlüssig, ob er vielleicht die Frau ihm gegenüber durch seine Überweisung an die Agentur Lateralis dafür bezahlt hat, ihm diese Fragen zu stellen und sich seine Antworten anzuhören, ist aber auch egal eigentlich, denkt er sich, gibt den inneren Widerstand auf und erzählt der Frau vom verkorksten Verhältnis seiner Eltern, eine sehr einfache Geschichte, eine Abfolge pragmatischer Entscheidungen, Abwarten und Aussitzen, eine Art pflichtschuldiges Nachturnen der großen Choreografie habe zu seiner Entstehung geführt.

»Da war aber nicht mehr viel übrig, schon damals nicht«, sagt er, »dann sind wir alle unserer Wege gegangen, meine Mutter pflegt alte Menschen in einer kleinen Stadt im Norden, ich denke, sie konnte viel noch nachholen und plant ihr Leben ausschließlich für sich selbst. Ihr ist kein Vorwurf zu machen. Das ist sicherlich eine gute Sache«, sagt Heym zu der Frau ihm gegenüber, »wenn man sich nicht umschaut.«

Und plötzlich fühlt es sich für Heym so an, als wäre diese Zugfahrt nichts anderes als der niemals erfolgte Blick zurück, der sich langsam durch die Zeit gräbt. In die Tiefe. Weg vom Licht. Selbst den Herbst vor den Fenstern könnte man als Zeichen dafür ansehen, das Welken und den Rückzug des Lebens, aber darum geht es doch nicht im Herbst, denkt er, dafür haben wir doch den Umlauf um die Sonne, damit alles weitergeht. Heym spürt Hitze in sich aufsteigen und ein Pochen dort, wo man ihn vor Kurzem aufgeschnitten hat.

»Und Sie sind aber mit Ihrem Leben zufrieden?«

»Das kann ich nicht sagen.«

»Ich müsste mal aufs Klo. Könnten Sie vielleicht auf meine Mappe aufpassen?«

»Natürlich.«

Heym ist weder sonderlich überrascht noch enttäuscht oder wütend, als er sieht, wie die schwarz gekleidete Frau etwa fünfzehn Minuten später am nächsten Kleinstadtbahnhof den Zug verlässt und dort von zwei Männern in Empfang genommen wird, von denen einer ihr einen Mantel um die Schultern legt, als käme sie gerade nach einem Kampf aus dem Boxring oder von einer Konzertbühne oder nach einer Preisverleihung aus dem Hintereingang eines Theaters.

Er sieht die restliche Fahrt immer wieder zu der grauen Mappe hinüber, auf der sich Lichtreflexe und Baumschatten aus dem Fenster abwechseln und die ihm gegenübersitzt wie eine Gefährtin. Das ist dann so, denkt Heym, dann habe ich dich jetzt dabei.

Von den Gleisen am einzigen Bahnsteig des Ortes geht Heym mit seiner Reisetasche und der grauen Mappe unterm Arm in die kleine Schalterhalle des Bahnhofsgebäudes. Der Kartenschalter ist geschlossen, daneben steht ein Fahrscheinautomat. Zur Bahnhofsstraße hin, wo Heym Autoreifen übers Kopfsteinpflaster rappeln hört, befinden sich Fenster und eine alte Flügeltür aus Holz. Einer der beiden Flügel steht offen und ist mit einem Keil festgeklemmt. Das Licht des Abends über dem Ort fällt aus dieser Richtung in die Halle und wird vom gefliesten Fußboden reflektiert. Hinter ihm, über den Gleisen und dem angrenzenden Industriegebiet, wird es langsam schon etwas dämmrig.

Dem Kartenschalter gegenüber liegt der Eingang zur Bahnhofsgaststätte. Auf dem beleuchteten Schild über der Tür, das von einer örtlichen Brauerei gesponsert wurde, steht: »Trinkhalle«.

Heym öffnet die Trinkhallentür und betritt den Gastraum dahinter. Auf der linken Seite sieht er eine Bar, hinter der ein dicker Mann mit Vollbart Weizengläser poliert. Er hat eine spezielle Technik, um auch an die Stellen heranzukommen, für die seine Hände zu breit sind. Auf einem Hocker an der Bar sitzt ein weiterer Mann mit einem Bierglas vor sich und an einem der fünf Tische im Raum sitzt ein auf Heym außerordentlich jung wirkender Mann, der eine Brille trägt, unter einer sehr hohen Stirn, und über eine Zeitung gebeugt ist. Der junge Mann löst offenbar gerade Querdenkerrätsel. Er schaut immer wieder von seiner Zeitung auf und spricht die Rätselfragen laut aus. Als Heym den Raum betritt, schaut er an ihm vorbei, gegen die Wand oder an den Ort der Antworten, und sagt:

»Auf ihr fußt meist Wanderfrust. Das ist einfach.«

Heym sieht, wie er ein Lösungswort in die entsprechende Spalte einträgt. Dann hört er ihn vorlesen:

»Ein Zug mit ihr, ein Trug für zwei, und doch: Wer ihre Qualitäten kennt, bewahrt sie.«

Heym sieht eine Reihe von Pokalen auf einem sehr nah unter die Decke montierten Brett aufgereiht. Er kann nicht erkennen, für welche Leistungen sie überreicht wurden. In einer der Ecken des Raumes steht eine Jukebox, die Fenster sind mit nikotingelben Gardinen verhangen und mit staubigen Topfpflanzen zugestellt. Neben der Bar gibt es noch eine Tür, die direkt nach draußen auf die Bahnhofsstraße führt, daneben lehnt eine eingeklappte Stehleiter an der Wand.

Der junge Mann liest: »Erhebend für den Kälteschutz der Kleinsten, wenn sein Dienstliches gelingt. Was soll das denn sein?«

An den Wänden hängen ein paar Luftaufnahmen des Bahnhofs und Schwarz-Weiß-Fotografien des Ortes aus der Zeit vor dem Krieg. Dazwischen gerahmte Spielkarten, besonders seltene Kombinationen, die jemand vielleicht direkt auf die Hand ausgeteilt bekam und damit sofort das Spiel gewann. Ein trüb aussehender Fernseher ist in einer der Ecken auf einer Wandhalterung festgebunden mit einem Gurt, darunter steht ein ausgestopfter Marder auf einem Aststück und faucht lautlos in den Raum.

Arne Heym steht in der Trinkhalle und erinnert sich an die lange Liste der Rollen- und Brettspiele, die ihm Herr Leonhard bei seinem Beratungsgespräch vorgelesen hat. Er erinnert sich an die Karte mit der Notrufnummer in seiner Jackentasche, zählt alle Dinge, die er bei sich hat, auf, wie ein Inventar, und überdenkt die Kombinationsmöglichkeiten mit den Dingen und Personen im Raum. Die Visitenkarte der Lateralis in seiner Jackentasche, sein Reisegepäck, die Mappe unter seinem Arm, das Kleingeld in seiner Hosentasche, er schaut die Leute und Dinge im Raum an und spürt, dass sich hier nichts ändern wird, bevor er sich nicht zu einer Handlung entschließt. Bevor er nicht aus den möglichen Varianten die richtige auswählt und ausführt.

Die ganze Szene in der Trinkhalle scheint Heym in einer Endlosschleife abzulaufen. Irgendwann, glaubt er, wird es für eine kurze Sekunde, für einen kaum merklichen Moment, einen Sprung geben oder ein Holpern, an der Nahtstelle zwischen dem Ende der Schleife und ihrem Anfang. Der junge Mann mit der Brille schaut von seiner Zeitung auf und sagt:

»Bewehrt mit allerhand Gerät, auch allen Schichten eng vertraut, sind diese Affen doch nur Urwaldgäste.«

Seit er nach seinem Studium die Anstellung bei der Aiyana GmbH gefunden hat, fühlt sich Arne Heym der Anforderung, in diesen Ort zurückzukommen und hier Gespräche mit seinen Bewohnern zu führen, gewachsen. Sein Beruf eignet sich sehr gut, um fremden Personen davon zu erzählen. Es handelt sich um ein großes, multinational operierendes Unternehmen, Heym ist darin in guter Position, er stellt etwas her, was alle kennen, er vergleicht seine Arbeit mit der eines Ingenieurs in einem Automobilkonzern. Er vermeidet die Selbstbezeichnung »Fleurateur«, um sich nicht künstlich abzuspalten und um nicht mehr erklären zu müssen, als an seinem Arbeitsplatz tatsächlich geschieht. Er muss niemanden in die Mechanik einer völlig fremden Welt einweihen, er gehört keiner Elite an und denkt über sich, die Welt und seine Arbeit darin auf eine einfache, jedem Außenstehenden leicht verständliche Weise. Ich neige auch nicht dazu, meine Arbeit metaphorisch zu überhöhen, denkt Heym nochmals in der Trinkhalle im Bahnhofsgebäude. Zumindest nicht, solange ich der bin, als den ich mich selbst auch kenne.

»Beim Losgehen passiert es immer und manchmal – und manchmal auch beim Stillstehen und zusehen«, liest der am Tisch sitzende junge Mann vor und kratzt sich an seiner hohen Stirn. Heym dreht sich um und verlässt den Gastraum.

Die beiden Männer sieht Heym schon durch die Fenster der Schalterhalle. Sie stehen auf der anderen Straßenseite und schauen zum Bahnhof herüber. Heym tritt durch die Eingangstür, ein paar Autos fahren vorbei, die Männer schauen in Heyms Richtung und Heym schaut zurück, nickt ihnen kurz zu. Er bleibt stehen, weil er wirklich nicht weiß, wie er sich jetzt verhalten soll, was als Nächstes zu tun ist von all den Dingen, die zu tun er schließlich in den Ort gekommen ist. Er dreht sich noch mal zum Bahnhof um und sieht, neben der Eingangstür auf die Bahnhofswand gesprüht, nicht sehr groß, auf der linken Seite unter einem der Fenster, den Satz:

»Was folgt bestimmt die innere Einstellung«.

Heym wendet sich den beiden Männern zu, die ihn ansehen und unbewegt auf dem Gehsteig gegenüber stehen bleiben. Dann räuspert er sich, um seine Stimme zu testen, und ruft über den wenigen Verkehr auf die andere Seite:

»Das kann man aber auf zwei verschiedene Arten lesen. Also einmal kann das heißen: Das, was als Nächstes kommt, wird dadurch bestimmt, wie man innerlich eingestellt ist. Aber es bedeutet auch gleichzeitig: Das, was man in sich hat als Einstellung, ist immer abhängig von dem, was folgt, also von der Zukunft. Eindeutig ist das nicht!«

Nachdem Heym fertig gesprochen oder fertig gerufen hat, hebt einer der beiden Männer seinen rechten Arm langsam in die Höhe. Ein Taxi hält an, die beiden steigen ein und fahren davon.

Heym dreht sich noch einmal zu dem Schriftzug um und überlegt, ob er das jetzt tröstlich finden soll oder nicht, kann sich aber nicht entscheiden. Er geht, mit seiner Reisetasche über der Schulter und der grauen Mappe unter dem Arm, die Bahnhofsstraße hinab in Richtung Zentrum, wo in einem historischen Altstadtkern ein paar Gaststätten Fremdenzimmer anbieten.

Der Abend sinkt in den Abendfarben herab und Heym geht, in einer seinem aktuellen Gesundheitszustand angemessenen Geschwindigkeit, die Straße hinunter, an zwei- bis dreistöckigen Wohnhäusern vorbei, manchmal ist ein Bungalow darunter oder eine moderne Stadtvilla mit glänzenden Geländesportwagen in der Einfahrt.

Kurz vor dem Kreisverkehr, von dem eine der Straßen leicht ansteigt und in den Altstadtbereich führt, steht das Gebäude der regionalen Polizeiinspektion. Heym läuft an Fenstern vorüber, in denen bereits Licht brennt, und sieht Männer in Uniform entweder an einem Schreibtisch vor einem Computerbildschirm sitzen oder an einer Art Tresen lehnen und sich unterhalten. Da sieht eigentlich alles noch ganz normal aus, denkt er sich. Auch dass er beim Anblick der Uniformierten sofort nervös wird, fasst er als ein Zeichen der Normalität auf. Weil es ihm beim Anblick von Polizisten oder beim Gedanken an eine bevorstehende Interaktion mit ihnen immer schon so gegangen ist. Weil er da immer schon das Gefühl hatte, an etwas beteiligt zu sein, von dem nur eine Seite sicher über die Regeln Bescheid weiß und man sich deshalb nicht auf seine Erfahrung im Umgang mit Menschen verlassen kann. Das ist ja wahrscheinlich der Sinn der Uniform, denkt Heym, dass man gleich deutlich sehen kann, dass man es mit Vertretern einer anderen Ordnung zu tun hat und sich mit seiner eigenen Ordnung unterordnet. Heym spürt wieder sehr deutlich das Loch in seinem Bauch und den Hohlraum dahinter. Ich habe aber auch noch überhaupt nichts gegessen heute, denkt er sich, und dass er erst mal einen Ort zum Schlafen finden und etwas zu sich nehmen muss, bevor er sich mit den Polizisten, den Gesetzen und dem, was sie zu besprechen und zu verhandeln haben, auseinandersetzen kann.

Arne Heym findet ein Zimmer in der Pension *Zum Lachenden Mann*, ein altes Bauernbett unter einer Dachschräge, ein Waschbecken mit Spiegel an der Zimmerwand, ein separiertes Klo mit winziger Duschkabine. Er isst an einem massiven Holztisch in der Gaststätte im Erdgeschoss eine Portion Käsespätzle mit Röstzwiebeln und Krautsalat und trinkt dazu ein Hefeweizen, froh über die Tatsache, dass es ihm schmeckt und sein Appetit mit voller Kraft zurückgekehrt ist. Heym schaut beim Essen immer wieder durch die Fenster der Gaststätte nach draußen, wo es langsam dunkel wird in den Straßen, ob dort verdächtige Bewegungen zu beobachten sind.

Langsam überkommt ihn ein Gefühl von unendlicher Zeit. Alle Aufgaben, alles, was je noch von ihm zu tun ist in der Zukunft, liegt in endloser Weite vor ihm, wie von den Bewegungen urzeitlicher Ozeane abgeschliffene Gesteinsbrocken in einer Wüste, über die Tage und Wochen hinweggehen können, ohne eine Spur in der Landschaft zu hinterlassen, unabmessbare Distanzen, in einem Leben ist kaum genug Kondition, denkt Heym, für diese Strecken überallhin, vor allem dann, wenn man auch ständig wieder zurückmuss.

In seinem Zimmer öffnet Arne Heym die graue Mappe der schwarz gekleideten Frau aus dem Zug. Er löst die Paketschnur, klappt die eingeschlagenen Mappenflügel auseinander und findet im Innern einen Stapel Aquarellmalereien, die er sich langsam eine nach der anderen ansieht. Die Bilder zeigen Motive aus dem Vaterort, das fällt Heym sofort auf. Auch der Bahnhof ist darunter, aus einer erhöhten Position, wahrscheinlich aus einem Fenster im oberen Stockwerk oder vom Dach eines der Häuser in der Bahnhofsstraße gemalt. Auch die anderen Bilder zeigen Straßenszenen, meistens ohne Menschen, hin und wieder ein Passant, mit ein paar Pinselstrichen angedeutet, auf dem Bürgersteig vor einem Gebäude. Das Seltsame an den Bildern fällt ihm ebenfalls sofort auf, aber es dauert eine Weile, in der Heym den Stapel zwei Mal vollständig durchsieht, bis ihm aufgeht, worin genau die Seltsamkeit besteht.

Schließlich entdeckt er in jeder Abbildung des Ortes einen Fehler. Beim ersten Durchsehen hatte er wahrscheinlich unbewusst registriert, dass da etwas nicht ganz richtig war, und es als ungenaue Arbeit abgetan. Jetzt erkennt Heym aber beim genauen Hinsehen, dass auf allen Bildern, in den Straßen des Ortes, Gebäude, Baumreihen oder im Fall des Bahnhofs ein Brunnen auf dem Vorplatz aufgemalt waren, die sich dort definitiv nicht mehr befinden. Anstelle eines Einkaufszentrums sieht Heym auf einem der Bilder ein Theater mit Säulenportal und am Marktplatz im Ortskern sieht er hölzerne Buden dort aufgestellt, wo sich eigentlich die überdachten Eingänge in die Tiefgarage und eine Bushaltestelle befinden. Er sieht einen unbekannten Kirchturm hinter Hausdächern hervorragen und in mehreren Fällen Aufschriften ihm unbekannter Gewerbe auf den Häusern oder auch das Fehlen der bekannten Schilder und Leuchtreklamen. Heym bemerkt: Dies sind Bilder von dem Ort, wie es ihn einmal gegeben hat. Vor der Zerstörung durch den Krieg oder dem Umbau durch seine Bewohner. Heym glaubt nicht, dass er es hier mit sehr alten Malereien zu tun hat. Und doch gibt es nur zwei Möglichkeiten: Die Bilder müssen entweder vor sehr langer Zeit gemalt worden sein oder aber sehr alten Bildern des Ortes nachempfunden. Jedenfalls könnte sich heute, denkt Heym beim Ansehen der Ansichten der Stadt, niemand einfach in den Ort stellen und diese Bilder malen. Auch nicht aus dem Gedächtnis, denkt er, diese Dinge sind ja vollständig aus dem Ort verschwunden. Niemand kann so etwas aus seiner Erinnerung malen. Dafür braucht man doch die Bilder.

Heym geht auf beinah mechanische Art zu seiner Reisetasche und holt noch einmal den *Wachsblumenstrauß* daraus hervor. Er schlägt das Buch auf den letzten Seiten auf, wo der Ermittler Poirot vor der gespannt lauschenden Erbengemeinschaft den Fall in einem langen Monolog mit klug hinausgezögerter Pointe auflöst. Heym liest:

»Sie wollen doch nicht behaupten, dass ich einen Mord begehen würde, um eine Amethystbrosche und ein paar wertlose Skizzen zu erben?«

»Nein«, antwortete Poirot, »aber für etwas mehr als das. Eine dieser Skizzen, Miss Gilchrist, die, die den Hafen von Polflexan darstellt, wurde, wie Mrs. Banks klugerweise feststellte, nach einer Ansichtskarte kopiert, die den alten Quai vor dem Krieg zeigt. Aber Miss Lansquenet malte immer nach der Natur. Mir fiel dann ein, dass mir Mr. Entwhistle erzählt hatte, es habe nach Ölfarbe gerochen, als er das erste Mal in ihr Haus kam. Sie können doch malen, nicht wahr, Miss Gilchrist? Ihr Vater war Maler, und Sie verstehen viel von Malerei.«

Heym spürt seine Beine weich werden und einen aus der Vergangenheit schon wohlbekannten Reflex. Die Überforderung, die das Verarbeiten all der Informationen aus der letzten Zeit für ihn bedeutet, wird direkt in Müdigkeit umgewandelt. Er versucht sich selbst zur Konzentration anzuhalten, stößt beim Nachdenken aber sehr schnell gegen die Wände der letzten Zeit. Das Schwertlilien-Wandtattoo aus dem Krankenhaus steht dann zwischen ihm und einem weiterführenden Gedanken, er dreht sich ab und steht vor der Fensterfront im Büro von Herrn Leonhard, vor der Außenwand des Bahnhofsgebäudes, der Wand auf dem Flur der Aiyana, mit der Canephora-Pflanze und dem Kaffeeautomaten. Heym bemerkt, wie sein Gehirn die Fluchtbewegung ins Unterbewusste einleitet, wie sein allseits von diesen Wänden umstandener Kopf die Bodenklappe zum Kellerabgang als einzigen Ausweg aufreißen möchte. Er wehrt sich aber noch, ich kann mich nicht einfach so überlassen, denkt er sich, noch bin ich hier der Kapitän.

Heym holt sein Mobiltelefon und die Notfallnummer der Lateralis hervor. Er tippt die Nummer ein und wird fast unmittelbar zu einer freundlichen Frauenstimme durchgestellt, die den Namen der Agentur nennt und sich erkundigt, wie sie behilflich sein kann. Heym spricht seinen Namen laut aus und sagt:

»Ich möchte, dass Sie mein Programm stoppen. Oder vielleicht können Sie es aussetzen, bis ich zurück bin. Mir ist das alles hier eh schon zu viel, Sie können sich das doch bestimmt denken, ich konnte mit alldem ja nicht rechnen, jetzt weiß ich nicht mehr, ich würde, also ich bitte Sie, dass Sie etwas unternehmen, die Zeit ist jetzt wirklich nicht mehr so günstig, wie sie vorher noch war.«

Die Frau am anderen Ende ist sehr freundlich zu Arne Heym, ihre Stimme beruhigt ihn unmittelbar. Sie sagt, sein Antrag werde umgehend bearbeitet. Er müsse sich aber darauf einstellen, dass ein rollender Stein nicht sofort gebremst werden könne, es handle sich ja um ein umfassend angelegtes Programm mit vielen Beteiligten. Auch sei ihm nicht dazu zu raten, sich allzu schnell in die Sicherheit seines Alltags zurückzuziehen, der Reiz des Spiels liege ja schließlich in der Gefahr. Seine Kritik werde in den weiteren Spielverlauf eingearbeitet.

»Wir raten unseren Kunden an dieser Stelle immer, nicht zu häufig in den Verlauf einzugreifen. Denken Sie daran: Nichts, was Sie kontrollieren, wird Sie jemals überraschen.«

Heym bedankt sich bei der Frau, legt auf und sieht auf dem Display des Mobiltelefons eine eingegangene Kurzmitteilung. Er öffnet das entsprechende Fenster. Unter der Nummer seiner Mutter steht die Frage:»Was gibt's?«

Heym überlegt kurz, ob er eine Möglichkeit sieht, innerhalb der Grenzen einer Kurznachricht auf die Frage seiner Mutter zu antworten. In seinem Kopf, so kommt es ihm vor, werden nacheinander einige Haartrockner in Betrieb genommen, ein Chor aus einem einzigen, durchgängigen Ton, ein heißes Blasen und Pusten, Heym legt sich, mit dem Mobiltelefon in der Hand, aufs Bett, schläft ein und träumt von einem Imbissstand, an dem ein wuchtiger Mann seinen linken Arm immer wieder auf einen heißen Grill drückt und dann das frisch gebratene Fleisch mit einem Dönermesser in Brothälften hineinschneidet. Der Imbissstand hat großen Zulauf und Heym denkt noch im Traum: Solange der wuchtige Mann zufrieden aussieht, wird alles in Ordnung sein.

Am nächsten Morgen wacht Arne Heym auf seinem Pensionsbett in voller Bekleidung auf. Er schaut sich um und sieht eine kleine Verwüstung: Die Nachttischlampe liegt auf dem Fußboden mit weggerutschtem Schirm, ein paar seiner Sachen sind über den Teppich verstreut, dazwischen liegen ein Kopfkissen aus dem Bett und ein einzelner Schuh, der Heym am rechten Fuß fehlt. Im ersten Moment denkt er, in ein von hastig suchenden Einbrechern durcheinandergebrachtes Zimmer zu blicken, an die passenden Filmszenen dazu. Mit vollständig aufgetauchtem Bewusstsein findet er dann allerdings, dass das wohl Unsinn ist, das war ich schon selbst, sagt er sich und steht auf, duscht sich ausgiebig und geht, ohne Umwege und ohne Frühstück, zur Polizeiinspektion an der Bahnhofsstraße, wo er sich vorstellt mit seinem Namen und seinem Anliegen, man hat mich angerufen, sagt er, ich weiß nicht, was ich zu tun habe, aber ich bin jetzt hier.

Heym wird gebeten, einen Fragebogen zur Erfassung seiner Person auszufüllen, und spricht danach mit einem Polizeibeamten, der ihm sehr nüchtern die folgenden Fakten auseinandersetzt:

Der Vater sei, »in der Nacht zum Sonntag«, wie der Beamte sagt, beim Versuch, die Autobahn stadtauswärts zu Fuß zu überqueren, von einem Pkw erfasst worden. Nach dem Fahrer werde gefahndet, sagt der Beamte, allerdings mit wenig Aussicht auf Erfolg, da weder Kennzeichen noch Marke des Fahrzeugs bekannt seien. Von einem nachkommenden Kraftfahrer, der schließlich die Polizei gerufen habe, sei nur die Information weitergegeben worden, dass es sich bei dem Pkw um eine schwarze Limousine gehandelt habe (der Beamte macht beim Sprechen um die Worte »schwarze Limousine« Anführungszeichen mit seinen Fingern, als glaube er nicht daran, dass so ein Ding tatsächlich existiert).

Die Identifikation des Unfallopfers sei bereits zweifelsfrei erfolgt und man rate in diesen Fällen nahestehenden Personen und Angehörigen von einer nochmaligen Besichtigung des stark versehrten Leichnams ab, zumal nun auch schon ein paar Tage ins Land gegangen seien, verbieten könne man es ihm freilich nicht, es handle sich hierbei um eine unverbindliche Empfehlung, basierend nicht zuletzt auf dem Ungleichverhältnis der Erfahrung in diesen Fragen, das zwischen Angehörigen und Beamten zweifellos herrsche.

Man habe sich seitens der Polizei in diesem Fall über die Ausweispapiere des Unfallopfers alle nötigen Informationen verschafft, Kontakt zum Vermieter aufgenommen und eine routinemäßige Untersuchung der Wohnung des Verstorbenen durchgeführt. Der Wohnungsschlüssel befinde sich noch auf der Polizeiinspektion, man könne Heym eine Begehung der Wohnräume anbieten, die

Frage nach dem Verbleib der Möbel und persönlichen Gegenstände müsse möglichst zeitnah mit dem Vermieter geklärt werden, der sicherlich in den nächsten Tagen den entsprechenden Auftrag an eine Entrümpelungsfirma erteilen werde. Der Beamte sagt zu Heym: »Ich weiß nicht, wie gut Sie sich auskennen im Ort, es gibt hier ein traditionsreiches Bestattungsunternehmen, das einen einwandfreien Ruf genießt. Ich empfehle Ihnen, sich für alle weiteren Fragen dorthin zu wenden.«

»Ich würde gern die Wohnung sehen«, sagt Heym, der bemerkt, dass er sich den Empfehlungen und der Erfahrung des Polizeibeamten gern ganz überlassen möchte, nicht nur in diesem Fall. Der Beamte nickt und sagt:

»Ich bringe Sie hin. Wenn Sie draußen an der Straße warten möchten. Ich besorge uns den Schlüssel und hole Sie ab.«

Arne Heym dreht sich um, geht durch die Eingangstür und nimmt dabei aus dem Augenwinkel in einer der Ecken des Empfangsraumes, neben einigen Stuhlreihen in einer Art Wartebereich, ein Exemplar des von der Aiyana GmbH gefertigten Gummibaumes *Ficus aiyanicus* wahr, den er trotz seines makellosen Designs unter tausend echten sofort erkennen würde, wie einen Verwandten in einer Menschenmenge.

»Was machst du denn hier?«, fragt er in Gedanken beim Durchschreiten der Eingangstür, und ob er wohl angehalten ist, das als Nachricht für sich auszudeuten.

Auf der Straße tritt er in einen sehr hellen Schein, den die Herbstsonne über dem Ort ausgebreitet hat. Er bleibt auf dem Bürgersteig stehen und schaut in beide Richtungen die Bahnhofsstraße hinunter, auf der kein Verkehr zu sehen ist. Er schirmt seine Augen ab gegen die Reflexionen der Sonne auf den parkenden Fahrzeugen und bemerkt dabei zwei Personen, die in einem am Straßenrand geparkten Kleinwagen sitzen und ihn durch die Windschutzscheibe beobachten.

Heym nickt ihnen zu, die Personen schauen sich kurz an und steigen dann beide aus dem Kleinwagen aus. Sie gehen auf Heym zu, ein Mann in einer gefütterten Lederjacke und eine Frau, die einen graugrünen Wollmantel trägt. Die beiden reichen Heym jeweils ihre Hand zum Gruß. Der Mann in der Lederjacke stellt sich als Herr Kluck vor und seine Begleiterin als Frau Schultheiß.

»Wir führen hier im Ort Ermittlungen durch«, sagt Frau Schultheiß zu Heym, »es handelt sich um einen Fall von überregionaler Bedeutung.«

Der Mann, der sich als Herr Kluck vorgestellt hat, fügt hinzu: »Ich sage es Ihnen besser gleich direkt: Wir können nicht ausschließen, dass Ihr Vater in den Fall verwickelt war. Unser Verdächtigenkreis erstreckt sich außerdem auch über seine nächsten Verwandten.«

»Ich finde das sehr geschmacklos«, sagt Heym, »ich habe bereits darum gebeten, das Programm abzubrechen.«

Aus der Einfahrt der Polizeiinspektion rollt ein Streifenwagen hervor. Heym, Herr Kluck und Frau Schultheiß schauen dem Beamten dabei zu, wie er sehr langsam zwischen zwei geparkten Autos hindurchfährt.

Frau Schultheiß reicht Heym nochmals ihre Hand und sagt: »Sie müssen jetzt noch keine Aussagen machen, die Sie später belasten könnten. Aber wir würden uns gern einmal in Ruhe mit Ihnen unterhalten.«

Als der Beamte das Fahrerfenster des Streifenwagens herunterlässt und Heym zu sich heranwinkt, wenden sich die beiden Ermittler ab und gehen zurück zu ihrem Kleinwagen.

»Sie müssen leider hinten einsteigen«, sagt der Beamte, als Heym den Wagen erreicht, »die Vorschrift will es so.«

Heym setzt sich hinter ein Trenngitter zwischen den Vordersitzen und der Rückbank, der Beamte fährt los und an den Ermittlern vorbei. Heym fragt den Beamten durch die Gitter hindurch:

»Sagen Sie, kennen Sie diese Leute? Sie behaupten, hier im Ort Ermittlungen nachzugehen.«

Der Beamte schaut in den Rückspiegel in Heyms Richtung: »Ich sag's Ihnen ganz ehrlich: Ich bin hier das kleinste Licht auf der Torte. Mich brauchen Sie da nicht zu fragen.«

»Ist das eigentlich das normale Vorgehen, dass Sie mich zur Wohnung bringen?«

Der Beamte lächelt sehr freundlich und sagt, wieder in seinen Rückspiegel hinein:

»Wir können Sie doch nicht einfach alleine lassen.«

Als der Wagen an einer Ampel zum Stehen kommt, sieht Heym durch das Seitenfenster in einem Garten eine sehr dunkle Hecke, die um einen alten Baum herum gepflanzt wurde. Im Stamm des Baumes befindet sich ein großes Loch, wie ein Eingang. Heym schaut in die schwarze Dunkelheit des Lochs hinein und fühlt sich eingeladen. Dann fährt der Beamte den Wagen wieder an und der Baum verschwindet aus Heyms Blickfeld.

Die Tür zur Vaterwohnung ist mit weißen Polizeiaufklebern versiegelt. Im Bereich um die Klinke und am oberen Türstock sind einige solcher Aufkleber nebeneinander angebracht. Der Polizeibeamte schneidet sie mit einem Teppichmesser auf und öffnet dann die Tür mit dem Schlüssel, den er aus einem braunen Papierumschlag hervorgeholt hat. Er sieht Heyms skeptischen Blick und sagt:

»Da kommen nachher wieder neue drauf. Die habe ich auch dabei, keine Sorge.«

Im Inneren der Wohnung ist es dunkel und kühl, es riecht nach kaltem Rauch, nach vollen Aschenbechern und staubigem Teppichboden. Heym erhält den Vortritt vom Polizeibeamten, er geht durch den schmalen Flur ins Wohnzimmer, wo die Rollläden fast vollständig heruntergelassen sind und nur durch die Schlitze zwischen den Streben und durch ein schmales Stück am unteren Rand der Fenster das Sonnenlicht in den Raum fällt. Heym bemerkt an sich ein Verhalten, das einer alten Gewohnheit entspricht: Beim Betreten der Wohnung des Vaters fängt er sofort an, alles nur sehr flüchtig aus den Augenwinkeln wahrzunehmen, nirgendwo genau hinzuschauen, sein Blick geht schnell durch den Raum und er schaut absichtlich weg, um nichts erfassen zu müssen, was die Lebensumstände des Vaters eindeutig repräsentiert, Gegenstände, Möbel, ihr Zustand, die Ordnung und die generelle Sauberkeit der Wohnung. Heym erinnert sich, dass er gewöhnlich bei diesem ausweichenden Schauen auch den Bewohner der Wohnung so flüchtig betrachtet hat, sich auch von ihm gleich wieder abgewandt hat, wenn er bemerkte, dass der Vater einen Fleck auf dem Ärmel hatte oder verschiedenfarbige Socken an den Füßen oder eine schlecht rasierte Stelle im Gesicht. Heym steht in der Wohnung, atmet die staubige Luft, den Geruch aus dem vollen Aschenbecher, der auf einem gläsernen Couchtisch steht, umgeben von klebrigen Rändern, Asche und Fusseln. Dort, wo die Füße des Couchtisches in den Teppich einsinken, haben sich längliche Knäule aus Staub und Haaren gebildet. Heyms Blick gleitet gewohnheitsmäßig ab und weiter, aber er findet wieder nur Gegenstände und Möbel. Den Polizisten, der mit vor dem Schritt verschränkten Händen in der Tür steht, schaut er sich so lange an, wie es ihm möglich scheint, ohne selbst einen seltsamen Eindruck zu machen. Er schaut an die Wände, auf die Fensterbretter, die gesamte Szene ist ihm absolut bekannt und trotzdem sieht er nirgendwo ein Detail, eine einzelne Sache, die ihm wirklich vertraut vorkommt. Arne Heym fragt sich, ob es tatsächlich diese Wohnung gewesen ist, in der er den Vater das letzte Mal besucht hat vor einiger Zeit. Oder ob Peter Heym vielleicht nochmal umgezogen ist inzwischen. Er würde gerne den Polizisten dazu befragen, aber woher soll der das denn wissen, denkt er.

Heym erinnert sich daran, dass ein Kollege der Aiyana ihm gegenüber einmal behauptet hat, dass man zwar immer glaube, es müsse etwas mit der Seele zu tun haben, womit man sich die Toten wieder gegenwärtig machen könne, dass das aber nicht stimme, es sei, sagte der Kollege, ihr Besitz.

Der Kollege befand sich in einem Gerichtsstreit über sein Erbteil und Heym hatte aus Höflichkeit zugehört und sich gedacht, dass diese Probleme ihm erspart bleiben würden, einfach ausschlagen, keine Frage.

Der Kollege hatte aber noch etwas gesagt, an das Heym jetzt denkt. Er hatte gesagt, der Verstorbene habe ihm wirklich sehr viel bedeutet und trotzdem sei es ihm unmöglich gewesen, bei der Beerdigung irgendein Gefühl zu empfinden. Erst als er in der Wohnung des Toten eine Schublade aufgezogen habe, in der die Socken und Unterhosen aufbewahrt waren, habe er angefangen zu weinen. Heym denkt, dass es wohl auf einen Versuch ankommt. Er geht, vorbei an der Küche, wo sein Blick an schmutzigem Geschirr im Spülbecken abgleitet, zur Schlafzimmertür des Vaters und in einen ebenfalls von herabgelassenen Rollläden abgedunkelten Raum. Er findet ein ungemachtes Bett vor und einen Kleiderberg, auf einem Sessel im Eck, aus dem ein säuerlicher Geruch aufsteigt. Aus der Kommode an der Wand ragen ein paar Schubladen halb herausgezogen in den Raum. Heym schaut hinein, kann aber keine Ordnung darin erkennen. Ich würde die Unterhosen hier gar nicht finden, denkt er, setzt sich auf den Bettrand, atmet tief ein für ein Seufzen und bemerkt, wie sich in seiner Bauchgegend wieder das große Loch auftut. Er fühlt sich schwach und leer. Ich muss etwas essen, denkt er und sieht, auf dem Fensterbrett, neben einem nah ans Schlafzimmerfenster gestellten Schrankteil aus Pressspan, die Mimosennachbildung *Mimosa arcadia*, die er selbst entwickelt und der Produktion übergeben hat, als eine der ersten eigenständigen Arbeiten in der Aiyana GmbH – die er dem Vater mit einer gedruckten Grußkarte der Firma per Post geschickt hat, kurz nach ihrer Fertigstellung. Beim Anblick hört er sofort in seinem Kopf die eigene Stimme, die den Volksmundbegriff »Schamhafte Sinnpflanze« genussvoll ausspricht. Jeden Tag im Jahr sieht die ewige Blüte der Kunstblume aus wie eine bunte Wunderkerze, ein Feuerwerk oder ein explodierender Stern. Einige der Fiederblättchen wurden von Heym in eingeklapptem Zustand nachempfunden, wie nach einer Berührung oder einer großen Erschütterung in unmittelbarer Nähe, in ihrer *seismonastischen Reaktion*. Andere waren völlig ausgestreckt und offen.

Heym erinnert sich an seine ausführliche Recherche zur Mimose und an einen Aufsatz des französischen Astronomen Jean Jacques d'Ortous de Mairan, der in seinen Abhandlungen über die *innere Uhr* der Lebewesen von dem Versuch berichtet hatte, eine Mimosenpflanze für ein paar Tage in seinen Wandschrank zu stellen und dort zu beobachten. Die Pflanze, war de Mairans Erkenntnis, öffnete und schloss ihre Blätter nach dem Sonnenzyklus, obwohl sie von der Sonne weggesperrt war.

»Die Mimose fühlt die Sonne«, schrieb er, »ohne sie im Geringsten zu sehen.«

Heym legt sich seitlich auf das Vaterbett und zieht die Beine an, ohne die Kunstblume aus den Augen zu lassen. Er denkt an die *Cymbalaria muralis*, das Zimbelkraut und den negativen Fototropismus, an den Fühler, der, weg vom Licht tastend, die Dunkelheit sucht, um dort den Samen abzulegen für ein nächstes Kraut, das aus der Dunkelheit kurz zurück zum Licht strebt, um sich dann aber seiner Herkunft bewusst zu werden, dem genetischen Programm, der dunklen Heimat, und umkehrt. Das muss aufhören, denkt Heym, während der Anblick der *Mimosa arcadia* an den Rändern etwas zerfranst und verwischt.

Der Polizist erscheint in der Schlafzimmertür, räuspert sich und bietet an, ein paar der weißen Polizeiaufkleber hier und Heym dann in der Vaterwohnung allein zu lassen, um in Ruhe Abschied nehmen zu können. Die Tür könne er dann ja einfach hinter sich zuziehen. Heym nickt, bleibt auf dem Bett liegen und schließt die

Augen. Insgeheim wünscht er sich, der Polizist würde dableiben, sie könnten gemeinsam die Wohnung in Ordnung bringen und dann endlich etwas essen, man müsste vielleicht noch ein paar Sachen einkaufen, vielleicht hat der Vater aber noch was im Kühlschrank, es sieht ja auch sonst alles hier so aus, als wäre er nur kurz weg, um etwas zu erledigen, und käme jeden Augenblick zurück. Ein Gähnen geht durch Heyms Eingeweide, er malt sich einige Speisen aus, die er jetzt gern zu sich nehmen würde, schließt dafür die Augen und schläft schließlich ein, zusammengerollt auf dem Vaterbett, und träumt von einem schweren Esstisch, an dem er sitzt, mit einer unbekannten Frau, und auf bestelltes Essen wartet, das längst schon hätte serviert werden müssen. Die Frau neigt sich über den Tisch, nahe an Heyms Gesicht, und sagt:

»Draußen auf der Straße gehen Männer herum mit Lehm in den Händen.«

Heym öffnet die Augen und sieht den Polizisten im Türrahmen zum Schlafzimmer stehen, mit gesenktem Kopf und einer brennenden Pyrofackel in der Hand. Dann erst wacht er richtig auf, von einem Schrillen an der Wohnungstür.

Heym braucht ein paar Sekunden und ein erneutes Schrillen an der Tür, bis er begreift, dass jemand draußen steht und klingelt. Er richtet sich auf, in einen schummrigen Schwindel, ohne eine Idee, wie lange er geschlafen hat. Der Schnitt in seiner Bauchdecke pocht heiß gegen das Pflaster und sein Magen fühlt sich an wie eine fest verschlossene Faust. Heym tappt durch die Wohnung bis zur Tür, er öffnet und sieht zwei Männer in Kunstlederjacken mit verschränkten Armen im Hausflur stehen.

»Herr Heym«, sagt einer der beiden, ohne Vorstellung, »wir würden uns gerne mit Ihnen unterhalten.«

Heym sagt: »Hm«, und schüttelt den Kopf.

»Haben Sie gefunden, was Sie suchen, Herr Heym?«

Arne Heym schaut auf seine Füße und auf die Füße der Männer, der eine trägt Joggingschuhe und der andere schwarze Halbschuhe mit Budapester Lochmuster.

»Sie würden uns wirklich schon weiterhelfen, wenn Sie uns sagen, ob Sie sich an einen der folgenden Namen erinnern.« Der Mann holt einen Block aus seiner Jackentasche und liest die folgenden Namen auf eine Weise ab, als sehe er sie zum ersten Mal:

»Edgar Mrugalla, Wolfgang Lämmle, Konrad Kujan, Clifford Irving, Lothar Malskat, Elmyr de Hory, Anne Gilchrist.«

Heym schaut auf, richtet seinen Blick zwischen die beiden Männer und spricht diesen Zwischenraum auf eine möglichst geordnete, unmissverständliche Weise an:

»Den letzten Namen haben Sie aus dem Buch. Ich finde das nicht sehr originell.«

»Sie geben also zu, diese Kunstfälscher zu kennen oder bereits einmal mit ihnen in Kontakt gestanden zu haben?«

»Nein.«

»Verstehe.«

Der Mann notiert etwas unterhalb der Liste und erteilt dem anderen mit einer Handbewegung das Wort.

»Das ist eine große Sache, Herr Heym. Sie machen sich keine Vorstellung.«

»Ich hätte gerne, dass Sie jetzt gehen.«

»Ihr Vater war kein reicher Mann, Herr Heym. Und trotzdem interessieren wir uns für seinen Fall. Was denken Sie, warum ist das so?«

Heym schließt die Tür der Wohnung seines Vaters vor den beiden Männern. Kurz bevor er sie ganz ins Schloss gedrückt hat, hört er einen von ihnen noch sagen:

»Wir bleiben in der Nähe, Herr Heym.«

Heym geht in die Küche und öffnet den Kühlschrank, setzt sich davor und isst eine Scheibe Schweizer Bergkäse, die schon sehr hart und schwitzig geworden ist, ein schleimiges Stück Rollmops, außerdem vier schwarze Oliven aus einer geöffneten Dose. Er quetscht sich den Rest Tomatenmark aus einer zerdrückten Tube direkt in den Mund, fährt mit dem Finger den verbliebenen Kräuterfrischkäse aus einer Plastikpackung und nimmt einen großen Schluck Eierlikör aus der Flasche im Türfach. Ihm fallen die schwarzen Schimmelspuren auf, in den Rillen der Gummiabdichtung, ein Glas Himbeerkonfitüre kratzt er mit einem Teelöffel aus der Spüle aus, wobei er immer wieder einen hartgewordenen Rückstand auf seinen Lippen spürt. Heym stellt das leergelöffelte Glas neben sich auf den Fußboden, sitzt im Licht des Kühlschranks in der sonst dunklen Küche, in seinem Magen rebelliert es gegen die letzten Lebensmittel des Vaters, und als er schließlich aufstoßen muss, ein gasiges Rülpsen durch die Nase, das nach all den eben verzehrten Dingen schmeckt und riecht, treibt es ihm die Tränen in die Augen.

Für eine sehr lange Zeit sitzt und weint er, umgeben vom Brummen des Kühlschranks und einem leisen Knistern, als würde jemand unten auf der Straße große Mengen Laub aufrechen.

Ein Mann, der sich als Walter Knoche vorgestellt hat, reicht Heym ein Formular zur Erfassung personenbezogener Daten und bittet ihn, alles nach bestem Wissen auszufüllen.

»Der Tod des Vaters ist das größte Ereignis im Leben eines Mannes«, sagt er, »das denken nicht nur die Poeten, sondern auch viele Psychologen. Man ist sozusagen, wenn man das behauptet, von beiden Warten aus abgesichert. Die Wissenschaft denkt so und die Kunst und die sind sich ja selten einig. Ich kann Ihnen versichern: Es ist nicht Ihre Schuld. Manche Menschen gehen verworrene Pfade, um am Ende doch irgendwie die Verantwortung für das Ableben der Schlüsselfigur ihres Lebens übernehmen zu können. Manchmal bringt das die Menschen zurück zur Verantwortlichkeit sich selbst gegenüber, aber es ist ein Umweg, seien Sie gewarnt, auf dem man sich lange Zeit verirren kann. Wer am Abend in den Wald hineingeht, läuft eben Gefahr, nach Einbruch der Dunkelheit den Ausgang nicht mehr zu finden.«

Heym versucht sich auf das Formular zu konzentrieren, in dem nicht nur seine eigenen Kontaktdaten abgefragt werden, sondern auch die des Vaters. Wofür, fragt er sich, trägt aber zumindest die Adresse in die entsprechenden Felder ein. Der Bestatter wartet im Stehen neben dem schweren Holztisch, an den er Heym zum Ausfüllen des Formulars gesetzt hat.

»Haben Sie sich denn schon für eines unserer Angebote entschieden?«

Heym schaut von dem Formular auf und Herrn Knoche ins Gesicht.

»Ich wusste nicht, dass ich mich entscheiden muss.«

»Wir bieten verschiedene Dienstleistungen im Paket an, je nachdem, welchen Umfang und Stil Sie sich für die Beisetzung vorstellen. Unsere Basisleistung umfasst die Kremierung und Urnenbeisetzung, eine schlichte Zeremonie in der Kapelle und die Klärung der Modalitäten mit der Friedhofsverwaltung.«

Heym findet, dass sich das gut anhört, und sagt:

»Ja.«

»Die Grenzen sind nach oben offen, Herr Heym. Wir machen möglich, was Sie sich vorstellen. Das ist das Mindeste, was man als Anspruch für sich formulieren muss, wenn man die Menschen auf ihrem letzten gemeinsamen Weg begleitet.«

Heym ist sich nicht sicher, wie er auf die Worte des Bestatters reagieren soll. Er hat wieder das Gefühl, unvorbereitet in eine Szene von zentraler Bedeutung geraten zu sein.

»Wollen Sie selbst ein paar Worte sprechen, Herr Heym, oder möchten Sie, dass wir das für Sie übernehmen? Für zurückhaltende Menschen«, sagt Herr Knoche mit einem verständnisvollen Blick, »empfiehlt sich oft die Variante einer professionellen Trauerrede.«

Arne Heym stellt sich für ein paar Sekunden dabei vor, wie er inmitten von Blumenkränzen, Kreuzen und Heiligenbildern nach Worten sucht, er horcht in sich hinein nach etwas, das er über den Vater laut aussprechen möchte, etwas, von dem er sich wünscht, es würde die Grenzen, die sein Kopf und sein Körper sind, überwinden und hinausgehen in die Welt. Er hört das ferne Geräusch einer Brandung, das feine Rieseln der Sandkörner und Steinchen, das eine Düne in Bewegung setzt.

»Ja«, sagt Heym, »vielleicht könnten Sie etwas sagen.«

Der Bestatter macht ein beschwingtes Gesicht, holt einen Kugelschreiber hervor und beugt sich über ein leeres Blatt Papier auf dem schweren Holztisch, bereit, sich Notizen für den Inhalt der Rede zu machen.

»Es wäre wichtig für mich zu erfahren, welcher Arbeit Ihr Vater nachgegangen ist. Sie wissen ja, dass man nicht umsonst die Menschen, die man kennenlernt, als Erstes nach ihrem Beruf befragt. Das gilt auch, wenn man jemanden kennenlernen will, der selbst keine Auskunft mehr erteilen kann.«

Heym leuchtet die Aussage des Bestatters ein und er versucht nach bestem Wissen die Beschäftigungen des Vaters wiederzugeben.

»Es fällt mir nicht so leicht«, sagt er. Er sei vielleicht nicht auf dem neuesten Stand. Der Bestatter hebt eine Augenbraue, als wollte er sagen, dass ihn die Arbeit zu Lebzeiten interessiere und nicht die Aufgaben, die der Vater nun in einer Welt außerhalb unserer Vorstellungskraft zu verrichten habe.

Heym berichtet Herrn Knoche, was er weiß, dass der Vater immer schon ein Problem gehabt habe, das ihm das lange Verbleiben in einer Festanstellung unmöglich gemacht habe.

»Aber darüber müssen Sie nicht unbedingt etwas sagen«, sagt er.

Der Vater habe seines Wissens in den letzten Jahren hauptsächlich als Schwarzarbeiter auf Baustellen ausgeholfen mit seinem handwerklichen Sachverstand und außerdem Hausmeister- und Platzwarttätigkeiten im örtlichen Sportverein ausgeführt. Er habe dort auch für eine geraume Zeit die Vereinsgaststätte geführt, was der Überwindung des Problems kontraproduktiv entgegengearbeitet habe.

»Gibt es vielleicht ein Zitat aus dieser Zeit«, möchte Herr Knoche wissen, »eine Art Philosophie, mit der Ihr Vater seiner Arbeit nachgegangen ist?«

»Ich habe ihn einmal über die Fußball- und Tennisplätze, die er täglich gepflegt hat, sagen hören, wenn er seine Arbeit gut mache, dann sei von ihr am Ende nichts zu sehen. Wenn es gut gemacht ist, fällt es nicht auf.«

»Ich finde das sehr schön, Herr Heym. Die tägliche Bemühung Ihres Vaters war, dass uns das Selbstverständliche selbstverständlich bleibt. Ich denke, das kann man gar nicht hoch genug bewerten.«

Es entsteht eine lange Pause, in der Heym über die Worte des Bestatters nachdenkt.

»Sehr hilfreich wäre es auch, Herr Heym, wenn Sie mir, zusätzlich zu den biografischen Eckdaten, für die persönliche Note, wenn Sie so wollen, vielleicht ein Buch nennen könnten, das Ihr Vater gern gemocht hat. Also ein Lieblingsbuch, eine Erzählung, ein Ton, eine Sprache, der sich Ihr Vater zu Lebzeiten bereitwillig anvertraut hat.«

Heym spürt ein starkes Unwohlsein in sich aufsteigen. Er sieht in das erwartungsvolle Gesicht des Bestatters und sagt:

»Vielleicht doch lieber etwas Allgemeines?«

»Die Bibel?«

»Nein, die lieber nicht.«

»Verstehe. Kurz, schlicht, dem Rahmen angemessen.«

Heym sieht, wie der Bestatter den Kugelschreiber wieder zurück in die Tasche steckt und sich aufrichtet, mit aufeinandergepressten Lippen.

In der Folge werden durch Herrn Knoche und Arne Heym Termine festgesetzt und eine Einzugsermächtigung von Heyms Bankkonto erteilt. Zum Abschluss, als Heym schon aufgestanden ist und im Begriff, die Räume des Bestattungsunternehmens zu verlassen, fällt Herrn Knoche noch die Frage ein, ob bereits eine Todesanzeige aufgegeben wurde, ob das überhaupt erwünscht ist.

»Wollen Sie das selbst in die Hand nehmen? Oft hilft es, wenn man sich mit Bekannten und Verwandten zusammensetzt und gemeinsam einen kurzen Text entwirft. Wir hätten sonst auch einige Textmasken im Angebot. Wenn Sie möchten, können Sie da gerne noch einen Blick drauf werfen. Selbst wenn Sie sich nur für Ihren eigenen Text inspirieren lassen möchten. Es hängt ja schließlich nicht an allem, was wir tun, ein Preisschild.«

Heym bedankt sich bei dem Bestatter und sagt, er werde darüber nachdenken. Er verabschiedet sich und verlässt den Schauraum des Bestattungsunternehmens, in dem ein paar sehr nobel aussehende Särge ausgestellt sind, wie Neuwagen in einem Autohaus.

Auf der Straße holt Heym sein Mobiltelefon hervor und wählt die Nummer seiner Mutter. Er lässt viermal klingeln in großer Nervosität, bis ihm selbst die Ansprache, die Begrüßung der am anderen Ende abnehmenden Person völlig unmöglich vorkommt, und legt wieder auf.

Im Pensionszimmer fällt Heym sofort die wiederhergestellte Ordnung auf. Das gemachte Bett und die vom Fußboden aufgesammelten Gegenstände. Er fasst das gleich als einen Übergriff der Lateralis auf, bis ihm einfällt, dass das ja normal ist in Pensionen und Hotels, dass jemand das Zimmer betritt, in Abwesenheit der Gäste, und aufräumt.

Heym wünscht sich, seine Gedanken auf einen Schienenstrang zu stellen, Kontakt zur Oberleitung aufzunehmen und für eine Weile auf vorgegebener Route geradeaus zu fahren. In eine andere Landschaft und in eine andere Zeit. Er überlegt, vielleicht ein paar

Seiten im *Wachsblumenstrauß* zu lesen, als er aber in seiner Sporttasche nach dem Buch sucht, kann er es nirgendwo finden. Er schaut die Flächen im Pensionszimmer ab und bemerkt, dass auch die graue Mappe nicht mehr dort liegt, wo sie gelegen hatte. Das Zimmer ist nicht besonders groß, Heym macht sich nicht die Mühe, unter das Bett zu sehen oder hinter den Heizkörper, der restliche Raum ist überall offen einsehbar. Ihm ist augenblicklich klar, dass die Gegenstände fort sind und dass es keinen Zweck hat, nach ihnen zu suchen.

Heym holt sein Mobiltelefon hervor und wählt die Notrufnummer der Agentur Lateralis. Wieder dauert es nur wenige Sekunden, bis er mit einer freundlichen Stimme verbunden ist, einer männlichen Stimme diesmal, die den Namen der Agentur nennt und sich erkundigt, wie sie behilflich sein kann.

Heym fängt sofort an, auf die Stimme einzusprechen, er vergisst sogar, seinen Namen zu nennen, sagt, er habe bereits um Abbruch des Programms gebeten, aber es gehe immer weiter und es sei pietätlos und unanständig und übergriffig und ihm sei persönlicher Besitz entwendet worden, das müsse sofort aufhören. Der Herr am anderen Ende ist sehr freundlich zu Arne Heym, in einem ruhigen Ton erklärt er, dass man seinen Antrag umgehend bearbeiten werde, er müsse sich aber darauf einstellen, dass ein rollender Stein nicht sofort gebremst werden könne, schließlich habe man um ihn herum ein umfassendes Programm mit vielen Beteiligten entwickelt.

Heym sagt, das habe er alles schon einmal gehört, er würde jetzt gerne mit Herrn Leonhard verbunden werden und den Vertrag auflösen.

Die Person am anderen Ende schweigt für ein paar Sekunden und sagt dann:

»Hier gibt es keinen Herrn Leonhard.«

»Wie heißt denn dann dieser Mann, bei dem ich mein Einführungsgespräch hatte?«

»Hören Sie, Herr Heym«, sagt die Stimme der Lateralis, »Sie machen es uns aber auch wirklich nicht leicht, wenn Sie sich gar nicht einlassen auf das Unergründliche. Sie vergessen vielleicht: Nichts, was Sie kontrollieren, wird Sie jemals überraschen.«

»Das habe ich alles schon einmal gehört. Ich möchte, dass Sie etwas tun.«

»Sie haben versäumt, diese Notfallnummer anzurufen, als Sie sich in einer Notfallsituation befanden. Jetzt, wo alles planmäßig verläuft, rufen Sie bei der Notfallnummer an, Herr Heym, Sie müssen verstehen, dass wir auf ein so paradoxes Verhalten nicht spontan reagieren können. Sie müssen uns etwas Zeit geben.«

»Ich finde überhaupt nicht, dass alles hier nach Plan verläuft.«

»Lassen Sie sich täuschen, Herr Heym. Auf Wiederhören.«

Arne Heym befällt nach dem Telefonat mit der Notfallstelle der Lateralis ein nie gekannter Hunger. Er geht in die Gaststätte im Erdgeschoss und bestellt sich eine große Portion des Tagesgerichts, von der er kaum die Hälfte hinunterbekommt, bevor sich sein Bauch mit Schmerzen gegen jeden weiteren Bissen zur Wehr setzt.

Heym fühlt sich kein bisschen besser und erkennt, dass es sich wohl vielmehr um einen nie gekannten Durst gehandelt haben muss. Er bestellt einen Obstbrand und gleich in dem Moment, in dem dieser serviert wird, noch einen zweiten, bemerkt schnell, dass das nicht reichen wird, will sich aber nicht vor den Pensionsbesitzern betrinken und geht aus dem *Lachenden Mann* ein paar Häuser weiter die Straße hinunter in ein Ecklokal, in dem Sombrero-Hüte an der Wand hängen und Nummernschilder von nordamerikanischen Bundesstaaten. Er fühlt sich verpflichtet, einen Tequila zu bestellen und ihn sofort im Stehen auszutrinken, ohne die Zitronenscheibe und den Salzstreuer zu beachten, die der Mann hinter der Bar dazu serviert. Heym bemerkt eine Person in graugrünem Wollmantel, die an einem der Tische sitzt und ihn beobachtet, ohne selbst etwas zu trinken.

Als sich ihre Blicke treffen, beugt sich die Person über ein Notizbuch und schreibt etwas hinein. Heym bezahlt und verlässt das Lokal.

Am Rand des Altstadtkerns fallen ihm in einer Billardkneipe zwei Männer auf, die jeweils einen Queue in der Hand halten und sich an einem Billardtisch gegenüberstehen, auf dem aber keine schwarze Kugel mehr zu sehen ist. Das Spiel ist offensichtlich vorbei. Keiner der beiden macht allerdings Anstalten, eine neue Partie aufzubauen.

An der Ausfallstraße stadtauswärts versucht Heym in einer bunten Cocktailbar, in der einige Spielautomaten an der Wand hängen, einen Gin Tonic am Tresen zu trinken, wird aber laufend unterbrochen von einer rothaarigen Frau, die sich ständig an der Bar Feuer geben lässt für eine Zigarette, die ihr entweder immer wieder ausgeht oder die sie aufraucht in unrealistischer Geschwindigkeit. Die Frau schaut kurz auf die Flamme, die man ihr reicht, und dann aus dem Augenwinkel auf Heym, als sollte ihm dieses Rauchen und die wiederholte Bitte um Feuer etwas Unmissverständliches mitteilen.

Unter dem Vordach einer Imbissbude entdeckt Heym vier Männer mit Bierflaschen in den Händen, die völlig unbeschmutzte, brandneue Arbeitskleidung tragen und für Heyms Begriffe viel zu elegant wirkende Haarschnitte. Die Männer heben ihre Bierflaschen zum Gruß in Heyms Richtung, als er versucht, unbemerkt die Straßenseite zu wechseln.

Irrlichternd durch die Straßen des Ortes, auf weichen Beinen im goldenen Licht des frühen Abends, erreicht Arne Heym die Anlagen des Sportvereins am Stadtrand, die sein Vater wohl bis zuletzt gewartet und in Ordnung gehalten hat.

Zuerst tauchen die schlanken Flutlichtmasten auf, die den Fußballplatz an seinen vier Ecken umstehen. Von der Straße aus sind die Sportplätze verdeckt von der breiten Mehrzweckhalle mit der Aufschrift des Vereinsnamens, die über ein gemeinsames Vordach mit einem Bungalow verbunden ist, in dem sich die Vereinsgaststätte befindet. Beide Gebäude sind aus Stahlbeton gefertigt und oberhalb schmaler Fenster mit braun lackierten Metallpaneelen eingeschalt. Heym findet die Vereinsgaststätte verschlossen vor. Die Rollläden sind heruntergelassen. Auch hinter der Glastür der Mehrzweckhalle ist kein Licht zu sehen.

Zwischen der Mehrzweckhalle und dem Bungalow führt ein Weg aus Waschbetonplatten auf die Tribüne des Fußballplatzes. Die weißen Rechtecke der Tore stehen ohne Netze am Spielfeldrand. Das Plastik der Sitzbänke auf der Tribüne ist über die Jahrzehnte vom Sonnenlicht ausgebleicht und stumpf geworden.

Neben dem Fußballfeld befinden sich die von hohen Maschendrahtzäunen umgebenen Tennisplätze, die durch schmale Wege miteinander und mit dem Vereinsheim und den Umkleidekabinen der Tennisabteilung verbunden sind. Von der Tribüne aus entdeckt Heym zwei Männer in hellgrauen Tweedmänteln, die auf einem der Tennisplätze versuchen, ohne Schläger ein Spiel zu spielen, indem sie sich den Ball entweder zuwerfen oder mit ihren Handflächen über das Netz schlagen. Zu seiner eigenen Überraschung ist Heyms erster Gedanke beim Anblick der beiden Männer die Frage, wer wohl nach ihrem Spiel den Platz abzieht.

Heym nähert sich, auf dem Weg, der zwischen Fußballplatz und Tennisanlage hindurchführt, dem Zaun, hinter dem die beiden Männer ihre schlägerlose Partie austragen. Er bemerkt die Wirkung der vorher getrunkenen Schnäpse auf seinen Gleichgewichtssinn und hält sich mit einer Hand in den Maschen des Zauns fest, als er den Tennisplatz erreicht.

»Ah, Herr Heym!« Einer der beiden Männer winkt ihm zu und der andere wirft den Tennisball an den Spielfeldrand. Beide kommen über den roten Sand, der ihnen die Schuhe und den Saum der Hosen eingefärbt hat, zu Heym an den Zaun.

»Wir dachten uns schon, dass wir Sie hier antreffen würden. Sie versuchen doch nicht etwa, Ihre Spuren zu verwischen?«

Heym sieht auf die vielen Abdrücke, die die Männer mit ihren Schuhen auf dem Spielfeld hinterlassen haben. In einem der beiden erkennt er den Ermittler Kluck, der sich ihm vor der Polizeiinspektion vorgestellt hat.

Der deutet auf seinen Kollegen und sagt:

»Das ist Herr Stenzel, Verstärkung aus der Zentrale.«

»Hören Sie«, sagt Heym, »ich habe nochmals um Abbruch des Programms gebeten, Sie können nach Hause gehen. Von mir aus können Sie auch das Geld behalten, ich möchte nur, dass es aufhört.«

Herr Stenzel legt seinen Zeigefinger ans Kinn und sagt durch den Zaun hindurch:

»Herr Heym, Sie versuchen doch hier nicht etwa, uns zu bestechen?«

»Sicher nicht.«

»Wir sind nur hier, um Verdachtsmomente auszuschließen, Herr Heym.«

Der Ermittler Kluck kommt mit seinem Gesicht sehr nah an den Zaun.

»Herr Heym, wir ermitteln gegen einen international operierenden Kunstfälscherring. Immer mehr Verstrickungen kommen ans Tageslicht. Menschen verschwinden, andere überqueren ohne ersichtlichen Grund nachts zu Fuß die Autobahn. Warum sollte man so etwas tun? Wir haben Anlass zu glauben, dass Sie etwas an sich gebracht haben, was uns bei den Ermittlungen behilflich sein könnte. Wir ersuchen Sie, mit uns zu kooperieren. Sie dürfen nicht vergessen, dass Sie allein aufgrund Ihrer beruflichen Qualifikationen in einem Fälschungsfall nur schwer aus dem Kreis der Verdächtigen entlassen werden können.«

»Glauben Sie«, fragt Herr Stenzel über die Schulter des Ermittlers Kluck hinweg, »Ihr Vater könnte ein Geheimnis gehütet haben?«

Arne Heym spürt eine seltsame Empfindung in seiner Brust. Die Knospe einer großen, bunt schillernden Blüte, die sich im Innern einer fest verschlossenen Faust zu öffnen versucht. »Das könnte schon sein«, sagt Heym, so leise und mit gesenktem Kopf, dass die beiden Ermittler mit ihren Ohren nah an die Zaunmaschen herankommen. Heym schaut auf und in die beiden erwartungsvoll hingestreckten Ohren der Männer auf dem Tennisplatz. Dann wendet er sich ab und geht den Weg zwischen den Plätzen hindurch bis zum Rand der Anlage, an dem Gebäude mit den Umkleidekabinen und an einem Schuppen vorbei, an dessen Wand einige Gartengeräte angelehnt sind. Neben einem Handrasenmäher steht eine große, seltsam geformte Gabel mit gedrehten Zinken, die in der Abendsonne blitzen und in Heyms Augen irgendwie merkwürdig nackt aufspießend wirken.

Heym geht durch ein geöffnetes Tor und über einen Feldweg, der an dieser Stelle die Grenze der Sportanlagen markiert.

Auf der anderen Seite des Feldwegs beginnt ein frisch umgepflügter Acker. Heym tritt mit seinen weichen Beinen in die weiche, torfige Erde, die ihm in schweren Batzen an den Schuhen hängen bleibt. Er rudert bei jedem Schritt mit den Armen, um sein Gleichgewicht zu halten. Ein Kampfflugzeug donnert über den Himmel, Heym spürt ein Pochen in seinem Bauch, dann erst hört er das Rauschen der Autobahn, die am Ende des Feldes vor ihm entlangläuft, in beiden Richtungen bis zum Horizont.

Heym sieht sich selbst aus halbhoher Position dabei zu, wie er nach Fußspuren des Vaters Ausschau hält, und kommt sich ein wenig dumm und uneinsichtig vor. Der Boden ist ganz offensichtlich gerade erst frisch bearbeitet worden. Er dreht sich um und sieht, wie in einiger Entfernung die beiden Ermittler ebenfalls mit großen Schritten in den Acker hineinsteigen. Sie gehen langsam und zeigen immer wieder auf etwas im Boden, als würden sie ein sehr kleines Ding suchen oder Heyms Fährte lesen.

Die Geräusche der vorüberfahrenden Fahrzeuge werden erst auf den letzten Metern merklich lauter, vor allem das klagende Heulen der Lkws nimmt kurz vor der Leitplanke noch einmal stark zu. Der Acker mündet in einen grasbewachsenen Wall, den Heym hochsteigt, bis er den Asphalt der Fahrbahn unter den Füßen hat. Arne Heym bleibt am Rand der Autobahn stehen und schaut durch die Schemen der Fahrzeuge hindurch auf die andere Seite. Er sieht dort ein Waldstück, einen verwilderten Forst, dessen Bäume sehr eng beieinanderstehen. Zwischen den Stämmen dieser Bäume sieht Heym, über die Autobahn hinweg, in eine nachtschwarze Dunkelheit. Hinter ihm stapfen die Ermittler durch den abendlichen Dunst.

In einem sehr schlicht gehaltenen Abschiedsraum sitzt Heym auf einem gepolsterten Stuhl in der dritten Reihe. In der ersten Reihe sitzen vier Männer in schwarzen Anzügen mit im Schoß gefalteten Händen. Einer von ihnen kratzt sich häufig am Kopf und wischt sich danach mit zwei Fingern die Schuppen von der Schulter und dem Kragen.

Der einfache Sarg steht auf einem Podest zwischen kunstvoll arrangierten Gestecken aus weißen Lilien. Heym musste mehrfach genau hinsehen, bis er sicher sein konnte, dass die Blumen weder echt waren noch im Werk der Aiyana GmbH gefertigt.

»Ein Konkurrenzprodukt«, hatte eine Stimme in seinem Kopf festgestellt.

Der Bestatter Knoche spielte eine Psalmmelodie auf einem elektrischen Harmonium, bevor er sich vor den Sarg stellte und eine kurze, sehr allgemeine Rede über den Tod, das Leben und das Gemeinwesen hielt, die mit den Worten »Peter Heym« begann und in deren Verlauf Arne Heym mehrmals gedanklich wegdriftete, an einen sprachfernen Ort unter weitem Himmel, mit mächtig aufziehenden Wolken und flimmernden Hitzespiegelungen am Horizont.

Während der Zeremonie hatte Heym in seinem Rücken zweimal die Tür des Abschiedsraums auf- und zugehen hören und war sich, auch ohne nachzusehen, sicher, dass die Ermittler der Lateralis ebenfalls an der Trauerfeier teilnahmen.

Heym schaute auf den geschlossenen Sarg und dachte kurz, dass das jetzt auch wirklich jeder sein könnte oder niemand oder ein paar Säcke Holzmehl, dann glaubte er, einen irgendwie strafenden Blick von Herrn Knoche zu erhalten, und besann sich zu glauben, dass man ihm schon den richtigen Körper zur Abschiednahme aufgebahrt haben würde.

Im letzten Drittel der Rede von Herrn Knoche klingelt Arne Heyms Mobiltelefon in seiner Hosentasche. Ihm ist das sofort sehr peinlich. Er zieht das Telefon hervor, sieht die Nummer seiner Mutter auf dem Display, drückt den Anruf weg und schaltet das Telefon aus.

Nach der Trauerrede stehen die Männer aus der ersten Reihe auf und stellen sich an den Rändern des Sarges auf. Herr Knoche setzt sich wieder an das elektrische Harmonium und spielt eine fast beschwingte Melodie, die Heym nicht erkennt. Die Männer nehmen den Sarg auf und tragen ihn durch eine automatisch öffnende Flügeltür in die Räumlichkeiten des Krematoriums. Die Melodie endet, noch bevor die Türen sich wieder selbsttätig schließen. Das letzte Geräusch der Zeremonie ist das elektrische Summen der Türschließer und das Poltern der beiden Türflügel beim Anschlag an den Rahmen.

Heym hört, wie die Türen des Abschiedsraums in seinem Rücken geöffnet werden. Er erhebt sich und tritt auf den Gang zwischen den Stuhlreihen, der Bestatter Knoche kommt auf ihn zu, reicht ihm die Hand und fasst mit der anderen auf seine Schulter.

»Das war eine schöne Zeremonie«, sagt Knoche und Heym nickt mit gesenktem Blick.

»Wir haben uns noch nicht über die Grabbepflanzung unterhalten, Herr Heym. Ich weiß nicht, ob Sie Vorstellungen haben, wie das aussehen soll. Wir arbeiten eng mit einer hiesigen Gärtnerei zusammen, die einen sehr guten Ruf im Ort genießt. Wenn Sie möchten, kümmern wir uns für Sie um ein geschmackvolles Arrangement. Da Sie nicht hier im Ort leben, empfiehlt sich wohl eine pflegeleichte Variante. Ein wenig Immergrün vielleicht oder Buchsbaum. Jedenfalls, denke ich, eine Art der Begrünung, die nicht von Ihnen verlangt, sich häufig damit zu befassen.«

Heym sagt, ohne lange nachzudenken, zu dem Bestatter, er habe da schon eine Idee. Und ob er ihm vielleicht auch etwas per Post zukommen lassen könne. Walter Knoche reicht Heym wortlos eine Visitenkarte aus seiner Jackentasche, schließt die Augen und nickt einmal sehr langsam mit dem Kopf.

Vor dem Andachtsraum, in einem kleinen Parkstück, das an den Gebäudekomplex angrenzt, sieht Heym die Ermittler der Lateralis auf Bänken in der Sonne sitzen und ein Kartenspiel spielen. Heym geht langsam die drei Stufen am Eingang des Gebäudes hinunter. Er sieht Sonnenlicht überall durch die Zweige der Bäume brechen und spürt einen perfekt temperierten, zarten Wind an seinem Hals und in seinem Gesicht, der auch wieder Herbstlaub von den Bäumen durch die Luft trägt und auf dem Rasen verteilt. Irgendwo hinter dem Gebäude betätigt jemand einen Handbrunnen, ein rhythmisches Quietschen und Gurgeln, dazu Vogelstimmen aus einer Hecke ganz in der Nähe. Arne Heym spürt eine Art elektrischer Aufladung in seinen Fingerspitzen und würde gern etwas oder jemanden mit diesen aufgeladenen Fingern anfassen.

Er bleibt eine Weile auf dem Schotterweg vor dem Eingang stehen, reglos, bis er bemerkt, dass man sich nicht um ihn kümmern wird. Die Ermittler schirmen mit ihren Händen die Augen vor der Sonne ab und halten die Spielkarten nah an ihre Gesichter.

»Niemand wird mich aufhalten«, denkt Heym.

DAS THEATER DER DINGE

»Wir haben all diese Dinge produziert, ohne uns zu fragen, ob wir mit ihnen leben wollen. Das müssen wir aber jetzt.«

Der Schauspieler lässt seinen ersten Satz lange stehen. Er steht selbst schon lang auf der Theaterbühne, im Licht der Bühnenbeleuchtung, in viele Schichten Kleidung gehüllt. Das Publikum kennt den Trick und es fällt bereitwillig darauf herein. Der Schauspieler ist auf der Bühne erschienen, dick eingekleidet in seltsame Kostüme, und hat lange regungslos mit einer erhobenen Augenbraue ins Publikum geschaut. Dem Publikum blieb nichts anderes übrig, als zu kichern und unruhig zu werden, gegen den geübten Schauspieler verloren sie gemeinschaftlich das Blickduell, trotz zahlenmäßiger Überlegenheit.

Durch diesen Trick wird das Publikum in gleichem Maße aktiviert und mitsamt der üblichen Publikumspassivität in die Theatersessel eingedrückt. Es muss warten, bis sich der Schauspieler zur Aktion entschließt. Der Schauspieler beginnt zu schwitzen unter den heißen Lampen, er spürt seine Schultern langsam hart werden und den Bühnenboden unter den Füßen.

Im Zuge der Ausbildung an einer angesehenen Hochschule für Darstellende Künste hat der Schauspieler gelernt, den Impuls, auf fünfhundert schmunzelnde Gesichter schmunzelnd zu reagieren, tief in seinem Innern zu vergraben. Er kann einer beliebigen Anzahl von Menschen zeitlich unbegrenzt in die Augen sehen ohne Regung. Was ihm dabei hilft, ist eine möglichst nüchterne Aufzählung von Tatsachen. Der weitere Verlauf des Stücks zum Beispiel, die folgenden Szenen, wie er sie mit den anderen geprobt und mehrfach zur Aufführung gebracht hat.

»Wenn wir etwas in die Welt und ins Leben setzen«, sagt der Schauspieler, nimmt dabei die Filzmütze mit den Ohrenklappen vom Kopf und wirft sie hinter sich auf den Bühnenboden, wo sie liegen bleibt wie ein gesenkter Kopf, »setzen wir es gleichsam in ein ewiges Schuldverhältnis, haben daran aber auch selbst für immer Schuld.«

Wieder macht der Schauspieler eine lange Pause, diese ist im Stückverlauf allerdings nicht vorgesehen. Überdeutlich und wie in Zeitlupe sieht der Schauspieler die folgenden Szenen vor seinem geistigen Auge. Er sieht sich auch selbst unter den anderen Schauspielern, aus einer seltsam schwebenden Perspektive. Er sieht sich in einer Spielpause von der Bühne abgehen und mit einem Geschirrtuch seine Stirn abreiben. Er sieht sich zurückkommen auf die Bühne und auf dem Bühnenboden sieht er lauter imaginäre Markierungen für seine Schritte, für die Orte, an denen er stehen und sprechen wird, von wo aus er schnell auf einen anderen zustürmen muss, um ihm so auf eine Art den Weg abzuschneiden, dass der andere glaubhaft erschrocken seine eigene Überrumpelung spielen kann.

Der Großteil des Publikums schöpft sofort Verdacht und begreift, dass etwas aus der Inszenierung herausgefallen ist. Dass es sich hier nun um kein gewolltes Spiel mehr handelt, auf das man sich gerne einlässt. Und ihrer eigenen Einstellung entsprechend empfinden die Zuschauer darüber Freude, Angst oder Scham, werden insgesamt durch diese gemischten, schlecht abgesicherten Gefühle zu einer nervösen, räuspernden, herumrutschenden Masse, ihre Unruhe verändert spürbar die Qualität und der Schauspieler wird dadurch aus der Zukunft des Theaterabends zurückgerufen in die aktuelle Gegenwart auf der Bühne. Er begreift, eindeutiger, intensiver als jemals zuvor, dass nichts passiert, bevor er sich nicht bewegt.

Der große Speisesaal der Mensa ist bereits verschlossen. Ebenso die Türen der Seminarräume und Hörsäle, die Toiletten in den oberen Stockwerken. Geöffnet sind lediglich die Lesesäle der Bibliothek und das Rechenzentrum mit den Computerarbeitsplätzen für die Studenten der Technischen Universität. Die Sonne ist bereits untergegangen und die Schließzeit des gesamten Gebäudes rückt näher.

Vor einigen Tagen erregte die Universität Aufmerksamkeit in der überregionalen Presse, als in den Gebäuden des Fachbereichs für Angewandte Physik Mitglieder des Exzellenzclusters *Substructures of Time* erstmals erfolgreich ein einzelnes Elektron in die Vergangenheit schossen, wohin es bis heute unterwegs ist.

Abgesehen von den wenigen Studenten, die noch über Büchern sitzen bis zur Aufforderung, jetzt das Gebäude zu verlassen, und den Bibliotheksangestellten, die bereits die langen Reihen offener Schließfachtüren nach liegen gelassenen Gegenständen überprüfen, befinden sich im Gebäudekomplex nur noch ein Doktorand, schlafend im eigenen Büro auf seinen verschränkten Armen vor einem Bildschirm im Energiesparmodus, und die Angestellten der Reinigungsfirma, die bereits Mülltüten austauschen und die Putzfahrzeuge, auf denen sie später die langen Flure abfahren werden, mit Reinigungsmitteln befüllen. In den Fluren selbst stehen vereinzelt leer getrunkene Glasflaschen und Kaffeebecher, in den Ecken liegen Taschentücher, Kaugummipapiere und Energieriegelverpackungen. Das Licht der zentralgesteuerten Deckenlampen leuchtet alles kräftig aus. In den Fenstern nach draußen spiegeln sich die Räume, die unordentlich durcheinanderstehenden Stühle an den Seminartischen, Tafelbilder aus mathematischen Formeln auf Kreideschlieren, Aufsteller mit Programmheften der örtlichen Kulturbetriebe, der Infostand eines Ökostromanbieters, Plakate, die eine Lesereihe bewerben, ein studentisches Filmfest, Austauschprogramme im Ausland, Lesekreise, Sprachkurse, WG-Zimmer oder Korrekturarbeiten. Insgesamt, das ist deutlich zu spüren, beginnt die Übernahme des Gebäudes durch die Abwesenheit.

Der Schauspieler hört plötzlich seine eigene Stimme in seinem Kopf, die ihm nüchtern und Schritt für Schritt den weiteren Verlauf des Stücks erklärt wie einem Dritten.

Ich lege nach und nach, sagt die Stimme, die einzelnen Kleidungsstücke ab und verteile sie auf der Bühne, während ich meinen Monolog spreche. Für die Zuschauer soll es so aussehen, als würde ich mich nur ausziehen, weil mir zu heiß ist. Und es ist ja auch wirklich sehr heiß in diesen vielen Kleidern. Eher unauffällig lege ich so die Kleidungsstücke an verschiedene Orte auf der Bühne, die nachher noch bespielt werden. Die Sachen dienen mir und den anderen dann an einem späteren Punkt im Stück als Requisiten.

Diese Felljacke hier zum Beispiel, sagt die Stimme, wird zu dem Tier, gegen das ich im letzten Akt zu kämpfen habe. Es ist mein inneres Tier, eine Art Schweinehund, mein Herz- und Angsttier. Wer hat sich das nur ausgedacht?

Im Regionalzug aus der nächstgrößeren Stadt sitzt der Vater, das Familientier in einer Transportbox auf dem Schoß, neben sich den Laptop in einer schwarzen Tragetasche. Das Tier musste für eine Behandlung zum Arzt gebracht werden, jetzt sitzt es steif, unmerklich in den Gliedern zitternd, in der Plastikschale der Transportbox und schaut dem Vater auf die Brust.

Der Tierarzt meinte zum besorgten Vater, wenn es sich beim Transport nicht beklage, dann gehöre es zu denen, die sich aus Angst in die innere Emigration flüchten. Das sei an sich das Beste für alle Beteiligten, das Tier taue zu Hause nach einer Weile wieder auf und habe den vielen Stress alsbald vergessen.

Der Laptop, den der Vater in der Transporttasche mitgenommen hat in die Stadt, wurde von seinem Sohn ausgesucht und eingerichtet. Bis zum heutigen Tag verschiebt der Vater immer wieder die Auseinandersetzung mit dem Gerät. Er dachte, auf der Fahrt sei dafür Zeit, dann hatte er auf dem Hinweg aber lieber aus dem Fenster geschaut und im Wartezimmer des Veterinärs beruhigend auf das Tier eingesprochen.

Der Vater hatte seinem Sohn vor sehr vielen Jahren einen der ersten Heimcomputer geschenkt. Er hatte damals eher unbewusst registriert, dass eine kleine Evolution vonstatten ging, und er dachte: Es ist gut, wenn der Junge etwas hat, womit er sich von Anbeginn, vom Ursprung her beschäftigen kann. Wo er früh die Erfahrung machen kann, sich auszukennen, weit mehr als zum Beispiel die eigenen Eltern.

Der Sohn wurde ein Spezialist und um den Vater herum wuchsen im Verlauf der Jahre die Aufgaben, die scheinbar nur noch mithilfe dieses Spezialistenwissens bewältigt werden konnten. Heute rollt der Sohn jedes Mal mit den Augen, wenn der Vater ein Computerproblem an ihn heranträgt. Der Vater fühlt sich davon ungerecht behandelt und es ist wohl dieses Unrecht, das in ihm unbewusst fortwirkt und seine Abneigung gegen das Gerät in der schwarzen Tragetasche unüberwindbar macht.

Der Sohn des Vaters liegt am selben Abend auf dem Schlafsofa in einem kleinen Holzhaus neben seiner jungen Frau. Die Beine der beiden sind, ebenso wie die Hüften und Hautfalten am Bauch, mit juckenden Insektenbissen übersät. Ein heller Vollmond scheint auf die Gartensiedlung und durch das Fenster des Häuschens. Die junge Frau des Sohnes ist nach langem Wälzen und Kratzen schließlich eingeschlafen. Der Sohn ist noch wach und beobachtet seine schlafende Frau, deren Augäpfel sich unter den geschlossenen Lidern bewegen.

Nach dem Einzug in eine gemeinsame Wohnung beschlossen der Sohn und seine junge Frau zusätzlich ein kleines Gartengrundstück am Stadtrand zu mieten, um, wie der Sohn sich ausdrückte, nicht völlig zu degenerieren und nicht mal mehr zu wissen, wie man einen Salatkopf züchtet. Sie fanden ein kleines Grundstück mit Häuschen, das zur Vermietung ausgeschrieben war, und entschieden sich sofort, jeder für sich aus seinem Bauch, gemeinsam dafür.

Sie legten Hochbeete an und einen Teich, beschnitten einen verwachsenen Apfelbaum unter fachkundiger Anleitung eines Nachbarn und nahmen den rostigen Handbrunnen durch geduldiges Pumpen in Betrieb. Sie schafften ein Schlafsofa, eine Eckbank, einen Tisch und einen kleinen Geschirrschrank in das hölzerne Häuschen, stellten eine Feuerschale in den Garten und wünschten sich, hier häufig an den Wochenenden zu übernachten, abends lang am Feuer zu sitzen, Bücher zu lesen und miteinander zu schlafen.

Erst nach einiger Zeit, als schon viel Arbeit investiert war in diese gemeinsamen Vorstellungen, als die entsprechende Jahreszeit und Temperatur erreicht waren, schlüpften aus den vielen Millionen Eiern, die im gesamten Garten auf Grashalmen und Wiesenblumen abgelegt waren, Herbstgrasmilbenlarven und warteten geduldig auf ein vorübergehendes nacktes Bein. Die Larven bissen sich an vielen Stellen der Haut des Sohnes und seiner jungen Frau fest und sonderten ein juckendes Sekret ab im Austausch für Nahrung.

Der Nachbar, der beim Beschneiden des Apfelbaums geholfen hatte, erkannte die roten Bisse an den Beinen des Paares und erklärte, was gegen die kleinen Foltertiere zu unternehmen sei, nämlich nichts, außer den eigenen Garten nur noch mit Schuhen und langen Hosen, die man sich in die Socken stecken müsse, zu betreten, die Kleidung nach dem Gartenbesuch sofort heiß zu waschen, den Rasen zu vertikutieren, für ständige Bewässerung zu sorgen und auf keinen Fall im Gartenhaus zu übernachten, in das die kleinen Milben mit Sicherheit schon eingezogen seien. Los, sagte der Nachbar, werde man sie nicht. Man könne sich höchstens auf sie einstellen.

Der Sohn und seine junge Frau gerieten, beide voller Enttäuschung, nach dem Gespräch mit dem Nachbarn in ihren ersten schweren Streit, in dessen Folge keiner der beiden im Garten bleiben wollte und sie in der gemeinsamen Wohnung in getrennten Zimmern übernachteten.

Die Putzkraft, auf dem Flur vor den Eingangstüren zur Bibliothek, in einer Hintergrundreportage über die Technische Universität, im Interview:
»Die egomanische Asozialität der Studenten dieser Hochschule zeigt sich überdeutlich an den Toiletten im Seminargebäude. Ich habe einmal den Satz gelesen: Genie ist die Kraft, sich unendlich Mühe zu geben. Wenn Sie mit den Leuten sprechen, die hier studieren, dann werden die Ihnen als Erstes von ihrer Zeit erzählen. Jedes einzelne dieser zehntausend Leben, die hier täglich rein- und rauslaufen und essen und scheißen, hat eine hochdramatische Komponente. Es ist den Leuten wirklich eilig damit, hier ihre Jahre hinter sich zu bringen. Ich würde sagen: Das sind alles sehr effiziente Maschinen. Und wenn Sie sich nach der Schließung des Campus auf den Toiletten umsehen, dann sehen Sie sofort, dass mit diesen Leuten keine Revolution zu machen ist.«

Aus dem Museum für Angewandte Kunst, dessen ständige Sammlung Handwerk aller nachantiken Stilepochen, Gold- und Silberschmiedearbeiten, Glas-, Emaille- und Porzellangefäße, Keramik, Möbel und Raumgetäfel, Tapisserien, Kostüme, Seidenstoffe, Grafiken und Reprografien, Plakat- und Fotokunst sowie Musikinstrumente aus Asien und Afrika umfasst, sind am Abend, nach Sonnenuntergang, die letzten Besucher bereits gegangen.
Die Studentin, die an der Museumskasse Eintrittskarten verkauft, Broschüren und Audioführer austeilt und gegen Ende ihrer Schicht die Einnahmen in der Kasse verrechnet, abschöpft und in einem

kunstledernen Beutel im Safe unter der Kasse verstaut, geht im Geist noch mal alle letzten Schritte ihres Arbeitstages durch. Sie tastet mit ihren flach ausgebreiteten Händen über alle Orte an ihrem Arbeitsplatz, über jedes Teil in einigem Abstand, es sind ihre letzten konzentrierten Sekunden. Ihr fällt nichts mehr ein, was sie noch vergessen haben könnte, sie legt sich den Riemen ihrer Handtasche um die Schulter und sieht, wie in der Eingangshalle der Schichtwechsel des Wachpersonals durchgeführt wird. Die Nachtwächter übernehmen das Gebäude. Man schaut zu ihr herüber und nickt. Abgesehen von den Nachtwächtern ist sie nun der letzte bewegliche Gegenstand im gesamten Museum. Jede weitere Bewegung, denkt sich die Studentin, irgendwo zwischen den Vitrinen, bedeutet Alarm.

Die Studentin besitzt keinen Schlüssel für die Gebäude des Museums, sie verlässt es am Ende ihrer Schicht durch den Hauptausgang wie jeder gewöhnliche Besucher. Und wie einem Besucher, das ist auch ihre Absicht und etwas, worauf sie sich schon während der Arbeit an der Kasse jedes Mal freut, kommt es ihr beim Gehen über die Stufen runter zur Straße, den Zaun entlang auf dem Bürgersteig bis zu der großen Ampelkreuzung mit dem Eingang zur U-Bahn so vor, als betrete sie nach langer Abwesenheit die Gegenwart.

Niemals vorher war dem Schauspieler das Bühnenbild der Inszenierung so unzureichend vorgekommen. Grobspanplatten waren rings um ein offenes Zentrum aufgestellt und angemalt worden. Auf jeder einzelnen Platte war ein Innenraum aufgemalt, sodass die Schauspieler während des Stücks in allen Räumen der Handlung gleichzeitig spielten, jederzeit und ständig. Das war die Idee der Bühnenbildner, und als man den Schauspieler nach seiner Meinung dazu gefragt hatte, sagte er Ja, er finde das toll, und dachte bei sich: ist mir egal.

Jetzt hat er die bemalten Platten in seinem Rücken und er findet, dieser Rücken wird von dem Bühnenbild nicht in ausreichendem Maß gestärkt.

Hinter jeder Platte wartet jemand auf seinen Einsatz.

»Im Hinblick auf unsere Geschichte«, so ginge es weiter im Text des Schauspielers, »muss man sagen: Wir Menschen leben auf vernarbtem Gewebe.«

Weil es sich um einen bahnbrechenden Eingriff handelt, ist die ganze Zeit über, immer wieder zwischen Nachrichtenblöcken, Features und Kurzreportagen live zugeschaltet, ein Radioreporter im Operationssaal anwesend. Nicht hinter der Glasscheibe an der Stirnseite des Raumes, wo leicht erhöht Sitzreihen voller Medizinstudenten das Geschehen überblicken, sondern direkt unten am Operationstisch bei den Chirurgen.

Zunächst wird dem Patienten ein kleines Loch in die Schädeldecke gebohrt. Der Redakteur vom Dienst hat sich alle Mühe gegeben, das Programm des Radiosenders möglichst um das Sirren des Schädelbohrers herum zu arrangieren. Dieses Schädelbohrersirren, dachte er, sind wir unseren Hörern schuldig. Sonst könnte man ja einfach irgendein Interview mit einem Gehirnchirurgen irgendwann aufnehmen und übertragen.

Später werden dem Patienten über dieses Loch zwei Elektroden ins Gehirn eingeführt, die nach der Operation mit einem impulsgebenden Gerät außerhalb des Kopfes verdrahtet werden können.

»Ganz salopp«, fragt der Radioreporter einen der Chirurgen in sein Mikrofon, »könnte man also sagen: ein Hirnschrittmacher?«

»Ganz so salopp wäre das gar nicht«, antwortet der befragte Chirurg, während er das frisch gebohrte Loch in der Schädeldecke mit Kochsalzlösung einsprüht, »es träfe den Nagel schon fast auf den Kopf.«

Der Patient wurde durch Inkubations-Vollnarkose in einen Tiefschlaf versetzt. Trotzdem öffnet er, als sich der Radioreporter nah an sein Gesicht herantraut, für einen langen, regungslosen Blick die Augen.

»Das ist ja sehr interessant, Herr Professor Sorty«, sagt der Reporter, »der Patient schaut mir jetzt direkt in die Augen. Was bedeutet das?«

Durch eine lange U-Bahnfahrt gelangt die Studentin von der Straßenkreuzung nahe dem Museum für Angewandte Kunst in ihren weit entfernten Stadtteil. Häufig steigt sie schon vor dem Bahnhof, der ihrer Straße am nächsten liegt, aus, um nach dem langen Sitzen an der Museumskasse und in der Bahn noch ein paar Schritte durch die Straßen zu gehen. Das Gegenwartsgefühl, das sie so sehr genießt nach jeder Schicht, hält niemals unbeschadet an bis zur Haustür. Immer wieder stößt sie auf Gegenstände, Häuser, Haltungen, die sie zurückwerfen in ihr museales Alltagsgefühl.

Die Wohnung der Studentin befindet sich in einem Mehrparteienhaus an einer viel befahrenen Straße, glücklich gelegen zum grünen Innenhof, sodass die Verkehrsgeräusche nur durch ein im Sommer geöffnetes Fenster als fernes Brummeln zu hören sind. Spätabends und nachts hört die Studentin in ihrer Wohnung dafür häufig die Gespräche und Geräusche der anderen Mieter im Haus.

Schräg gegenüber der Wohnung der Studentin, auf demselben Flur, wohnte bis vor wenigen Tagen noch der einsame Herr, der abends mit den Gegenständen in seiner Wohnung sprach und mit ihnen dabei nicht selten in einen lauten Streit geriet.

Irgendwann während ihrer ersten Zeit im Haus, als die Studentin immer wieder die wütenden Schreie des Herrn gehört hatte, ohne eine Erwiderung, ohne einen Streitpartner, der sich auflehnte, hatte sie in einem Anfall von Zivilcourage oder Solidarität mit einem vermeintlich unterdrückten Menschen an der Wohnungstür schräg gegenüber geklingelt. Der einsame Herr hatte ihr geöffnet und tatsächlich sehr beschämt das Innere seiner Wohnung gezeigt, in der außer ihm niemand sonst zu sehen war. Der Herr fasste sich in seiner Nervosität häufig an den Kopf, bot der Studentin etwas zu trinken an, was sie aber ablehnte.

Vor ein paar Tagen wurde über den Mann der Entschluss verhängt, dass sein Zustand nun einen asozialen Grad erreicht habe. Er wurde verbracht und seine Wohnung befindet sich im Prozess der Entrümpelung.

Der Sohn und seine junge Frau haben sich mit dem Zustand ihres Gartens noch nicht abgefunden.

»Vielleicht ist der Nachbar auch nur so ein Spinner«, sagte der Sohn und versuchte das Jucken an seinen Beinen zu ignorieren.

Das Paar entschloss sich gemeinsam dazu, uneinsichtig zu sein. Sie fuhren am Wochenende nach ihrem ersten großen Streit zurück in den Garten, um im Haus die Nacht zu verbringen.

Sie handeln dabei aus einem starken Trotz heraus, der ihre Gemeinsamkeit gegen die Tatsachen stellt und von den Tatsachen Unterwerfung fordert. Sie denken sich ihre Gemeinsamkeit als das Mächtigste. Um sich zu versöhnen nach dem Streit und um sich gemeinsam selbst zu verteidigen.

Der Sohn schaut seiner jungen Frau im Vollmondlicht beim Schlafen zu und er kratzt sich immer wieder an den Beinen und am Bauch und er kann nicht anders und denkt:

Was wir uns hier wünschen, ist eine Wiederaufführung. Was wir uns hier vorstellen, vom Grünen und von der Ruhe, von einem Ort nur für uns, wer hat sich das nur ausgedacht?

Die Hintergrundreportage über die Technische Universität besucht eine emeritierte Professorin in ihrem Landhaus am Meer. Frau Professor Hofmann sitzt in ihrem Arbeitszimmer, vor einer Bücherwand und einem Fenster in den Garten. Ihr Name wird links unten ins Bild eingeblendet, die Fragen der Filmemacher sind nicht zu hören.

»Ich kann Ihnen ganz ehrlich sagen«, sagt die Professorin wie auf ein geheimes Zeichen, »ich hätte rein von meiner Konstitution und geistigen Verfassung her noch locker ein paar Jahre arbeiten können. Ich bin ja sehr fit.«

Es gibt einen kurzen Schnitt, den der Zuschauer daran erkennen kann, dass der Kopf der Professorin blitzartig zur Seite zuckt.

»Ich kann mich noch sehr gut daran erinnern, wie ich am Tag meiner endgültigen Entscheidung den Schlüssel in meine Bürotür gesteckt und aufgeschlossen habe. Ich weiß sogar noch, dass ich kurz gezögert habe, dass ich fast, obwohl sich ja außer mir nie jemand in diesem Büro aufhielt, außer vielleicht mal ein Student, der in meine Sprechstunde kam, vorsichtig angeklopft hätte, bevor ich reingegangen bin. Dafür gab es keine logische Erklärung. Ich hatte einfach nur so ein Gefühl, dass es angebracht wäre, mich anzukündigen. Meinem menschenleeren Büro.« Die Professorin macht eine kurze Pause, in der sie an der Kamera vorbei an einen Punkt weit hinten im Raum schaut.

»Ich bin dann eingetreten, als hätte ich einen Termin bei mir selbst. Das hört sich bestimmt komisch an für Sie, aber so habe ich mich damals gefühlt. Und dann stand ich in meinem kleinen Büro, mit dem Schreibtisch am Fenster zum Innenhof, den Regalen, dem Sofa und dem Bürostuhl, unter den ich eine Plastikunterlage getan hatte, damit er beim Hin-und-her-Rollen nicht den Boden kaputt macht.

Ich schaute auf meine Bücherstapel, auf die bunten Klebezettel, die wichtige Stellen für meine Seminare markierten, auf den schwarzen Monitor, an dem ein Energiesparlicht leuchtete, weil ich ihn nicht ausgeschaltet hatte. Meine halb geöffnete Laptoptasche, die von der Sofakante gekippt war und wie empört auf dem Fußboden lag. Meine Thermoskanne, aus der noch Faden und Schildchen eines Schwarzteebeutels hingen.«

In die Stimme der Professorin will sich kurz ein weinerlicher Tonfall hineinmischen, den sie sich allerdings rechtzeitig verbietet.

»Meine Ordner sah ich, hastig hingeworfene, abgelegte Dinge, verknüllte Kleidungsstücke, eine gequetschte Handcremetube mit geöffneter Kappe, die lieblos aufgewickelten Kopfhörer meines MP3-Players.

Das war mein Arbeitsraum, in dem ich jeden Tag verbrachte und mit einem Mal wurde ich so unbeschreiblich traurig, als ich ihn so genau anschaute, mit dieser komischen Andacht, als gehöre das alles gar nicht mir selbst, sondern einer ganz anderen.«

Frau Professor Hofmann macht eine Pause und schaut aus dem Bild heraus, fragend in Richtung der Interviewer. Die Filmemacher sind routiniert genug, um zu wissen: Sie müssen diesen Blick jetzt aushalten, damit ihre Gesprächspartnerin einfach weiterspricht.

»Ich habe mich damals gefragt«, fährt die Professorin schließlich fort, »ob es so etwas wie einen Respekt geben müsste gegenüber all den Dingen, die einem täglich Beistand leisten bei der Bemühung zu überleben. Und ob es dieser Respekt dann ist, der sie schließlich in Würde dastehen lässt in einem Raum. Und dann habe ich mir in aller Deutlichkeit gedacht: Es ist die Eigenmacht der Dinge, die wir besitzen, uns vorzuhalten, wie viel Zeit wir mit uns selbst und wie viel mit der Welt um uns herum verbringen. Ich glaube, das war der Moment, als ich beschlossen habe, die Universität zu verlassen und hierher aufs Land zu ziehen.«

Später im Stück, etwa zu Beginn der zweiten Hälfte, sind für den Schauspieler erneut ein paar Minuten Zeit ohne Spielpartner vorgesehen, allein auf der Bühne vor dem Publikum. Es gibt wenig Text für diese Szene, dafür viel Bewegung. Kurz bevor die anderen zurück auf die Bühne kommen und das Stück sich mit ihnen fortsetzt, daran denkt der Schauspieler, während das Publikum und seine Kollegen hinter den Grobspanplatten noch darauf warten, dass es überhaupt richtig losgeht, stößt der Schauspieler mehrmals ein lautes »Wuaarr!« aus, ein Nonsensgeräusch, ohne ersichtlichen Zusammenhang mit der Rolle des Schauspielers oder dem restlichen Text. An einem guten Abend haut dieses »Wuaarr!« die Leute um. Sie lachen sich in eine Hysterie hinein, in der sie dann nur noch kurz angetippt werden müssen, wie ein übermäßig gekitzeltes Kind. Dann ist alles leicht von da ab, der Schauspieler badet in der Zuneigung und gibt sein Bestes. An einem schlechten Abend allerdings passiert nach dem »Wuaarr!« überhaupt nichts, weil der Schauspieler es nicht richtig timt oder beim Schreien zu viel Zurückhaltung in seiner Stimme liegt. Dann steht er da wie ein Idiot, und während er daran denkt, sieht er sich schon als dieser Idiot vor diesem Publikum stehen. Ich steigere mich da jetzt nicht hinein, denkt er. Aber es ist ja schon zu spät.

Als sie im Flur vor ihrer Wohnungstür sieht, wie zwei Mitarbeiter der Entrümpelungsfirma ein Schrankwandteil aus der Wohnung des einsamen Herrn heraustragen, denkt die Studentin, unvermittelt und nicht ganz freiwillig, an ihren ersten Arbeitstag im Museum, als ihr im Zuge einer umfangreichen Führung durch das Gebäude die Lagerorte für vorübergehend oder dauerhaft nicht in Ausstellung befindliche Objekte gezeigt wurden. Prinzipiell, das würde sie jederzeit von sich behaupten, fand sie den Glauben, dass man einem leblosen Gegenstand etwas schuldig sein könnte, und wenn es nur die öffentliche Ausstellung in einem Museum für Angewandte Kunst war, absurd. Und trotzdem bemerkte sie, als sie im temperaturkontrollierten Kellergeschoss des Museums auf die eingelagerten Dinge in den Stahlregalen blickte, einen Unterschied. Der Studentin, davon war sie überzeugt, wäre es nicht möglich gewesen, dem einsamen Herrn Gesellschaft zu leisten. Als sie den

Angestellten der Entrümpelungsfirma bei der Arbeit zusieht, fühlt sie allerdings, wie nachträglich, eine melancholische Verbundenheit mit den Gegenständen aus seiner Wohnung.

Sie denkt, dass die Angestellten sicherlich nichts von dem hören können, was diese gesprächigen, streitlustigen Dinge in der Wohnung vielleicht noch vorzubringen haben. Ihre Beschwerden, wenn man sie auseinanderbaut oder beschließt, sie im Container vorm Haus zu entsorgen.

Die Studentin schließt die Tür zu ihrer eigenen Wohnung auf und stellt sich kurz noch die Einrichtung des einsamen Herrn vor in einer Ausstellung im Museum. Diese Dinge, findet sie, wenn man das schon glauben will, hätten noch einiges zu erzählen. Sie sind noch gar nicht fertig damit. Die Gegenstände im Museum dagegen, an die täglich Hunderte andächtig hinlauschen, denkt die Studentin, ob sie ihnen noch etwas zuflüstern wollen aus einer ganz anderen Zeit, haben das Erzählen sicherlich längst schon eingestellt.

Der Regionalzug, in dem sich der Vater und das Familientier auf dem Heimweg befinden, bleibt im Niemandsland zwischen zwei Bahnhöfen außerplanmäßig stehen. Vor den Fenstern herrscht Dunkelheit, sie sind dadurch wie Spiegel in den Raum gerichtet. Das Tier liegt in der Transportbox auf seinen angewinkelten Beinen. Es schläft nicht, aber es ist noch immer ganz ruhig. Durch die Lautsprecher über ihren Köpfen wird den Fahrgästen mitgeteilt, dass sich die Weiterfahrt des Zuges aufgrund eines Weichenschadens und einer Störung im Betriebssystem auf unbestimmte Zeit verzögert. Ein unruhiges Murmeln kommt auf, ein Herumrutschen, ein kurzes, spöttisches Lachen. Der Vater lehnt sich leicht nach außen und schaut den Flur zwischen den Sitzen hinunter bis ans Ende des Waggons. Er denkt sich: eigentlich auch toll. Wenn ich eine Geschichte schreiben müsste, sie finge genau so an. Eine unfreiwillige Schicksalsgemeinschaft auf engstem Raum für unbestimmte Zeit. Und was sie daraus macht.

Der Vater sieht eine junge Frau aufstehen und etwas in ihrem Rucksack im Gepäckfach suchen. In der Sitzgruppe neben ihm geht ein Mann an sein klingelndes Mobiltelefon und sagt, mit genervter Stimme und ohne eine Formel der Begrüßung:

»Betty. Ich hab dir doch jetzt schon zwei SMS geschickt.«

Überhaupt, bemerkt der Vater, werden jetzt von den meisten Fahrgästen Telefone und andere Geräte hervorgeholt, um die Verspätung einer zu Hause wartenden Person anzukündigen. Oder um ganz einfach die unbestimmte Zeit bis zur Weiterfahrt, diese außergewöhnliche Zeit der unfreiwilligen Gemeinschaft, achtlos, denkt der Vater, totzuschlagen. Er sieht den Laptop in der schwarzen Tragetasche neben sich auf dem Sitzpolster liegen und mit einem Mal fühlt er sich vollkommen allein.

Als der Zug eine Dreiviertelstunde später im Zielbahnhof des Vaters eingerollt ist, als er, die Transportbox in der einen Hand und die Laptoptasche in der anderen, mit seinem Ellbogen den Türöffnerknopf gedrückt hat und sich die Schiebetüren des Regionalzugs auseinandergeschoben haben, bläst über den Bahnsteig ein heftiger Wind. Der Vater steigt aus, ihm flattert sofort die Hose um die Beine, der Wind fährt durch die Belüftungsschlitze der Transportbox und das Tier beginnt auf erbärmliche Weise zu klagen. Ohne nachzudenken, als wäre es ein natürlicher Reflex, hält der Vater die Laptoptasche vor die Transportbox und schirmt sie gegen den starken Wind ab. Das Tier sitzt nah an der vergitterten Öffnung und schaut hoch zum Vater, aus dem Fell in seinem Gesicht, mit ängstlichen Augen.

ÜBER DIE POSITIONEN IM RAUM

Ein entfernt kreisender Trabant in meiner Erinnerung:

Noch bevor die Tatsachen geschaffen wurden und die Dinge sich zwischen uns ereigneten, die schließlich eine völlig verkrempelte Landschaft zurückließen, in der sowohl agrarwirtschaftliches Nutztier als auch übliche Vegetation in einer grotesken Verstümmelung und Verzerrung im Erdboden versackt oder den Gesetzen der Schwerkraft enthoben worden waren, bevor sich diese Dinge also ereigneten, die keiner Beschreibung zugänglich sind, erzählte sie mir, als sei es ein weit zurückliegendes Ereignis aus ihrer Kindheit, von einer Reise auf die Mittelmeerinsel Elba, die sie unternommen hatte mit ihren beiden Kindern und ihm – demjenigen, der sich, wie sie sich ausdrückte, in dieser kurzen Zeit so restlos disqualifiziert habe, dass sie, obwohl sie aufgebrochen waren als junges Paar, als flüchtige Bekannte zurückgekehrt seien in die Stadt.

Sie seien dort lange umhergelaufen in der sengenden Sonne und hätten sich auf eine unbeteiligte Art die Arbeiten der Straßenkünstler auf der Strandpromenade angesehen, allesamt im Vorbeigehen, weil selbst die Kinder zu matt gewesen seien, um eine Begeisterung für die grotesken Comiczeichnungen, Scherenschnitte oder Perlenketten aufzubringen, die einem vor den Augen angefertigt wurden in einem beachtlichen Aufbäumen gegen die flächendeckend ausgebreitete Langeweile und Trägheit. Sie habe sich damals selbst noch nicht so gut ausgekannt im Umgang mit den Kindern, und es müsse wohl ihr zugeschrieben werden, erzählte sie mir, dass man die Geschwister den halben Tag mit freiem Oberkörper habe herumlaufen lassen und dass beide daraufhin am Abend so schlimm von der Sonne verbrannt gewesen seien, dass man sie im Pensionszimmer nur noch auf die ausgezogene Bettcouch habe legen können, um ihre rot verbrannten Rücken regelmäßig mit feuchten Handtüchern zu kühlen. Sie habe sich an diesem Abend mit dem Peter, wie der Begleiter angeblich geheißen hat, eine Flasche Wein geteilt auf dem Balkon in der kühler werdenden Luft, und immer wieder habe aus dem Pensionszimmer der Ruf der Kinder getönt.

»Peter«, erzählte sie mir, schrien die Kinder, »Peter, wenden!«, und Peter habe zu ihr gesagt:

»Sie sehen in mir jetzt schon nur den Dienstleister.«

Und sie habe erwidern müssen, dass das Blödsinn sei, »Es sind Kinder«, habe ich gesagt, erzählte sie mir, »sie wissen gar nicht, was eine Dienstleistung ist.« Er habe dann die Handtücher gewendet, bis die Kinder schließlich eingeschlafen seien, und ihr geholfen, die beiden wie fiebrig heißen, schwer atmenden Körper ins Nebenzimmer zu tragen und im dort aufgebauten Hochbett abzulegen. Später in der Nacht sei dann eines der Kinder aus diesem Hochbett tatsächlich herausgefallen, obwohl das zu Hause noch nie passiert war, vielleicht aufgrund übler Träume in dem von der vielen Sonne ganz vermatschten Kinderkopf, und sie sei gemeinsam mit dem Peter, nackt, wie sie eingeschlafen seien, in das Kinderzimmer gestürzt, in dem das Heruntergefallene entsetzlich geschrien habe, und dann sei es passiert, dann habe die Disqualifikation des Peter stattgefunden, ohne dass er viel habe dazutun und tatsächlich auch ohne dass er überhaupt nur ein Wort habe sprechen müssen.

Als ich das Kind aufgehoben habe, sagte sie, und auf meinen Arm genommen, um es zu trösten, habe ich zu dem Peter rübergeschaut, der nur ein paar Schritte in den Raum hereingekommen war und da jetzt ganz vereinzelt stand, die Hände vors Geschlecht hielt und sich sehr schämte. Ich habe ihn angesehen, erzählte sie, und habe sofort gewusst, dass ich ihm keine weitere Chance mehr würde geben können.

Es liegt etwas Übles darin. Er hätte sich noch einmal äußern können sollen, fand ich, er hat es ja bestimmt auch versucht, aber die Erzählung hörte da auf, und ich wollte auch gar nicht mehr davon hören, weil ich langsam schon in Sorge geriet über den weiteren Verlauf der Dinge.

Die größte Sehnsucht sei damals noch nicht gewesen, sagte der alternde Schriftsteller, der sich auf einem Lederstuhl befand in sitzender Haltung: eine unschuldige Sprache, die den Tag überstehen könnte. Heute stelle sich die Sache anders dar.

Ich fragte sie, ob sie das Fernsehprogramm bewusst auswähle oder einfach durch die Kanäle springe in der Hoffnung auf diese müde Zerstreutheit, in der selbst die eigene Zukunft wie ein nebliges Gewässer von einiger Schönheit daherkomme. Sie meinte es ja ernst mit vielen Dingen in ihrem Haushalt und setzte mir bereitwillig auseinander, dass sie bewusst nach langjähriger Abstinenz von dem Gerät sich wieder einen Fernseher gekauft habe, obwohl das alles ja längst im Internet angeschaut werden könne, beziehungsweise die guten Filme am besten aus der Programmvideothek geholt würden, in Originalsprache und ohne Werbung.

Beim Fernsehen komme es ihr darauf an, etwas über die Verfasstheit der Welt oder zumindest dieses Landes zu erfahren, und sie glaube nicht daran, dass das über den Inhalt der Programme noch möglich sei, die sie ja durchaus in den Mediatheken und Onlinearchiven an ihrem Computer aufrufen könne. Vielmehr sei es die Auswahl oder vielleicht die Dramaturgie der Sendungen und Formate, die von den Anstalten getroffen werde, mitsamt der dazwischen lancierten Werbung, von der sie sich einen Einblick erhoffe in eine übergeordnete Mechanik, deren Funktionsweise vielleicht auch Aufschluss geben könne über ein jedes dieser Funktionsweise dienlichen Teile, in dem klopfenden und tickenden Räderwerk, dem wir ja schließlich beide angehörten, wenngleich unser Selbstkonzept dem auch vordergründig oft widersprechen wolle. Es sei, sagte der Schriftsteller auf eine Frage, die wir beide versäumt hatten, tatsächlich erstaunlich, wie lange sich dieser Antagonismus nun schon aufrechterhalte, aber vielleicht sei es ja auch eine Frage gegenseitiger Abhängigkeit, wie sie doch ebenfalls in der Natur zu finden sei oder in den Liebesbeziehungen der Menschen. Das, fuhr sie dem grauhaarigen Mann auf dem Lederstuhl ins Wort, sei im Übrigen auch der Grund für ihre wachsende Fußballbegeisterung.

Ich sah an ihr vorbei in das Gerät, als sei es ein Fenster auf den Innenhof und als helfe mir dieses Schauen beim Zuhören oder Nachdenken, aber natürlich hätte es dafür schon wirklich ein Fenster sein müssen.

Der großen Erzählung, bellte der Autor jetzt nahezu, sei seit jeher der große Erfolg sicher gewesen. Das liege an der stumm vorgebrachten Forderung der Leser nach einer abgeschlossenen Geschichte innerhalb der wirklichen Welt, die aufzuspüren von den Fordernden selbst schon gar nicht mehr geleistet werden könne. Nur ab und zu, und hier war etwas wie Fahrtwind in den Gesichtern der anderen Gäste der Talkshow, ab und zu merkte einer, sagte der Schriftsteller und verstellte die Stimme:

»Mein Leben ist ein Roman, wenn man das aufschreiben würde … das sollten Sie mal aufschreiben, was ich alles erlebt habe.«

Sie lachte laut und schien unmittelbar danach schon vergessen zu haben, weshalb. Sie fasste mein Bein an, an einer Stelle, die überhaupt nichts bedeutete.

»Alles, was dem entgegensteht«, hörte ich die Stimme des Schriftstellers sagen, »ist diese zählebige Revolution, die sich auf den Symposien schon selbst wieder in den Schwanz beißt und ihre Ideale auf die Halde häuft.«

Was tun wir denn hier? Ich wollte, dass sie das Programm wechselt, aber sie legte mir nur die Fernbedienung auf den Bauch.

Ich erinnere mich, erzählte ich ihr, als sie ruhig in der fettigen Küche eines Studentenwohnheims auf der Eckbank hockte, wie ich früher mit meinem älteren Bruder vor dessen Computer saß und ihm dabei zusah, wie er Strategiespiele spielte, von der Sorte, wo aus der Vogelperspektive Kampfeinsätze vorbereitet und durchgeführt werden mussten. Oft war das Zimmer schon völlig verdunkelt und nur der blaue Schimmer vom Monitor auf unseren starren Gesichtern. Nichts war zu hören als die Imitationen der Geräusche des Krieges, Explosionen, Maschinengewehr, Todesgekreisch, und dazwischen immer wieder zackige Zubefehls oder Jawolls, sobald mein Bruder eine Einheit mit der Maus markierte und in den nahen Tod oder Triumph entsandte. In der oberen Ecke des Bildschirms war immer eine Miniaturkarte zu sehen, erzählte ich ihr, die das Territorium abbildete. Nur dort, wohin die Einheiten meines Bruders schon vorgedrungen waren, zeigte die Karte ein Abbild des virtuellen Geländes und der sich zwischen den Wäldern und Schluchten bewegenden Truppenteile. Wo kein Soldat aus dem eigenen Heer je gewesen war, klaffte eine schwarze Finsternis, in der sich sowohl wertvolle Rohstoffe als auch feindliche Truppen verbergen konnten. Mein Bruder errichtete Kasernen und Munitionsfabriken ohne eine Regung des Gefühls, teilte Truppen und Panzerstärken, Verbände für Hinterhalte, die Avantgarde- und Himmelfahrtskommandos auf dem bekannten Fleck seines Basislagers ein und gab ihnen Marschbefehle in strategisch bedeutsame Gebiete. Mir war immer die kleine Karte im oberen Eck des Bildschirms das Wichtigste. Ich wollte sie restlos erkundet wissen wie unseren Planeten, der ausgerollt und stark verzerrt auf einer Weltkarte über dem Schreibtisch hing. Und deshalb, erzählte ich ihr, die sich hoffentlich nicht langweilte, sondern lediglich aufgrund ihrer immerwährenden Müdig-

keit etwas teilnahmslos aussah, drängte ich meinen Bruder jedes
Mal, was ihm wie das infame Lallen eines ganz und gar Ahnungs-
losen vorgekommen sein muss, wenigstens einen einzelnen Soldaten, er könne sich ja vorstellen, es sei ein Deserteur, ein Abtrünni-
ger, in die noch unerforschten Gebiete zu schicken, auch wenn
dort nichts zu erwarten war, was für die Heerführung oder Roh-
stoffversorgung von Bedeutung hätte sein können. Erst wenn der
Feind so stark dezimiert und es nur noch eine Frage der Zeit war,
bis die Festungsanlagen und Geschütztürme unter dem anhalten-
den Granatenbeschuss meines Bruders in sich zusammenfallen würden, schickte er manchmal in einem großzügigen Anflug einen tatsächlich ganz auf sich allein gestellten Soldaten in die schwarzen
Regionen der Landschaft. Dieser vereinzelt laufende Späher schaffe
es allerdings nie, mehr als eine nadelbreite Schneise in die Finsternis zu schlagen, im Radius seines Sichtfelds, bevor er von einer ver-
sprengten Einheit des Gegners erschossen oder der endgültige Sieg
für diese Schlacht vermeldet wurde.

Wenn ich mich lang strecke, einen Arm, so weit es geht, nach oben
hin ausfahre und noch dazu den längsten meiner Finger in näm-
liche Richtung, wollte sie von mir wissen, während wir auf einer
viel befahrenen Kreuzung vom Stadtverkehr umrauscht wurden,
kann ich dann schon behaupten, mich in den Himmel zu strecken,
also in ihn meinen ausgestreckten Finger einzubohren, selbst wenn
rings um mich noch Häuser stehen, die meinen ausgestreckten Finger weit überragen? Und wenn nicht, wie wäre dieser Luftraum
dann zu nennen, der sich gerade noch von meiner gestreckten Gestalt erreichen lässt und sonst, an jedem normalen Tag, einen guten
Meter über meinem Kopf sich befindet, sodass ich unter ihm wie
unter einer Zimmerdecke hindurchlaufe?
   Ich selbst war abgelenkt, denn ich wanderte schon wieder durch
den Wurstelprater meiner Erinnerung, sah hier ein umherschleu-

derndes Fahrgeschäft und dort zwei verhärmte Kindergesichter hinter den Lenkrädern eines Autoskooters. Ich sah, wie ein bleiernes Projektil die weiße Plastikhülse sprengte und ein traurig aussehendes Riesenstofftier an einen jungen Mann mit starken Oberarmen überreicht wurde. Auch sah ich, wie ein vom Nikotin gelb eingefärbter Fingernagel ein Preisschild von einer Puppenstirn kratzte, und war etwas erbost beim Anblick einiger Kleinkinder, die sich auf einem Minikarussell beständig im Kreis drehten zur immergleichen Leierkastenmusik, weil ihre Gesichter allesamt strahlten und nicht der geringste Anflug von Langeweile darin zu sehen war.

Der Fremdenführer, der uns in die Höhle begleitete und einen mehr oder weniger auswendig gelernten Text vortrug, erklärte, weshalb es unter Strafe verboten sei, die vom Boden emporwachsenden Kalksteinzapfen mit den Fingern zu berühren. Sie erzählte mir flüsternd in mein Ohr, sodass ich wieder abgelenkt war und nicht alles mitbekommen konnte, was schließlich unserer Unterweisung und Weiterbildung hätte dienen sollen, dass sie sich jedes Mal, wenn sie einen Gegenstand ansehe, vorstellen müsse, wie er sich anfühle. Und dass sie jedes Mal erstaunt sei, dass ihr Gehirn tatsächlich über so etwas wie ein taktiles Gedächtnis zu verfügen scheine, das ihr sofort eine deutliche Vorstellung an die geistigen Fingerspitzen sende, wie der entsprechende Gegenstand unter einer fühlenden Hand beschaffen sei.

Der Fremdenführer mahnte, dass durch den Fettfilm auf unseren Fingern das ohnehin über Millionen Jahre sich langsam vollziehende Wachstum der Kalksteinzapfen unter Umständen für immer, mindestens aber für Milliarden Jahre unterbrochen werde.

Es gab für die wachsenden Zapfen keine Entsprechung im taktilen Gedächtnis. Eine Berührung, fasste sie später zusammen, als wir aus der Höhle wieder ins Tageslicht traten, würde nur den toten Zapfen im Gedächtnis ablegen. Da ist das Wort auf meiner Zunge und hier das Bild vor meinen Augen, aber das verlässlichste, das Säuglingswerkzeug … also das sei schon frustrierend und insofern auch gut, dass sich diese fragilen Systeme vor unseren Fettfingern in die Höhlen zurückgezogen hätten. Die Werkzeuge, entgegnete ich, die wir hervorbringen im Verlauf unserer Entwicklung, sind der reine, unmittelbare Ausdruck des Fortschritts.

Noch bevor sie aber darauf antworten konnte, nötigte uns eine große, von hinten andrängende Menschenmenge ins Innere des Fußballstadions, wo wir wirklich lange Zeit zwischen den Reihen und Rängen hin und her irrten, bis wir den kryptischen Angaben auf unseren Platzkarten auch zwei Plastiksitze mit Bestimmtheit zuordnen konnten. Es erfolgte der Anpfiff und sofort schoss jemand unmittelbar vor uns eine Leuchtrakete aufs Spielfeld, die in einem kurzen, irgendwie verkümmert wirkenden Lichtschweif aufloderte und dann am Spielfeldrand zwischen zwei Werbebannern so kläglich verglomm, dass der Schiedsrichter nur kurz den Kopf schüttelte, das Spiel aber weiterlaufen ließ.

Die Fans um uns herum entzündeten daraufhin Bengalische Feuer und gerieten in ein Chorisches, ein Mantrahaftes, mit Trommeln und Gesängen, bis schließlich doch das Spiel kurzzeitig unterbrochen wurde und der Trainer der Heimmannschaft an den eigenen Fanblock herantrat mit der schreiend vorgebrachten Bitte, man möge sich nicht wie ein Haufen dummer Wichser verhalten, das sei dem Sportsgeist abträglich und respektlos gegenüber der harten Arbeit, die die Mannschaft jeden Tag beim Training leiste, um hier eine gute Figur zu machen, denn das sei es doch schließlich, worum es gehe.

Im Stadion lag jetzt ein dichter Nebel, aus dem das Spielfeld nur noch schemenhaft und mattgrün zu erahnen war, die Ränge verschwanden zu beiden Seiten im Dunst. Das Gefühl für die realen Ausmaße des Bauwerks verlor sich und die größtenteils halbnackten und kahl geschorenen Fußballfans wogten unter uns in dieser trüben Szene wie Sklaven einer monströsen Galeere, die im Begriff war überzusetzen in ein Totenreich oder die Grenzgebiete des Bewusstseins.

Erst seitdem sie Kinder habe, erzählte sie mir, sei ihr vieles klar geworden über dieses Verhalten, aus dem sie auch den einen oder anderen Vorsatz schließlich habe ableiten können für ihr persönliches Vorankommen. Für eine sehr lange Zeit, auch nach der Geburt der beiden Geschwister, habe sie nicht erwachsen werden wollen und sich immer dagegen gesträubt, im Glauben, das Erwachsensein sei gleichzusetzen mit der finalen Akzeptanz aller Gegebenheiten. Dann aber sei ihr aufgefallen, dass alles Kindliche, was in den Menschen überlebte, nachdem sie ihre Kindheit hinter sich gelassen und sich körperlich voll ausgebildet hätten, immer nur das Widerlichste und Abstoßendste sei, was nach dem Verlust der Unschuld noch konserviert werden könne aus den frühen Stadien der Seele.

Während sie sprach, wurde das Spiel wieder angepfiffen und auf dem Platz, vielleicht als eine Art Entladung des angestauten Frusts, wurde nun eingenetzt, dass es kaum zu fassen war. Ich hätte gerne einen Kommentar dazu gemacht, wollte sie aber nicht unterbrechen, wäre wohl ohnehin verschluckt worden von den jetzt wirklich ganz außer sich geratenen Fans um uns herum.

Entweder, sagte sie, sei es wie hier dieses Schwache, das kleine Widerliche, die Angst und die Scham und die Unsicherheit, die Kränkung, das Verletzliche, das fiese Grausame, das sich konservieren ließe bis ins hohe Alter, oder es sei diese entsetzliche Unmündigkeit hinsichtlich der eigenen Handlungen und Wünsche. Also was ich meine, sagte sie, während mir jemand, der unvermittelt aufgesprungen war, um den jüngsten Treffer zu bejubeln, einen überdimensionalen Schaumstofffinger ins rechte Auge stieß, ist diese schreckliche Abhängigkeit von der Gesellschaft, die einen bestimmt, und wie sie schließlich auf die Handlungen reagiert, die man täglich vor ihr vollführt, wie eine dieser Figuren da unten auf dem Platz. Und man kann sich ja so lange noch trotzig und abweisend verhalten und dieselbe Abhängigkeit immer weiter reproduzieren, wie man sie schon von klein auf kennt und gewohnt ist, oder aber man wird wirklich erwachsen in dem Moment, wo man die Gesellschaft um einen herum adressiert und sagt: Ich möchte, dass ihr euch verändert, weil ich euch liebe.

Als wir uns nach dem Spiel schließlich in den labyrinthischen Katakomben des Fußballstadions vollends verlaufen hatten, in Gängen, die längsseitig durchzogen waren von moosigen, immerfort tropfenden Rohren und auf deren Betonfußböden eine ölige Pfütze an die andere grenzte, stießen wir hinter einer rechtwinkligen Abzweigung auf endlose Reihen metallener Schließfächer und Spinde, die wohl vom Stadionpersonal genutzt wurden, vom Platzwart, den Reinigungskräften, den Anweisern und Sicherheitsleuten. Einige der Türen standen offen, orangefarbene Sicherheitswesten hingen darin, oft sogar ein gelber Bauhelm, am Boden des Faches ein paar Schuhe, umwickelt von einer Plastiktüte, auf der ich das Logo eines Discountsupermarktes erkannte.

Ich erinnere mich, wie wir, lange Zeit, bevor das Unsagbare sich ereignete zwischen uns, in dem Toilettenkomplex einer deutschen Hochschule gestanden haben, nebeneinander vor zwei Türen, und wie alles, was unser Gesichtsfeld umfasste, lückenlos übersät war von Aufklebern und Plakaten, die die Studentenschaft aufriefen zum Protest und zum Widerstand gegen die untragbaren Verhältnisse. Draußen vor der Hochschule, erzählte sie mir, habe sie ein Mädchen gesehen, es kam mir entgegen, sagte sie, auf dem Fußweg zwischen den Hörsaalgebäuden mit merkwürdig stampfenden Schritten, als könne es seine Bewegungen nicht synchronisieren mit dem Rhythmus der Musik, die ihm aus zwei Knopfsteckern in die Ohren spielte. Das Mädchen hatte, sagte sie, einen schief geschnittenen Pony, der ihm über die Stirn und zur Hälfte über die

Augen gekämmt war. Ein schräges, schwarzgefärbtes Dreieck, erzählte sie mir, von dem sie den Eindruck gehabt habe, es störe das Mädchen erheblich beim Gehen beziehungsweise beim Wahrnehmen der es umgebenden Welt und ihrer potenziellen Gefahren und Fallen. Das Mädchen konnte sich aber nicht, sagte sie, das habe sie gesehen, dazu durchringen, den Pony dieser Trendfrisur, wie sie sich ausdrückte, aus seinem Gesicht zu kämmen, da diese Frisur so ja nicht gedacht war.

Ich sah einen jungen Studenten aus einer der Türen heraustreten und wollte schon aufjubeln, zeigte stattdessen aber nur stumm mit dem Finger auf seine schnell die Treppen hinaufeilende Gestalt, die bald auch schon hinter einer Biegung verschwand, noch bevor der Satz beendet war, den sie ungeachtet der Ereignisse begonnen hatte:

Es habe sich ja um den eigenen Kopf des Mädchens gehandelt, um sein Haar, und doch schien es dankbar für jede Entscheidung von außen, wie damit zu verfahren sei, da schließlich die letztgültige Bewertung der Frisur ebenfalls von diesem Außen erfolge.

Ich musste inzwischen wirklich sehr dringend auf die Toilette und nahm ihre Ausführungen kaum mehr mit der gebührenden Sorgfalt in mich auf, ein Antworten war lange schon ausgeschlossen. Zu allem Überfluss verlor sie, von der ich gedacht hatte, dass sie ebenso wie ich hier angetreten war um einer Erleichterung willen, sich in der Betrachtung und Beurteilung der verschiedenen an den Wänden und Türen angebrachten Plakate und Aufkleber, fragte mich, ob ich jemals persönlich an einer Demonstration teilgenommen hätte oder mich sozial engagiert in einer der Ausgeburten, wie sie es nannte, der studentischen Selbstverwaltung.

Ich fühlte eine große Ohnmacht in mir aufsteigen, die die ohnehin in mir vorhandene Ohnmacht im Angesicht der politischen Lage um ein Vielfaches übertraf, und fühlte mich von ihr aufs Gemeinste in einen Hinterhalt gelockt. Als habe sie die Situation von langer Hand geplant, war ihr mit einem Mal alle Macht über mich und den Lauf der Dinge zugefallen, eine perfide Verhörmethode, fand ich, wo man sich plötzlich in die Lage versetzt sah, nur aufs Kürzeste, knapp und gepresst Ja oder Nein antworten zu können auf gleich welche Frage. Ich nahm schließlich noch einmal alles zusammen, was im Rahmen meiner Möglichkeiten zusammengenommen werden konnte, und sprach in einem Schwall, der alles andere als eine Erlösung für mich war, sondern mich nur weiter in mich selbst zusammenpresste wie die Luft in einem Fahrradschlauch, von meinen Überzeugungen und Positionen, als würden sie mir von einem Außenstehenden diktiert.

Ich sprach von dem Design, das mich seit jeher abschrecke, von der Übelkeit, die es für mich mit sich bringe, wenn bei solcherlei Öffentlichkeitsarbeit mit derselben Strategie an hochauflösenden Computerbildschirmen Demonstrantensilhouetten ausgeschnitten und virtuell verleimt würden mit den Schriftzügen und Symbolen der Gruppen und Verbände, wie sie in eben demselben Grafikprogramm auch einer Waschmittelpackung zur menschlichen Anmutung verhalf durch ein weißes Lächeln und ein unschuldiges Augenpaar. Dass ich in diesen Gruppen immer das Gefühl hätte, für alle angrenzenden Ideologien der in dieser Gruppe versammelten Menschen oder gar für alle jemals von irgendeiner Gruppe vertretenen Ideale und Ideologien vereinnahmt zu werden, allein durch den Entschluss der gemeinsam ausgeführten Aktion. Dass sich alle Parolen, Schlagwörter und Slogans, befand ich, im Moment ihres Aussprechens gegen sich selbst kehrten, mit aller Brutalität, und den Aussprechenden der Geste unterwürfen, der Geste, mit der man vorzugehen hoffte gegen die Unterwerfung und Unterdrückung. Bestimmte Dinge könnten, sagte ich, ohnehin nur verschriftlicht vorgebracht werden und niemals unter Menschen und nie nicht unter Hunderten oder mehr, weil in der Gesellschaft anderer, sogar in deiner, sagte ich zu ihr, was sie kurz aufschreckte aus einer leichenstarren Lethargie, in die sie seit Beginn meines Monologs verfallen war, alle vorgebrachten Äußerungen immer einem sozialen Zusammenhalt verpflichtet und geschuldet seien und daher alle Ideen nichtig und hinfällig würden in Kollision mit dem Gefühl.

Nachdem ich daraufhin endlich in eine der Kabinen gestürmt war und mich eingeschlossen hatte für eine sehr lange Zeit, in wachsender Erleichterung sämtliche Zeichen und Schriftzüge an den Innenwänden mit einem flächig sich ausbreitenden Gleichmut studiert hatte und schließlich wieder in den Raum vor die Plakate und Aufkleber hinausgetreten war, nahm sie, die die gesamte Zeit scheinbar regungslos auf mich gewartet hatte, meine Hand und führte mich, ohne ein Wort zu verlieren, über einige Treppen, Zwischengänge, Flure und Tordurchfahrten in das großräumige Atelier einer ihr nahestehenden Künstlerin, das zu allen Seiten vollgestellt war mit großformatigen Malereien, die jeweils in Überlebensgröße eine zerdrückte Tube, einen leer getrunkenen Becher oder sonst einen obsolet gewordenen Gegenstand aus dem täglichen Leben darstellten, führte mich an diesen Bildern mit einer gewissen Unruhe vorbei, bis wir schließlich an einer der Wände anlangten, an der ein schmales, weiß lackiertes Holzbrett mithilfe überdimensionierter Schwerlastwinkel an die Wand gedübelt worden war.

Auf diesem Brett befand sich nichts als ein kleines Aststück, das jemand sorgfältig aufgeklebt hatte auf eine runde Holzscheibe, und auf diesem Aststück, für immer in der Position eines neugierigen Spähens mit angelegten Flügeln erstarrt, der ausgestopfte Körper eines mir sehr vertraut wirkenden Vogels. Eine Elster, wie ich mich heute zu erinnern meine.

INGENIEURE DER ZEIT

Die Hand des Bewerbers ruht auf dem Knauf der Toilettenkabinentür. Der Bewerber atmet tief durch. Er sieht sich noch einmal um und stellt fest, dass an der Klopapierrolle, von der er sich eben bedient hat, nur noch zwei Blatt übrig geblieben sind. Die Notfallmenge für einen Nächsten, der kommt und sich unachtsam setzt. Der Bewerber reißt auch die beiden verbliebenen Klopapierblätter von der Rolle und spült sie hinab in die Kanalisation.

Die Reibung seiner Gummisohlen auf den feinen Härchen des Flurteppichs vor den Toiletten lädt den Bewerber mit statischer Elektrizität auf. Er bekommt davon allerdings nichts mit. Er befindet sich bereits unter starker Spannung.

Der Bergarbeiter, gerade aus der Grube gerettet, reckt einen abgerissenen Telefonhörer in die Luft. Ins Licht der unzähligen Scheinwerfer, die die Szenerie ausleuchten und vor denen die beiden Bergarbeiteraugen durch eine Sonnenbrille geschützt werden. Mit diesem Telefon habe man zum ersten Mal Kontakt zur Außenwelt aufgenommen, nach dem Grubenunglück. Nach dem Einsturz, dem Begrabenwerden der Arbeiter durch Brocken – Trümmer der Erde, die sie auf Geheiß ausgehöhlt hatten. Ingenieure seines Landes hätten das Telefon entwickelt und einfache Arbeiter hätten es hergestellt. Später hörte man häufig die Kritik laut werden, Presse und Politik stürzten sich allzu schamlos auf die Ausbeutung der Bergarbeiter und ihrer Geschichte. Die gereckte Hand des Bergarbeiters. Darin der Hörer. Stumpf reflektiert das schmutzige Plastik die Strahlen der Scheinwerfer. Die gewundene Telefonschnur baumelt herab.

Unter den Komparsen am Set des Spielfilms, der viele Monate später im Abendprogramm eines privaten Fernsehsenders ausgestrahlt wurde und der von seinen verhältnismäßig wenigen Zuschauern keinem einzigen über die Dauer mehrerer Wochen im Gedächtnis blieb, stand einer, dem auffiel, wie grotesk sich die Gesichter der anderen verformten und verzerrten, als sie angewiesen wurden, sich geräuschlos zu unterhalten, da ein mitten unter ihnen von zwei Schauspielern gesprochener Dialog aufgezeichnet werden sollte. Mikrofone wurden an langen Stangen über die Köpfe der Schauspieler gehalten. Keinem der anwesenden Komparsen war es möglich, das Sprechen spontan zu entleeren und zu reduzieren auf eine bloße Bewegung. Überdeutliche Gesten wurden gemacht. Jeder wollte auf seine eigene verzweifelte Art weiterhin verstanden werden – das sprach laut und deutlich aus den grotesken Komparsengesichtern und es wäre, hätte es unter den Zuschauern des Abendprogramms einen einzigen gegeben, der genau hingeschaut hätte, später im Film deutlich sichtbar gewesen.

Am Ufer des Flusses, nahe der Großbaustelle, wurde ein provisorisches Pressezentrum errichtet. Ein weißer Pavillon, einige Stuhlreihen. Die gröbsten Störfaktoren wurden ausgesperrt: Fußgänger, Sonnenlicht, Regen, Wind. Der Vermesser tritt vor die Presse. Der Vermesser ist Geoinformatiker, spezialisiert auf Fotogrammetrie, auf relative und absolute Orientierung. Seine Arbeit wird gut bezahlt. Er informiert über den Stand der Dinge:
»Die archäologische Enttrümmerung ist nun abgeschlossen. Was folgt, ist die digitale Aufbereitung des Gebäudes. Das geschieht soeben. Jetzt gerade, wo wir hier miteinander sprechen, laufen die Rechenprozesse ab. Wir müssen jetzt vor Ort nicht mehr anwe-

send sein. Das ist gut so, die Brocken und das Gelände behindern unsere Arbeit durch aufkommende Sentimentalität.«

Ein Reporter hebt die Hand und bittet den Vermesser, seine Arbeit noch einmal genauer und allgemein verständlich zu erklären.

Der Geoinformatiker antwortet routiniert:

»Natürlich.«

Der Bewerber öffnet die Tür des Büros und tritt ein. Im Innern des Büros, der Tür gegenüber: eine Reihe Fenster über Augenhöhe. Blauer Himmel. Sonst nichts.

Einige Herren sitzen im Raum verteilt auf Stühlen. Auf einem Glastisch ein Laserdrucker, der blinkt, weil ihm vermutlich die Farbe oder das Papier ausgegangen ist.

Einer der Herren im Raum ergreift sofort das Wort:

»Haben Sie Antworten vorbereitet auf die Fragen, die wir unseren Bewerbern auf der Homepage gestellt haben? Ich gehe davon aus, Sie haben unsere Homepage eingehend studiert?«

Der junge Mann nickt und korrigiert seine Haltung ins Aufrechte. Er beginnt zu erzählen:

»In der fünften oder sechsten Klasse saß ich neben einem Jungen namens Benjamin Sauter. Wir haben viel Zeit miteinander verbracht. Wir sind gemeinsam an einem eher ereignislosen Ort aufgewachsen. Die Versorgung unserer grundlegenden Bedürfnisse war gesichert. Unsere Eltern waren berufstätig. Wir verbrachten oft die Nachmittage gemeinsam im Haus des jeweils anderen. Der Benjamin hatte offensichtlich ein komisches Verhältnis zu sich und seinem Körper. Jedenfalls hat er oft davon gesprochen, dass er nicht ohne Narben leben wolle und dass es ihn störe, dass das Leben an ihm vorbeiziehe in unserem unbedeutenden Ort. Dass es auf seinem Körper und in seiner Seele keine Spuren hinterlasse. Dass er das Gefühl habe, alles entlade sich immer an einem anderen Ort. Wie ein fernes Gewitter, von dem man lediglich den

Donner grollen hört. Er hatte daraufhin, das hat er mir an einem Nachmittag demonstriert, eine Strategie entwickelt, sich ohne Hilfsmittel, größere Schmerzen und Gefahr, selbst Narben zuzufügen. Vor Rasierklingen hatte er, glaube ich, großen Respekt, wenn nicht gar Angst. Seine Technik bestand jedenfalls darin, mit dem Fingernagel an der betreffenden Hautstelle so lange hin und her zu reiben, bis die Haut sich schließlich öffnete. Wenn man bis in die unteren Schichten vordringe, würde für immer eine Narbe zurückbleiben. Ich habe ihm nicht geglaubt und habe es daraufhin sofort auf meinem eigenen Handrücken ausprobiert.«

Der Bewerber zeigt seinen Handrücken in die Runde. Eine längliche Narbe ist darauf zu sehen.

»Es hat sehr lange gedauert, und es war wirklich anstrengend. Die Narbe ist jedoch bis heute deutlich sichtbar. Der Benjamin war auf seine Entdeckung sehr stolz. Mir aber war diese Narbe schnell peinlich. Wahrscheinlich, weil sie keine echte Geschichte hatte, die man erzählen konnte. Sie hat mich sehr gestört. So lange, bis ich schließlich die richtige Bezeichnung für sie gefunden hatte. Ich habe sie fortan meine ›Fleißnarbe‹ genannt, und sie war mir von da ab ein Zeichen für all die sinnlosen Tätigkeiten, die ich permanent verrichte und deren an mir angerichteter Schaden für alle Zeit deutlich sichtbare Spuren hinterlässt.«

Die Titelmelodie der Nachrichtensendung wird eingespielt. Im Studio ist sie nicht zu hören. Im Studio herrscht Stille. Grüne und rote Lämpchen auf den Kameras signalisieren: Das Bild wird noch einige Sekunden aufgezeichnet. Man erwartet vom Nachrichtensprecher, dass er jetzt seinen Blätterstapel zwischen die Hände nimmt und ein paarmal auf die Tischplatte stößt, bis alles ordentlich übereinanderliegt. Wahlweise kann er auch den silbernen Laptop zuklappen, der während der Sendung neben ihm gestanden und einen Bildschirmschoner abgespielt hat (Aquarium mit Fischen) – hier hat der Nachrichtensprecher freie Wahl und der Zufall eine kleine Chance. Es folgt eine routinierte Drehung des Oberkörpers, ein Signal fürs Publikum.

Der Nachrichtensprecher:

»Also hören Sie mal. Was soll das hier eigentlich bedeuten, wenn ständig die Rede von ›den Kumpeln‹ ist? Ich habe dieses Wort noch nie benutzt und ich habe es noch nie in einer Nachrichtensendung gehört. Und ich weiß ganz genau, dass der Redakteur dieser Sendung in seinem Sprachgebrauch das Wort ›Kumpel‹ niemals verwendet. Der hat andere Begriffe, wenn er seine Freunde meint. Die sind auch meistens unerträglich, aber eine ganz andere Schiene – jedenfalls sagt der nicht ›Kumpel,‹ auch nicht, wenn er von Bergarbeitern spricht. Das hat der irgendwo gehört, dieses Scheißwort, und dann hat er es mir hier reingeschrieben in meine redigierten Sätze, und ich lese es vor. Sogar die Sprache, die wir hier verwenden für unsere Nachrichten, die uns von irgendwoher zugespielt werden, die haben wir auch nur irgendwoher gehört. Das können Sie mir jetzt natürlich nicht erklären, das erwarte ich auch gar nicht.«

Der Kameramann schaut hinter seinem Gerät hervor und sieht den Nachrichtensprecher fragend an.

Er habe, erzählt der Nachrichtensprecher, während sein Blätterstapel noch unordentlich vor ihm liegt, der Laptop noch aufgeklappt ist und den Zuschauern des Fernsehsenders eine Kraftfahrzeugreklame gezeigt wird, die vergangenen beiden Nächte in einem Hotelzimmer in Düsseldorf verbracht.

»Das Zimmer war nicht besonders schön. Die Möbel sollten aussehen wie modernes Design, aber sie waren doch nur wieder aus Pressspan. Jemand hatte anthrazitfarbene Jugendstiltapete an die Wand geklebt. Es gab einen Schreibtisch, ein Telefon, schwere Vorhänge, damit man auch tagsüber schlafen konnte, wenn man wollte. Über dem Schreibtisch an der Wand befand sich eine große Holzplatte und auf dieser Holzplatte waren lauter leere Bilderrahmen angebracht. Ich habe es erst für schlechte Kunst gehalten, bis ich schließlich begriffen habe, worum es sich handelte. Die Rahmen hatten an der Seite einen kleinen Schlitz, wie das CD-Laufwerk an einem Computer. Und in diesen Schlitz konnte man *seine eigenen Bilder* hineinstecken! Wenn man lange von seiner Familie und seinen Freunden getrennt war und in diesem Hotelzimmer leben musste – so hatten die sich das gedacht –, dann konnte man seine eigenen Fotos in die Rahmen stecken. Wenn man aber keine Fotos dabeihatte oder ohnehin keine Familie oder keine Freunde, weil man die ganze Zeit unterwegs war und in Hotels lebte, wie die meisten Menschen, die solche Zimmer längere Zeit bewohnen, dann hing da einfach ein großes Brett mit leeren Bilderrahmen wie ein Mahnmal an der Wand. Das ist doch Häme!«

Der Nachrichtensprecher lockert den Knoten seiner Krawatte. Die Kulisse wird hinter ihm langsam abgebaut, der Kontrast verstärkt sich zwischen Studiodunkel und Scheinwerferlicht.

»Sie werden mir das jetzt vielleicht nicht glauben, oder vielleicht denken Sie auch, ich sei verrückt. Aber als ich auf der Bettkante in diesem Hotel gesessen und auf die Wand mit den leeren Bilderrahmen geschaut habe, als mir klar geworden ist, worum es sich dabei handelte, ging plötzlich die Tür zum Badezimmer auf. Ein gleißend helles Licht flutete heraus, ich musste mir die Hand vor die Augen halten. Und dann kamen, einer nach dem anderen, mit Sonnenbrillen auf ihren Nasenrücken, Florencio Ávalos, Mario Sepúlveda, Juan Illanes, Carlos Mamani, Jimmy Sánchez, Osmán Araya, José Ojeda, Claudio Yáñez, Mario Gómez, Alex Vega, Jorge Galleguillos, Edison Peña, Carlos Barrios, Víctor Zamora, Víctor Segovia, Daniel Herrera, Omar Reygadas, Esteban Rojas, Pablo Rojas, Darío Segovia, Yonni Barrios, Samuel Ávalos, Carlos Bugueño, José Henríquez, Renán Ávalos, Claudio Acuña, Franklin Lobos, Richard Villarroel, Juan Carlos Aguilar, Raúl Bustos, Pedro Cortez, Ariel Ticona Yáñes und Luis Urzúa in mein Zimmer und stellten sich in ordentlichen Reihen auf. Sie lächelten, routiniert, wie für ein Pressefoto.«

In einer Drehpause am Set des Fernsehfilms. Ein Personalzelt, möbliert mit Bierbänken und Tischen. Eine provisorische Theke. Eine Saftmaschine, die eine neongrüne Flüssigkeit unermüdlich in Kreisbewegungen durchpflügt. Die Fliegen hocken unter dem Tisch im Gras, sie hocken auf dem Tisch in den feuchten Rändern, den kleinen Pfützen. Zwischen den Krümeln. Auf Handrücken und Schultern. Auf der Saftmaschine. Auf den schwitzenden Wurstsemmeln, die seit Stunden auf einem Teller bereitliegen, um gegessen zu werden.

Ein vierzigjähriger Türke in lilafarbenem Anzug, goldene Krawatte. Der süße Geruch seines Deodorants zieht die Insekten an. Er verscheucht sie mit fahrigen Handbewegungen, während er dem anderen, der ihm gegenübersitzt und schweigt, Tarotkarten auf dem Biertisch auslegt.

Es sei nicht ganz so, wie man sich das immer vorstelle, erklärt der Türke dem anderen, der in Gedanken noch immer den grotesk verzerrten Gesichtern der tonlos Sprechenden nachhängt. Die meisten Menschen machten sich eine falsche Vorstellung davon, wie es sei, in die Zukunft sehen zu können. Weil jede Handlung und jedes Ereignis die Zukunft immer und beständig verändere, schaue man, wenn man in die Zukunft sehe, ja nicht auf ein bestimmtes Ereignis. So dürfe man die Zukunft nicht verstehen, sonst verstehe man sie falsch. Vielmehr sei es so, dass man beim Schauen in die Zukunft wie durch ein Kaleidoskop blicke, das sich beständig drehe. »Jede unserer Entscheidungen, sogar jede unserer Bewegungen« – der Türke wischt wieder mit der Hand nach einer Fliege – »verändert die Zukunft, die auf uns wartet. Was ich hier für dich tun kann, wenn ich dir diese Karten lege, das musst du also auch dementsprechend verstehen. Diese Karten erzählen zwar etwas von der Zukunft, aber wenn man sie richtig gebrauchen will, dann muss man sie wie Momentaufnahmen dieses ständig sich verändernden Wesens begreifen, das die Zeit ist. So wie eine Fotografie, die ja auch nichts über die Vergangenheit aussagt, sondern vielmehr eine unendliche Fülle an Spekulationen in uns auslöst, über die Umstände, die zu ihr geführt haben. Also das hier zum Beispiel«, sagt der Türke im lilafarbenen Anzug und deutet auf eine Karte, auf der eine Person mit gekreuzten Schwertern zu sehen ist, »das kann Tod bedeuten, kann aber auch Liebe bedeuten. Das hängt ganz von deinen Entscheidungen ab. Und von den Entscheidungen der anderen natürlich.«

Der Vermesser öffnet und schließt die Hände, während er spricht. Das hilft ihm, sich zu konzentrieren.

»Sie wissen ja, dass Sie zur Wahrnehmung eines räumlichen Bilds nur deshalb in der Lage sind, weil Sie zwei Augen in Ihrem Kopf haben, die nebeneinander stehen. Ihre beiden Augen erzeugen leicht unterschiedliche Abbilder dessen, was sich vor Ihnen befindet. Aus dieser Differenz errechnet Ihr Gehirn den Sie umgebenden Raum. Grob formuliert.

Bei der Berechnung der korrekten Position der Brocken und Trümmer im Gebäude bedienen wir uns dieser Technik. Anders als bei Ihrer und meiner gewöhnlichen Wahrnehmung der Welt stützen wir uns hier jedoch meistens auf die Auswertung von drei verschiedenen Perspektiven. Wir berechnen das ›dritte Auge‹ in unsere Ergebnisse mit ein. Dieses Vorgehen hat sich bewährt.

Mithilfe dieses Verfahrens rekonstruieren wir seit einiger Zeit nicht nur sehr erfolgreich Gebäudefassaden, wir leiten auch Unfallhergänge zweifelsfrei aus fotografischen Aufnahmen vom Unfallort ab. Unabhängig von Zeugenaussagen. Wir sind somit nicht mehr auf das menschliche Gedächtnis und seine hohe Fehlerquote angewiesen. Wir vergegenwärtigen die Vergangenheit. Wenn Sie in ein paar Jahren am anderen Ufer der Elbe stehen und hinüberschauen, werden Sie wissen, was ich meine. Sie sehen es dann augenblicklich.«

Ein Reporter hebt eine Hand, in der sich ein Kugelschreiber befindet:

»Sie haben an einem anderen Tag einmal gesagt, die Ruine selbst, mitsamt den geborgenen Groß- und Einzelteilen, sei ein enormer Informationsfundus. Es gibt aber auch Dinge, die wir noch aus der Zeit vor dem Einsturz wissen. Beispielsweise, dass es der letzte Wille des Erbauers gewesen ist, in der Krypta bestattet zu werden, und dass man diesem Wunsch erst einhundert Jahre nach seinem Tod entsprochen hat. Der musste lange warten, bis man ihm seinen letzten Willen schließlich erfüllte. Wie gehen Sie damit um? Mit dieser Art Wissen.«

»Man kann wohl davon ausgehen, dass der wenige Rest, der nach den Jahrhunderten noch übrig geblieben war, unter der ungeheuren Wucht des Einsturzes zu Staub zerfallen ist. Es wird mit Sicherheit eine Rekonstruktion des Grabmals geben. Die Gebeine aber haben sich jetzt endgültig mit dem Schutt der Kirche vermischt.«

»Aber diese kleinen Teile werden Sie nicht wieder einbauen?«

»Aus der Sicht des Neubaus betrachtet, zählt nun jedes Gestein als Abraum, das kleiner ist als meine Faust.«

Der Geoinformatiker hebt seine Faust in die Luft und zeigt sie den Journalisten. Einige Blitze flammen auf und das Klappen der Spiegel ist zu hören.

Der Bewerber steht noch immer aufrecht da. Er denkt:

Darauf warten, dass eine Maschine ihre Arbeit verrichtet. In einem Fahrstuhl stehen, in dem der Etagenknopf bereits gedrückt wurde. Die Marke, die man zieht in einem leeren Bürgeramt, wie man wartet, bis das Klingelsignal ertönt, bevor man Augenkontakt aufnimmt. Das Rasseln der Bankautomaten, wenn sie die Scheine zählen.

Er möchte mehr zum Thema sagen. In seinem Kopf dreht sich, wie eine faule Großkatze, der Satz:

»Ich weiß, dass jeder Gesellschaft in ihrem Rücken die Uhren stehen bleiben, und ich weiß, dass viel Regen über uns niedergeht in einem Herbst.«

Der Frager von vorhin ergreift wieder das Wort. Die anderen Herren im Raum verhalten sich weiterhin still.

»In welcher deutschen Gesellschaft haben Sie Ihre Kindheit und Jugend verbracht?«

Der Bewerber antwortet sofort:

»Wenn ich in einer unserer Städte herumlaufe und den Blick hebe, an den Fassaden aufschaue, dann kann ich ganz klar an der Architektur ableiten, wo ich mich befinde. Ein Heimatgefühl rufen diejenigen Gebäude hervor, die hauptsächlich aus einer Abwesenheit bestehen. Einer blinden Leere. Diese Gebäude sind besetzt von einer Zeit, die aus sich selbst heraus keinen Kanal finden konnte, um sich mitzuteilen. Bestimmte Lichtverhältnisse tragen manchmal zu der Illusion bei, man könnte mit der Geschichte dieser Gebäude in einen Dialog treten. Aber das ist ein Unfug. Ein Unfug zwar, der mich innerlich rüttelt, aber trotzdem: ein Unfug.«

»Ist das nicht viel einfacher zu beschreiben?«

»Nun, vielleicht könnte man sagen, diese Architektur sei ein Zeitgefängnis. Ein Käfig für die Vorstellung von Zeit. Also von der aktuellen Gegenwart in ihrer Entstehung oder der damals vorherrschenden Vorstellung von Zukunft.«

»Das finden Sie einfacher?«

»Zumindest erklärt es die Sehnsucht, die einen befällt im Angesicht dieser Gebäude. Es ist dabei ja unerheblich, ob es sich um hochwertige Architektur handelt.«

Nach einer kurzen Pause, in der niemand spricht, fährt der Bewerber nervös fort:

»Ich habe eben schon das Gefühl, dass da noch mehr ist. Also dass das, was ich meine, sich noch nicht darin erschöpft, dass die Zeit in diesen Gebäuden eingeschlossen ist. Es geht mir ja auch um die Art der Zeit. Um eine bestimmte Zeit.«

Der Herr, in ungeduldigem Ton:

»Eine unwiderruflich vergangene Zeit wird es doch wohl sein, wie alle anderen Zeiten auch.«

»Ja, aber eine, die wir in der Rückschau auf ihre politischen Ereignisse reduziert haben. Die Gestaltung des Raums, die Möbel und Gebäude, darin sehe ich immer auch eine Manifestation der Macht. Aber das steht mir im Weg. Ich sehe die Verheißung von Fortschritt, und sie steht mir im Weg.«

»Auch heute noch?«

»Heute bin ich mir eben nicht sicher, ob das, was als eine Träne Traurigkeit aus diesen Gebäuden herausläuft, wenn ich sie ansehe, wirklich nur die vergangene Zeit ist, die in ihnen wie in einem Käfig eingeschlossen ist.«

»Was sonst?«

»Ich meine zu sehen, was diese Zeit ausgemacht hat. Sie sehen, ich habe Schwierigkeiten, mich hier zufriedenstellend zu äußern.«

»Wollen Sie wissen, was ich glaube?«

»Gern.«

»Ich glaube, Sie hängen den Träumen der Toten nach. Zumindest hört sich das für mich so an. Wenn ich Ihnen zuhöre, dann kommt es mir vor, als wäre es Ihnen schon nicht mehr genug, selbst etwas von der Welt zu wollen – oder als könnten Sie vielleicht noch nicht einmal sagen, was das wäre, was Sie wollen von der Welt. Und deshalb richten Sie Ihren Blick zurück auf die Träume der Toten. Auf die alte Vorstellung vom Morgen, die welken Wünsche Ihrer Ahnen. Aber ich muss Sie warnen, das ist eine Liebesbeziehung zum Unerfüllten, die Sie da eingehen oder vielleicht sogar schon eingegangen sind. Ich bin froh, dass ich Ihnen diese Fragen gestellt habe. Sie kommen für unser Unternehmen nicht infrage.«

»Sie wollen einen Vorwärtsdenker, das scheint plausibel.«

»Uns genügt ein Anlass zu glauben, unser Bewerber pflege einen kreativen Umgang mit der Zeit. Die drei Einheiten der Zeit, wie man sie kennt, sind ja wandelbar. Aber Ihre Sicht ist, wie Sie selber sagen, verstellt. Sie sind gläubig und ergeben. Und daher für unser Unternehmen uninteressant.«

»Ich verstehe.«

»Gut. Ich denke, wir können das hier abbrechen.«

Der Nachrichtensprecher, in einer U-Bahnstation, auf dem Weg nach Hause. Am Bahnsteig, hinter einem Kiosk, an dem Würste verkauft werden, Zeitungen und Zigaretten, ist eine Reihe Fenster mit Spiegelfolie beklebt worden. Der Nachrichtensprecher blickt hinein, überprüft den Sitz seiner Haare. Das Gesicht ist noch gepudert, die Augen leuchten kräftig aus ihm hervor.

Vom Nachrichtensprecher unbemerkt, stellt sich ein weiterer Mann vor die Spiegelfolie und schaut hinein. Er wischt sich mit der Hand einige Schuppen vom Mantelkragen. Die beiden wenden sich zeitgleich ab und einander zu, ohne den anderen vorher beachtet zu haben. Der spezielle Blick, mit dem man sich selbst im Spiegel betrachtet, sitzt beiden noch im Gesicht.

Und für diesen kurzen Augenblick des Abwendens vom Spiegel in die Welt trifft der gewohnte Blick ins eigene Gesicht ein fremdes.

Der Türke, der für den anderen im Personalzelt der Fernsehfilmproduktion in die Zukunft sieht, ist seit einem Betriebsunfall in einer Schweißerei auf einem Auge blind. Eine kleine Narbe ist sichtbar, sie verläuft unterhalb der rechten Augenbraue und zieht sich bis in den äußeren Augenwinkel. Seine übersinnlichen Fähigkeiten seien davon allerdings nicht beeinträchtigt worden, erklärt der Türke. Lediglich in der Mimik und in der Fähigkeit zum räumlichen Sehen schlage es sich nieder. Aufgrund einer Nervenverletzung, die ihm während des Rettungsversuchs seines rechten Auges durch einen Chirurgenfehler beigebracht worden sei, könne sein Gesicht nicht mehr alle Bewegungen ausführen, zu denen es früher fähig gewesen sei. Es tue ihm manchmal leid um ein paar seiner Lieblingsgrimassen, sagt er. Am Anfang hätten ihn seine Kinder häufig aufgefordert, diese oder jene Grimasse zu machen, die sie lustig fanden oder besonders gerne mochten. Und es sei oft ganz enttäuschend gewesen, gemeinsam herausfinden zu müssen, dass er die jetzt nicht mehr zustande bringe und man irgendwann vergessen werde, wie sie ausgesehen habe.

Und auch die Tatsache, dass diese Beeinträchtigung ganz unnötig gewesen sei, weil sein Augenlicht durch den Eingriff ja nicht habe gerettet werden können, kränke ihn, von Zeit zu Zeit.

DANK AN

Barbara Bausch, Aylin Karadeniz, Hannes Becker, Sabine Ehrlich, Lieselotte Schäfer, Philipp Mändl, Antoinette und Dianne Cruze Suiter, Marko Heine, Wendy Chan, Norbert Specht, Ole Toense, Enrico Stenzel, Manuel Noll und Tom Hausmann.

Besonderer Dank an Elke Wardlaw, für die Zeichnungen *Wildwuchs I* und *Wildwuchs II* auf den Seiten 123 und 217 in diesem Buch.

Der vorliegende Text enthält mehr oder weniger wörtliche Zitate aus:

Wolfgang Hildesheimer – *Der Ruf in der Wüste*
Malcolm Lowry – *Unter dem Vulkan*
Aleida Assmann – *Der lange Schatten der Vergangenheit*
Agatha Christie – *Der Wachsblumenstrauß*

BILDRECHTE

S. 51, Screenshot aus der Serie *Rescue 911*, die von 1989 bis 1996 von dem Fernsehsender CBS ausgestrahlt wurde. Mit freundlicher Genehmigung von Arnold Shapiro, Executive Producer, Arnold Shapiro Productions.

S. 56, Screenshot aus dem Kinofilm *Get Rich or Die Tryin'* aus dem Jahr 2005. Produziert von MTV Films, G-Unit Films, Interscove / Shady / Aftermath Films, vertrieben von Paramount Pictures.

S. 66, Häkelmuster aus einem nicht genauer bekannten Häkelbuch.

S. 67, Levy-C-Kurve (Fraktal), erstellt von Wikipedia-User Inductiveload, released into the public domain 2007. http://en.wikipedia.org/wiki/File:Levy_C_Curve.svg

S. 123, *Wildwuchs I* von Elke Wardlaw. Mit freundlicher Genehmigung der Illustratorin.

S. 217, *Wildwuchs II* von Elke Wardlaw. Mit freundlicher Genehmigung der Illustratorin.

S. 268, Journalisten an der Mine San José/Chile vor der Bergung verschütteter Minenarbeiter. © REUTERS / Ivan Alvarado.